D

ROXANE VAN IPEREN BIJ UITGEVERIJ THOMAS RAP

Eigen welzijn eerst (2022)

Roxane van Iperen kan als spreker geboekt worden via Beespeakers.com, het sprekersbureau van De Bezige Bij.

Roxane van Iperen

Dat beloof ik

ROMAN

2023
THOMAS RAP
AMSTERDAM

De uitgever heeft getracht de rechthebbenden van het omslagbeeld te achterhalen. Zij die desondanks menen aanspraak te kunnen maken op deze rechten, kunnen zich tot de uitgever wenden.

Eerste druk mei 2023
Omslagontwerp Riesenkind
Foto auteur Keke Keukelaar
Vormgeving binnenwerk Aard Bakker
Druk en bindwerk Wilco, Amersfoort
ISBN 978 94 004 0856 2
NUR 301

thomasrap.nl

MIX
Papier van verantwoorde herkomst
FSC® C004472

Bij de productie van dit boek is gebruikgemaakt van papier dat het keurmerk van de Forest Stewardship Council (FSC®) mag dragen. Bij dit papier is het zeker dat de productie niet tot bosvernietiging heeft geleid.

I will build an embassy
In your heart over time
There is a plot of land inside me
Build one in mine

Lemn Sissay, My Name Is Why

PROLOOG

De Duitse herder blies met zijn naar pens riekende adem haar nek warm. Hoewel het benauwd was, rilde ze over haar hele lichaam, als een pasgeboren kalf, nat en bleek op het stro, of de honden vlak voor de jacht. Geladen. In haar geval was het ergste weer achter de rug, maar het rillen hield niet op, dat zou pas over een paar dagen gebeuren. Ze lag tegen de buik van de herder. Vanuit de nis waar de hondenmanden stonden had ze zicht op de hele keuken. De witte tegels aan de muur, soms versierd met een Delfts blauwe tekening van een molen, een troubadour of een paard; het donkere plafond met daaronder de antieke steunbalken, waarvan ze altijd bang was dat ze ieder moment naar beneden konden komen (de klap van een pilaar op een boerenschedel, de kop in één keer in de kraag geschoven terwijl zij het in de mand zou overleven, beschermd door de hond die langzaam onder het puin zou verstijven); het portret op de schouw van haar opa op de bok van de koets, haar oma ernaast met lippen als pennenstrepen; de kloostertafel waaraan de mannen hun eten naar binnen schoven onder harsslingers vol vliegenkarkassen, terwijl de vrouwen in een loopgoot eromheen hun werkzaamheden deden.

De vrouw van Van Oeffelt is dood, zei een man die ze niet kende. Zijn neus was even rood als zijn bodywarmer. Hij stopte niet met kauwen om te praten.

Zijn geiten zijn ook al geruimd, voegde haar oom eraan toe tussen twee happen soep door. Hij was de jongste van de drie en woonde als enige nog bij oma op de boerderij. Oom Ad was haar lievelingsoom. Een rustige man met lange vingers die een paard om toestemming vroeg voordat hij zijn hoeven kapte en zijn oudere broers zonder commentaar ophaalde van de kermis als ze iemand van buiten weer eens te hardhandig op zijn plaats hadden gezet – een geweerkolf tegen de voortanden van een opdringerige vader bij de schiettent, of een uitgeschoten vuist bij de kop-van-jut voor toeschouwers met spatjes. Oom Ad had een verloofde, een boerenmeid wier romp te veel van haar benen had ingepikt, met een romig gezicht dat M. alweer was vergeten zodra ze wegliep. Tot ze een eigen huis vonden woonde de verloofde nog op de boerderij van haar ouders, een stukje verderop. M. had het idee dat oom Ad dat niet zo erg vond; ze had hem wel eens horen zeggen dat hij zijn moeder niet wilde achterlaten, alleen met al die dieren.

Dat wordt dan een eenzame winter! bulderde haar oudste oom Sjef terwijl hij met zijn handpalm een paar keer tegen zijn vuist pompte. De anderen roffelden op tafel van plezier.

Oma zette een nieuwe kom friet neer, glinsterend van

het vet, en een schaal frikandellen. Ze lagen netjes naast elkaar, als potloden in een doosje, tot de klauw van Sjef er een paar tussenuit grabbelde en op zijn bord gooide. Hij sloeg de fles curry tegen zijn kont en spoot het spul met een sierlijke draai naast het vlees. Hetzelfde ritueel volgde met de fles mayonaise. Teder sleepte hij een frikandel door de sauzen, waarna de helft ervan in zijn mond verdween. Hij knorde.

Bewaar wat voor die kinderen, zei haar oma over haar schouder, toen ze zag hoe snel de inhoud van de schaal verdween. Sjef pakte hem van tafel, schoof zijn stoel naar achteren richting de hondenmanden in de nis en boog zich met de laatste paar frikandellen naar haar toe. Toen de herder wilde toehappen kreeg hij meteen een tik op zijn snuit.

Hier, neem.

Het rook lekker, een beetje als de vers getrokken bouillon die oma vaak maakte, met de drijvende vetoogjes. Ze had honger, maar ze hoorde de stem van haar moeder. Wij eten geen slachtafval. Wij praten niet zo, dat zei ze ook altijd, als ze op de boerderij was geweest. Maar M. luisterde graag naar haar ooms, die spraken als de sloopauto's waarmee ze achteruitraces reden – hortend en stotend, in zinnen die halverwege abrupt werden afgebroken alsof de laatste woorden waren gecrasht.

Haar oom grinnikte toen hij haar aarzeling zag.

Dat mag niet van de koningin, hè?

Zijn ogen werden donker.

Kind, doe niet zo moeilijk. Hij gooide de inhoud van de schaal op haar buik en draaide zich weer om. Voor ze het wist schrokte de herder de frikandellen naar binnen. Kloddertjes schuim trokken langzaam in de stof van haar trui, terwijl de hond zijn kop weer liet zakken en zich met een zucht uitrekte. Ze gluurde over de rand naar haar broertje. Hij lag bij het krullenbeest, die een stuggere vacht had maar goed te vertrouwen was. Verderop stond nog een derde mand, met daarin de oudste herder. Als hij over het erf liep krasten zijn nagels over de stenen. Een vals beest. Het waren oma's lievelingshonden, die 's nachts bij haar sliepen en een eigen plek in de keuken hadden – de andere honden werden met een enkele knal van haar zweep naar de bijkeuken gestuurd.

Haar broertje verdween bijna helemaal achter de wanden van de rieten mand, alleen zijn knieën en het topje van zijn neus waren zichtbaar. Hij sliep met zijn ogen open, zonder geluid te maken. Vroeger had ze gedacht dat hij net zo'n plafondstaarder was als zij, dat hij dezelfde gaatjes, lijnen, pukkels en kieren in kaart bracht, alsof ze samen onder een levensgrote tafel schuilden terwijl de volwassenen de ruimte vulden. Maar al snel was duidelijk geworden dat hij niet hetzelfde zag als zij.

De vrouwen liepen van de gootsteen naar de pannen op het vuur naar de voorraadkast naar de bijkeuken naar de extra vrieskist in de schuur, waar de glibberige torso's van gevilde hazen ondersteboven aan het plafond hingen, en weer terug; snel en vrijwel geluidloos, als een ingestudeerde dans. De mannen aan tafel bepaalden begin, einde en tempo van de dans, afhankelijk van hoeveel tijd ze hadden en hoeveel werk er nog op hen wachtte. M. had altijd met verbazing gekeken hoe iedereen zijn rol kende en de vrouwen zich naadloos voegden in de schaduw, op het ritme van de mannen, alsof ze met onzichtbare draden met elkaar waren verbonden. Alleen haar oma en haar moeder lieten wel eens van zich horen. Ze hadden allebei een tong als een scheermes, verbaal konden de mannen niet tegen ze op. Maar hun sneren leken hen niet echt te bereiken, zoals je de blaffende honden in de bijkeuken op een gegeven moment niet meer hoorde omdat je wist dat ze er toch niet uit konden.

Als je nou moest kiezen, zonder welke saus zou je dan niet kunnen leven? vroeg de rode neus opeens. Het was even stil terwijl iedereen over zijn vraag nadacht. Toen sloeg haar oudste oom zijn hand op tafel. De borden trilden.

Mayonaise. Zonder zalf geen eten. Hij stak zijn vierkante kin omhoog – een flinke jongen die hem nu tegensprak. De andere mannen knikten langzaam.

Nou ja, met curry wordt het wel speciaal, sprak de middelste oom voor het eerst, terwijl hij geconcentreerd zijn soepkom uitlepelde. Hij zei het zacht en vlak, waardoor de woorden even boven tafel hingen. Toen proestte iedereen het uit, inclusief de vrouwen. M. gniffelde in haar mand. Het rumoer betekende meteen ook het einde van de maaltijd. Stoelpoten krasten over de plavuizen en overjassen werden uitgedeeld. In de bijkeuken klonk het geklepper van klompen. Met een klap sloeg de deur achter hen dicht. M. luisterde naar de zware voetstappen op het erf, die langzaam wegstierven.

Als op een teken draaiden de vrouwen zich om en hervatten hun werkzaamheden. M. drukte haar achterhoofd in de paardendeken en staarde naar het bruine plafond, dat ook vandaag niet naar beneden was gekomen.

ZOMER

I

Ze wist niet waar ze was. Het eerste stuk had ze zich geconcentreerd op herkenningspunten. Tijdens het rijden probeerde ze altijd razendsnel een kaart in haar hoofd te tekenen, met verschillende kleuren voor belangrijke aanwijzingen. Benzinestation, autosloop, veehouderij met koe bij de poort. Boomkwekerij, kerkhof in hoog gras, opslag voor carnavalswagens. Rotonde vol bloemen, stoplicht, grote weg. Die weg herkende ze aan de beeldentuin die opeens tussen twee praatpalen tevoorschijn kwam: een stoet wezenloze figuren achter een hek. Het hele assortiment stond uitgestald, met het gezicht naar hen toe. Vrouwen met waterkruiken, hun blik naar beneden gericht, geknielde engelenkinderen met uitgestoken handen, blote mannen met hun afgehakte hoofd onder de arm. Op hoge snelheid reden ze er voorbij. Wanneer je bij het eerste stoplicht na de beeldentuin links afsloeg, kwam je uit bij de weg die naar het dorp van oma Boertje leidde. Maar ze zouden niet links gaan, want ze mocht al heel lang niet meer naar oma toe, die waarschijnlijk niet eens wist waar ze nu ging wonen.

Na nog eens elf praatpalen rechtdoor had haar vader vaart geminderd en sloegen ze af. Bij de eerste bushalte had hij met een ruk aan het stuur de auto abrupt tot stilstand gebracht.

Haar moeder snapte de route naar het nieuwe huis nog steeds niet. M. lette goed op terwijl hij het haar uitlegde – je staat niet VOOR de kaart, je staat IN de kaart, dáár is het zuiden. Op de plattegrond naast de bushalte wees haar vader het aan zodat haar moeder zonder hem niet zou verdwalen, zoals ze meestal deed. Haar moeder hield haar gezicht dicht bij het glas – ze weigerde in het openbaar een bril te dragen. Allebei negeerden ze de buschauffeur die met driftige knipperlichten achter hun auto stond te wachten. Zelfs de claxon die M. bijna van de achterbank blies ging langs hen heen; haar moeder schudde kort haar hoofd alsof ze een vlieg verjoeg en knakte haar hals om de route naar het huis te volgen. Uiteindelijk gaf de chauffeur het op en liet zijn passagiers op de weg uitstappen. Toen hij woedend optrok zag M. hoe hij zijn vinger in zijn voorhoofd priemde.

Via het openstaande raam kwam een lauwe bries de auto binnen, vermengd met benzinedamp. Als een dier richtte ze haar gezicht naar de luchtstroom, sloot haar ogen en snoof diep. Scherp, alsof de haartjes in haar neus bevroren. Nog een paar keer, dieper en sneller. Tintelingen achter haar oogbollen, haar schouders zakten een beetje. Naast haar kroop haar broertje Boelie heen en weer over de achterbank, als een gekooide beer. Hij gromde. Toen ze naar hem keek, ontblootte hij zijn tanden naar haar.

Getik van een sleutel op het achterraam.

Zitten.

Geluidloos kwam het woord uit zijn mond, begeleid door een korte knik. Haar broertje verstarde op het verhoogde middenstuk en vouwde zijn benen onder zich. Toen haar vader zich weer omdraaide zocht ze opnieuw Boelies blik en lachte kort. In stilte staarde ze daarna voor zich uit, maar lang hield ze dat niet vol. Ze kon er niets aan doen, haar lichaam kon niet niet-bewegen, er zat altijd een kleuterklas onder haar huid die naar buiten moest. Voorzichtig trok ze een voor een haar bovenbenen van het leer, dat aan haar bezwete huid plakte. Ze knakte haar nekwervels, pulkte aan haar nagelriemen tot ze beet had en stroopte sliertjes vel af. Een voor een, vinger voor vinger, pelde ze zichzelf, tot de kleuterklas rustiger werd.

Kennelijk had haar moeder het begrepen of ze deed alsof, want haar vader liep weg van de plattegrond, met reuzenpassen om de motorkap heen. Achter hem brandde de zon fel. Vlak voor haar deur bleef hij staan, de koperen gesp van zijn riem bevond zich pal naast haar hoofd. De pin zat in het vierde oog. Het derde was rafelig, het tweede en eerste puntgaaf. M. hield haar adem in en probeerde niet te bewegen. Toen opende hij het portier van de Mercedes en plofte voor haar neer. Haar moeder volgde. Hij gaf gas en voegde op hoge snelheid in, wat achter hen luid getoeter opleverde. De wind droogde haar ogen uit, maar ze hield haar blik strak naar buiten gericht. Af en toe wees haar vader op belangrijke punten – daar is de supermarkt, hier bij het hertenkamp sla je rechts af. Toen haar moeder niet reageerde knipte hij met zijn vingers voor haar gezicht. Ze knikte snel.

Het afgelopen jaar was haar moeder weer langzaam vervaagd. Haar lichaam was er wel, maar M. kon niet bij haar komen, alsof ze zich terugtrok in een ander universum en haar alleen achterliet in het puin. Ze had goede hoop dat de nieuwe plek, het nieuwe huis met de nieuwe meubelen, haar naar buiten zouden lokken, deze keer voorgoed. Voor haar moeder betekende iedere verhuizing een fris begin, alsof met het sluiten van de voordeur alles wat er was gebeurd ook echt was verdwenen; vergeten, van de aardbodem gewist. De verwoeste meubels, het bloed in de matrassen, de ingeslagen deuren en alle versplinterde herinneringen die erbij hoorden: zodra ze de straat uit reden en de hoek om sloegen was het allemaal weg en had haar moeder het alleen nog over het huis waar ze naartoe gingen en de grootse plannen die ze ermee had. Voor M. betekende iedere verhuizing een doorgang naar een volgende vleugel, een verdieping extra in het huis in haar hoofd. Ze begon de meeste dagen in een voorkamer, licht en met hoge ramen. Er stonden geen spullen, in de lucht hing de honinggeur van boenwas. Later op de dag, als ze op school kwam, dingen zag, hoorde, aanraakte en rook, instructies voor rekensommen kreeg en verhalen van andere kinderen opving over hun plannen voor het weekend, gingen er meer luiken in haar hoofd open en verdwaalde ze in een doolhof van kamers dat steeds donkerder werd. Iedere prikkel van buiten opende een ander gangenstelsel, met ontelbare vertakkingen die uitkwamen op een mengeling van de vele plekken waar ze had gewoond, de scholen waarop ze had gezeten, de interieurs van logeeradressen, hotels en opvanghuizen, de gezichten van leraren, nieuwe klasgenoten en voorbijgangers, tot aan de bedden waarop ze had gelegen onder plafonds in elke denkbare kleur en hoogte. De gangen stonden vol praatpalen; gele vogels met grote bekken die steeds van plek verwisselden, zodat ze de tel kwijtraakte en de weg terug niet meer kon vinden. Soms werden beelden die ze in de gangen tegenkwam helder uitgelicht, op andere momenten waren het plagerige flarden in een korte lichtstraal, en soms lagen ze zo diep in de duisternis dat ze er steeds net niet bij kon. Een uitsnede van een gezicht, een open wond, een stervend dier. Soms heerste er doodse stilte in het doolhof, alsof de muren met rubberen matten waren bekleed. Niemand kon haar horen, hoe hard ze ook schreeuwde. Soms werd er van alle kanten zoveel herrie op haar afgevuurd – kettingzagen, jankende gitaren, autowrakken die kermden in een staalpers – dat ze haar handen op haar oren moest drukken. Niemand om haar heen in de klas begreep waarom ze dat deed.

Vanaf nu wordt alles anders, zei haar moeder wanneer ze in een nieuw huis de lege keukenkastjes vulde met nieuwe bekers en kopjes. Maar bij elk voorwerp, geluid of luchtje werd M. meegetrokken naar kruipruimtes vol herinneringen die ze met niemand deelde, zolderkamers waar niemand haar kon vinden en garages waarvan de schuifdeur nooit snel genoeg openging om op tijd weg te komen. Lange nachten speelden zich af in een ondergrondse bunker waarvan niemand het bestaan kende. Er bestond geen plattegrond van haar hoofd. Alleen zij wist er de weg.

II

Toen ze uit school kwam hoorde ze aan de stem van haar moeder dat er bezoek was. De woorden dwarrelden vrolijk en licht het huis uit.

Het is een enorm oppervlak, en dan moet je de hal nog leggen. Ik denk niet dat je ooit zo'n grote keuken hebt gedaan, toch? Haar moeder lachte meisjesachtig. M. kon de reactie niet verstaan. Ze sjorde haar rugtas hoger op haar schouder en liep de keuken binnen. Zodra ze haar zag slaakte haar moeder een hoge kreet en klapte in haar handen.

Kijk eens wie we daar hebben. Zeg de meneer even gedag, wil je?

Zonder het antwoord af te wachten ging ze verder.

Het marmer wordt vandaag gelegd. Kijk nou, hoe mooi.

Ze wees naar een hoek van de keuken zo groot als hun vorige woonkamer. De opengebroken vloer was gedeeltelijk belegd met spekgladde tegels. Op het wit kronkelden aderen, zoals op de onderarmen van haar vader. Meteen daarna zag ze de witte tegelvloer in het vorige huis voor zich, de dieprode plas die ze 's nachts wegdweilde bij het licht van de afzuigkap. Haar moeder groeide terwijl ze doorpraatte.

Bianco Carrero. Per schip uit Italië laten komen, hetzelfde marmer dat Michelangelo gebruikte voor, voor...

De David, vulde de vloerenlegger aan. Hij krabde op zijn kale schedel, die mat was van het stof. Zijn broek was vies en op zijn knieën zaten bruine knoesten.

Bianco Carrara, mompelde hij daarna, en zakte naar de grond.

Zei ik dat niet? Haar moeder lachte onvast naar hem, maar de man liet zijn moker al met een doffe klap neerdalen.

Tussen de in cellofaan gewikkelde meubelen en torens ongeopende dozen in de hal door zocht M. haar weg naar de wenteltrap. Geruisloos schoot ze naar boven, twee treden per stap, sloeg rechts af de gang in en ging op zoek naar haar kamer. Toen ze de deur van de eerste kamer opende was die leeg, de tweede was een badkamer, de derde een kast, maar in de vierde vond ze haar nieuwe bed. Blauwe spijlen, een blauwe gehaakte sprei en verderop in de ruimte stond een nieuwe blauwe prullenbak. Uit een doos met openstaande flappen hingen een paar kledingstukken. Haar moeder had haar beloofd dat ze ook nog zo'n boekenkast met een uitklapbureau kreeg, die ze een keer in een etalage had gezien. M. liet zich op het bed vallen en staarde omhoog.

Ze had een hekel aan blauw. Voor Boelie had haar moeder groen gekozen, haar lievelingskleur, maar het maakte niet uit. Ze was allang blij dat haar moeder langzaam weer tevoorschijn kwam. Het waas dat maanden voor haar ogen had gehangen was opgetrokken, ze hoorde soms weer wat M. tegen haar zei en keek haar af en toe kort aan. Zelfs haar gezicht begon zich scherper af te tekenen. Haar lippen waren rood ingekleurd en haar oogleden leken minder zwaar. Het was fijn als ze er was, of bijna was, hoewel M. zich altijd afvroeg hoe lang het zou duren. Ze kneep haar ogen dicht, probeerde de schooldag te vergeten en vroeg zich af hoe laat haar vader thuiskwam. Hij zat in de handel en die kende geen klok. Ik ben geen ambtenaar, zei hij altijd snuivend. Spullen verkopen is het een-na-oudste beroep op aarde, voegde hij er meestal aan toe, met een knipoog. Ik kan de paashaas nog eieren aansmeren, dat zei hij ook. Het leven bestaat uit niets anders dan dingen verplaatsen, oreerde hij, van grondstof naar fabriek, van fabriek naar opslag, van opslag naar de winkel, van de winkel naar de mensen thuis, en van daaruit naar de vuilnisbelt, waar het hele riedeltje weer van voren af aan begint. Dat proces vond toch wel plaats, miljoenen keren achter elkaar, overal ter wereld – nu was het alleen zaak dat jíj degene was bij wie ze het kwamen halen. Dat de mensen jóu vertrouwden en niet een ander, dat ze jouw product wilden hebben en niet dat van de buurman. Oftewel, was zijn conclusie: dat van alle verplaatsingen die plaatsvonden, de meeste via jou verliepen.

Het klonk logisch, maar in de praktijk ging veel mis. Een lading knuffelkuikens voor de kermis had een winter in een loods gestaan en bleek grotendeels beschimmeld; de Poolse verkoper bleek meteen na betaling gevlogen. Honderden elektrische slagroomkloppers waren van de ene op de andere dag onverkoopbaar vanwege aangescherpte veiligheidseisen; ze hadden nog maanden bij hen in de garage liggen wachten op een oplossing, tot haar vader en zij ze op een regenachtige avond in een stuk bos achter een varkensstal hadden gedumpt. Een compagnon die een leverancier een zak contant geld moest betalen ging ervandoor met een meisje dat hij onderweg in een truckershotel had ontmoet – de hoer, de slet, ze aasden alleen op je poen, die wijven; werken voor hun geld, ho maar, alle vrouwen zijn hetzelfde. Dingen zaten vaak tegen, de regelgeving in Nederland was belachelijk, de belasting die ze in dit land moesten betalen was van de gekke en de wereld was bezaaid met types die niet wilden werken of hun afspraken niet nakwamen. Mensen waren niet te vertrouwen, dat was de kern, en daarom moest je altijd over je schouder kijken en slimmer zijn dan de rest. Gelukkig was haar vader de slimste van allemaal, anders had hij dit nieuwe huis niet kunnen kopen.

Ook zij hadden hard gewerkt. Haar moeder had schalen vol broodjes gesmeerd en kannen koffie gezet voor potentiële klanten en leveranciers, terwijl zij bediende. (Servetten in een driehoek en aan de rechterzijde van de man neerleggen met mes en vork erop; de kop-en-schotel rechtsboven, oor naar rechts, lepeltje aan de voorkant; links uithalen, vriendelijk lachen zonder tanden.) In de avonduren vouwde ze folders in elkaar – stapels losse pagina's die ze in exact de juiste volgorde verzamelde en vastniette – en verzond ze facturen, zijn handtekening zette ze in één vloeiende beweging, brief omdraaien en in de envelop schuiven, naam en adres precies achter het venster laten uitkomen. Het resultaat: haar vader had een paar klappers gemaakt. In het nieuwe huis zouden de dingen echt anders zijn. Er was een oprijlaan, een smeedijzeren hek tussen witgestucte kolommen, een gazon zonder onkruid en een wijnkelder die gelukkig leeg was achtergelaten. Het was precies zoals haar vader altijd had gezegd: geld was de sleutel tot alles en met nog iets meer geld zou alles goed zijn. Mensen die iets anders beweerden, dat geld niet gelukkig maakte, liefde vooropstond, familie onmisbaar was en een goede gezondheid het enige wat telde, hadden nooit zonder geld gezeten.

III

De nieuwe school was als alle andere. Eindeloze rijen jashaakjes op kinderhoogte (één keer struikelen, één keer bukken als je te dichtbij stond en hup: dwars door je oogbol), klaslokalen met de geur van gumsel en een directeur met een spencer die haar de regels had uitgelegd. Niet rennen in de gang, overblijven in je eigen klas, met een wc-kaart bij de conciërge wc-papier halen (drie velletjes per kind per keer voor een kleine boodschap, zes voor een grote). Aan de voorkant van het gebouw was de speelplaats voor de kleintjes, met skelters en een klimrek, aan de achterkant het plein voor de bovenbouw en zolang haar moeder geen kopie van haar zwemdiploma had ingeleverd mocht ze niet mee op schoolreis. Omdat het einde van het schooljaar naderde zou die al over een paar weken plaatsvinden. Dat ze niet mee kon vond ze alleen vervelend voor de vorm. Haar niet-bestaande zwemdiploma was kwijtgeraakt tijdens de verhuizing; de teleurstelling daarover speelde ze overtuigend mee met de directeur.

Tot zover niets nieuws, alle scholen hadden dezelfde regels. Pas toen ze achter haar tafeltje plaatsnam zag ze het verschil. Ze had zich al voorbereid op de gebruikelijke opmerkingen over haar nette kleding. Op de vorige scholen liepen de boerenkinderen de eerste week met een boog om haar heen, alsof ze een lama in de koeienwei was, tot ze doorkregen dat ze sneller rende dan wie dan ook, met haar stanleymes binnen enkele minuten van een tak een speer maakte en zonder adempauze het alfabet kon boeren. Maar deze keer was zij het die lomp afstak, met haar leren instappers en broekrok met persnaad. Vanachter in de klas, naast een meisje met de naam Amanda, staarde ze naar de drukte voor zich. Zonder zichtbare schaamte waren de kinderen gekleed in hard vloekende kleurencombinaties. De meisjes droegen zomerjurken met bloemen die je bij kleuters verwachtte; bij sommigen was er al een bolling van borsten onder de stof te zien, wat het nog verwarrender maakte. De jongens droegen poloshirts in pastelkleuren met hoog opstaande kragen en werden er, voor zover ze kon zien, niet om bespuugd of in de bosjes gesmeten. Even dacht ze dat het een grap was – het was nog lang geen carnaval, maar je wist het niet, soms was ze ieder besef van tijd kwijt – tot het buurmeisje zich naar haar toe boog.

Welkom in de hel die Oilily heet, fluisterde ze in haar oor terwijl ze met haar ogen rolde.

In tegenstelling tot haar klasgenoten was Amanda's uiterlijk net zo monotoon als haar naam. Ze droeg een zwart T-shirt en haar donkere haar viel in een scherpe bob om haar kaaklijn. Ze had een Brabantse tongval, maar minder zwaar en lijzig dan de kinderen op haar vorige school, die een dialect spraken dat M. moeilijk onder de knie had gekregen. Ze glimlachte naar haar en was dankbaar dat de juf haar hier had neergezet. M. dacht aan haar vorige klasgenoten, die nu ook aan de dag begonnen. Aan Angelique, die altijd naast haar zat en naar de eau de cologne van haar opa rook, bij wie ze inwoonde. Angelique had een spraakgebrek en het gezicht van een spitsmuis, maar vanwege de zelfgedraaide worstenbroodjes die ze meebracht was iedereen toch dol op haar. Of Peerke, die in zinnen van twee woorden sprak zoals tegen de koeien thuis, maar niemand die daar iets van zei omdat hij de beste hutten timmerde en iedere pestkop met één vuistslag uitschakelde. De eerste week had hij haar vies aangekeken, met haar linten in haar haren, maar binnen een paar weken veranderde dat. Zij wist de beste schuilplaatsen in het bos te bouwen, sprong op het wildste paard in de wei en vilde vliegensvlug de dode haas die hij aan zijn oren uit de berm viste. Als Peerke lachend vertelde dat zijn vader hem weer met de veeprikker had getaserd (ter illustratie liet hij zich stuiptrekkend op de grond vallen), lachte ze wel mee maar niet voluit, zoals de rest. Toen ze uitgelachen waren bleven hun ogen even aan elkaar haken. Hun vriendschap was bezegeld. Zouden ze zich afvragen waar ze was gebleven?

Zoals jullie hebben gezien is er een nieuw meisje in de klas, zei de juf. Het rumoer van de Oilily-kinderen verstomde. Als uilen draaiden de hoofden zich om. Snel sloeg M. haar ogen neer. Gegniffel. De juf verhief haar stem.

Ik begrijp dat jullie tijd op de basisschool bijna voorbij is, maar wij zullen zorgen dat ze het hier naar haar zin krijgt, toch?

Toen M. weer opkeek zag ze alleen ruggen.

Op hem moet je letten. Floris.

Amanda wipte haar kin in de richting van een jongen in het midden van het schoolplein. De zon weerkaatste op zijn hagelwitte haar, terwijl de andere kinderen uitgelaten om hem heen cirkelden. Als ze haar oogleden samenkneep en door haar wimperharen keek, leek het een zweefmolen op de kermis. Ze hadden kleine pauze en stonden met zijn tweeën in een hoek van het plein, weggedoken in de schaduw van een kastanjeboom. Amanda bood haar een drinkbeker met lauw sap aan. M. nam de jongen in zich op. Floris was mager, met hazentanden die zijn lippen uit elkaar duwden. Zijn flaphaar viel als een gordijn om zijn gezicht.

Wat kan-ie? vroeg ze.

Amanda was even stil. Toen haalde ze haar schouders op.

Niks, eigenlijk. Maar iedereen kent zijn vader. En die anderen – ze knikte naar de levende zweefmolen – hun ouders zijn weer bevriend met zijn ouders. Ze doen alles samen: eten, feestjes, sporten, op vakantie gaan. De tennisclub.

M. gaf Amanda haar beker terug en samen keken ze naar het groepje, dat alle ruimte op het plein innam. Eromheen draalden de andere leerlingen. Ze lichtten op als ze door de groep werden opgemerkt, al was het door een vuile blik of een schouderbeuk. M. voelde haar nagels in haar handpalmen drukken.

Op woensdagochtend mochten ze bij gym de overslag op de bok doen – alleen proberen als je het durft, zei de gymleraar – en zag ze haar kans. Je moest altijd zo snel mogelijk laten zien wat je waard was. Nooit twijfelen of terugdeinzen, sterker nog: alles was een test, ook als dat werd ontkend. Wanneer ze met Peerke en de andere boerenkinderen in het bos langs het spoor renden betekende dat: als allerlaatste voor de denderende trein oversteken. En als ze een verlaten jachthut in de bossen tegenkwamen: inbreken voordat iemand anders op het idee kwam. Hoe enger het was, hoe sneller je moest zijn. Dus bij de overslag op de bok nam je een aanloop alsof je over een ravijn ging springen, met een afzet van dynamiet. Ze liep richting de voorkant van de rij, maar Amanda pakte haar arm.

Floris gaat eerst.

Als vanzelf vormde zich een slinger achter hem, de zweefmolen-kinderen eerst. Ze klapten en joelden terwijl Floris met zijn voeten over de mat wreef, op zoek naar de beste startpositie. De bok stond in het midden van de gymzaal te wachten als een gehoorzaam dier, de leraar ernaast, met zijn buik ertegenaan en zijn handen geheven in de lucht. Na wat omslachtig geschuifel zakte Floris eindelijk door zijn knieën, keek nog een paar keer naar de bok en weer naar zijn voeten, en zette af.

De hevigheid van zijn bewegingen vertaalde zich niet in snelheid. Vlak voor de bok kwam hij abrupt tot stilstand. Hij klapte dubbel en leunde met zijn handen op zijn knieën. Zijn hoofd schudde van nee.

M. spiedde om zich heen, in afwachting van het lachsalvo, de hoon voor deze angsthaas, maar de andere kinderen vertrokken geen spier. In plaats daarvan haastten ze zich naar hem toe en bogen zich over hem heen. Toen dezelfde leerlingen zich later die middag over haar heen bogen, terwijl ze haar hoofd in de wc-pot hielden en met haar gezicht golven maakten in het piswater, wist ze dus precies hoe dat er van een afstand uit moest zien.

—

Ze stonden onder het golfplaten dak van het fietsenhok, loom van de zon en moe van een dag school. De kraag van haar blouse was nog steeds vochtig. Het wc-water had haar kapsel heel even plat en onopvallend gemaakt, zoals dat van de andere kinderen, maar door de hitte was het snel opgedroogd en stond het nu als een donzen aureool rond haar hoofd. Een zure walm hing om haar heen. Het rioolwater had gele kringetjes op de stof van haar kleding getekend. Als ze die thuis snel uittrok merkte haar moeder hopelijk niets. Ze wilde niet dat ze wist dat de andere kinderen geen vrienden met haar wilden zijn. Ze wilde niet dat ze wist dat ze deze keer hadden gewonnen, dat zij zich zo had laten vernederen.

Amanda trok haar fiets uit het rek terwijl M. er wat doelloos bij stond. Ze werd altijd met de auto gebracht, hoe laat ze werd opgehaald was onbekend.

Waarom is hij zo populair?

Amanda staarde even in de verte, kneep haar oogleden samen en keek haar toen aan.

Zijn vader is kei-rijk.

Hoe weet je dat?

Gewoon. Dat weet ik. Dat zie je.

Ze keken allebei naar de jongens en meisjes die met fietsen aan de hand door de poort naar buiten liepen. Nonchalant. Stralend. Het leek wel een bloemencorso. Ze zag voor zich hoe een zeismachine met roterende bladen op de knoppen inhakte en dacht aan de kinderen in haar vorige klas, de vale gloed van verwassen kleding die rond hen hing; de geur van mest en ongewassen haar. Het had iets geruststellends, alsof ze te lang in de droger hadden gezeten met elkaar. Alsof ze een verleden hadden. Het was maar een paar dorpen verderop, maar het leek mijlenver verwijderd van deze kinderen in hun vreemde uitdossingen, die niemand durfde uit te lachen. Misschien was dat het, als je rijk was: dat niemand je meer uitlachte. Daarom wilde haar vader zo graag rijk zijn. Van alle dingen waar hij niet tegen kon, vond hij uitgelachen worden het ergst.

IV

Zodra de zware voordeur achter haar dichtviel en ze een eerste stap op het marmer zette, voelde ze het. Ze had eens in een tekenfilm gezien hoe een poppetje zijn vinger in het stopcontact stak waarna de stroomstoten met vonken door zijn lijf schoten. De rook kwam uit zijn oren en zijn haren knetterden als stro. Hij begon over zijn hele lichaam te rillen en te beven en na enkele seconden schoot hij weg, met een stofwolk achter zich aan. Ze had erom gelachen maar toen ze later in bed lag drong het tot haar door: ze hadden haar vroeger op het stopcontact aangesloten. De stroom zat in haar opgesloten, altijd alert. Het verklaarde zoveel. Haar spieren die zo strakgespannen waren dat ze met gym al aan de overkant van de zaal was als de rest nog moest vertrekken. Haar benen moesten altijd rennen, normaal lopen was een opgave. Het eeuwige kippenvel dat haar een reptielenhuid gaf, waardoor mensen verschrikt hun hand terugtrokken als ze haar aanraakten. Het haar dat in een waaier rechtop rond haar hoofd groeide zoals ze nog nooit bij andere kinderen had gezien (dat haar, dat vreselijke schapenhaar, van mij heb je het niet, verzuchtte haar moeder wanneer ze er met een gewone kam doorheen hakte en er een lint omheen bond, zo strak dat ze niet meer met haar ogen kon knipperen). Soms, als ze in haar eentje aan tafel zat achter een bord eten waarvan ze al moest kokhalzen als ze ernaar keek, bouwde haar vader de lading om haar heen rustig op, rondje voor rondje. Hij liep voor haar langs, dan weer achter haar, terwijl haar ogen hem als zoeklichten volgden. Hij dwong haar een hap te nemen, wat niet lukte omdat alles op slot zat, terwijl hij maar doorliep, cirkelend als een roofdier, tot ze zo onder spanning stond dat ze bijna opsteeg. Ze was een wandelende stroomkabel en hij had de knop om haar te activeren, als de veeprikker van Peerkes vader. Ze voelde dat het een lange nacht zou worden.

Boven haar klonk geschuifel, een bonk. Ze liet haar tas van zich afglijden, kromde haar rug en zette zich schrap. Het omgevingsgeluid was weg, ze hoorde alleen die twee boven en haar eigen, snelle ademhaling door haar neus. Ze deed haar ogen dicht, concentreerde zich op de geluiden. De afstanden in dit huis waren nieuw, de echo's, de vertraging vanwege de pluizige vloerbedekking op de slaapkamers op de eerste verdieping – waar waren ze precies? Een gesmoorde kreet en nog een bons, een fluittoon waaierde door de gangen, snelle voetstappen, gegrom gevolgd door het dreunen van een heimachine. Een gil.

Stilte.

Ze stond aan de vloer geschroefd. Alles in haar wilde weg, achteruit de voordeur door naar buiten, maar dat kon niet, ze moest ernaartoe. De ribstof van haar broek trilde even als een paardenflank onder een horzel. Ze fixeerde haar blik op de in cellofaan gewikkelde leunstoelen in de hoek van de hal (*nerfleer uit Frankrijk*). De wrijving bouwde zich op tot een statisch veld. Gloeiende wangen, een buik van staal, tintelende vingers.

Monotoon gejammer, vlakke uithalen. Het gehuil van haar moeder was begonnen. Vlak boven haar hoofd begon een ritmisch slagwerk, sneller dan daarnet – vier, vijf, zes, zeven knallen, de maat van een nieuw nummer dat zich nog maanden zou afspelen in haar hoofd, een valse muziekdoos met een gehavende ballerina in het midden van een kamer die onverwacht in het gangenstelsel verscheen.

Toen een dierlijke schreeuw als een bliksemschicht door de hal schoot kwam ze los van de grond, vloog over de treden omhoog, de gang door, en beukte de deur open.

Het eerste licht van buiten viel op haar ineengekrompen lichaam. Geruisloos kwam ze omhoog vanachter de wasmand, met branderige ogen en een hoofd vol mist. Ze had niet geslapen. Ze was zo stijf van het hurken dat haar rug even te klein leek voor haar lichaam. De muziek beneden stond nog aan, bastonen dreunden tegen de huid van haar voetzolen. De vloerbedekking was vochtig en ademde de zoete geur van urine. Snel zette ze de wasmand over de donkere plek, trok haar natte broek uit, veegde haar benen af en pakte een droge van de stapel.

Terwijl ze een plens koud water over haar gezicht spatte,

klonk aan het einde van de hal het rokershoestje. Daarna de rochel. Onder de balken hing nevel, alsof de lange nacht een eerste groezelig laagje op de pasgeverfde muren had achtergelaten. De nieuwheid was meteen weg, dat deden lange nachten. Het waren nachten die aanvoelden als een maand. Een maand waarin ze zoveel verschillende plekken zag, gesprekken voerde, testen onderging, onderhandelde en beslissingen nam, op de juiste momenten moest lachen, huilen en zwijgen, moest rennen, stilliggen en zich verstoppen, dat als ze de volgende ochtend weer naast haar klasgenoot in de schoolbank schoof ze zich verbaasd afvroeg wie dat kind met die appelwangen was.

Op muizenvoeten zocht ze haar weg door het huis, langs spatten en vegen, houtsplinters, opgedroogde vochtplekken, glasscherven, gescheurde kleding en een eenzame schoen. Op de overloop lag de inhoud van een versnipperd fotoalbum. In de stukjes herkende ze een half gezicht van oma Boertje, de romp van haar moeder in bikini en zijzelf op een driewieler, onthoofd.

Een stoomwolk die naar dennen rook ontsnapte uit de ouderlijke badkamer. Ze moest opschieten. Snel liep ze naar haar slaapkamer – als ze vandaag geen etui bij zich had, moest ze voor straf de hele dag op de gang zitten. De juf had haar al een paar waarschuwingen gegeven omdat ze steeds haar spullen niet op orde had. Ze duwde tegen de deur, maar die ging maar een klein stukje open. Toen ze door de kier keek zag ze hoe verschillende spullen de deur blokkeerden. Ze schopte een gesneuvelde schemerlamp, een paar kledingstukken en gespleten planken weg, tot ze erdoorheen paste. Ze had het etui klaargelegd op het uitklapbureautje van de nieuwe boekenkast, die in brokstukken voor haar op de grond lag. Een paar uur eerder had hij M. door de achterwand van de kast heen geslagen. Toen ze weer bijgekomen was had ze een strakblauwe hemel gezien; het was de prullenbak die over haar hoofd was geschoven. Die lag nu in een hoek van de kamer, ingedeukt. Achter haar hoorde ze kastdeuren dichtslaan. Snel kwam ze in beweging. Als een hond groef ze tussen het puin, vond het etui en stak hem onder een oksel. Ze haastte zich naar beneden, met elke stap zwol de muziek aan. De hal door naar de woonkamer, haar handen over haar oren. De zon klom vanachter de boomtoppen omhoog en schitterde tegen de vensterbank. Mick Jagger gilde uit de luidsprekers, 'Paint it black'. In het daglicht klonk de muziek vreemd. Het nachtelijke beeld van haar vaders grote lichaam schoot voorbij, wijdbeens en met bezweet bovenlijf, de bebloede voeten stampend in het glas terwijl hij haar opzweepte. Het leek alsof de muzikanten aan haar pezen trokken waardoor ze stuiptrekkingen kreeg. De koortsige gitaar en het slagwerk dat haar als een peloton marcherende soldaten achternazat, terwijl hij meebrulde en lachte om de *stinkcommunisten*, die sukkels die elkaar onderling afmaakten. Daarna volgde altijd 'Golden Brown', met het zwierige ritme waarop hij met haar wilde walsen. Door de kamer gingen ze, met grote passen tot ze gewichtloos door de lucht vloog, het bloed uit haar hoofd naar haar tenen was gevloeid en haar ogen wegdraaiden in haar schedel. Haar lichaam gaf zich over. De muren weken uiteen waardoor een eindeloze ruimte ontstond. Een open plek in het bos, de geur van hout en mos, een gewelf van wolkeloos blauw en hoog opgetrokken muren van stammen zo ver haar oog reikte. Loom liet ze zich achterovervallen. Maar niet voor lang. De vaart was er alweer uit, hij struikelde en smakte met zijn volle gewicht boven op haar.

Snel draaide ze het geluid weg. Stilte omsloot de kamer, maar de piep in haar oren bleef. Ze zette koffie en snoof de geur op tot ze er duizelig van werd. Zware voetstappen op de trap, door de hal, de keuken in. Haar vingers verkrampten zo dat ze bang was dat ze de mok in stukken zou knijpen. Gerommel in de hoek achter haar terwijl hij koffie inschonk. Vanuit haar ooghoeken zag ze hoe zijn opgezwollen handen een kopje vasthielden (*handgemaakt porselein uit Denemarken*).

Goedemorgen, papa.

Lafaard, hoorde ze haar moeders stem in haar achterhoofd. De smaak van gal in haar mond. Ze stak haar neus weer in de mok en snoof het bitter van de koffie op, lang en diep, tot haar kloppende schedel openbrak en sterren door de keuken dansten.

Laat je moeder maar liggen. Ik breng je naar school.

Ze griste de lege schooltas onder de kapstok vandaan en liep achter hem aan naar buiten, het etui nog altijd onder haar oksel geklemd. Zijn overhemd had een gekreukeld plekje tussen zijn schouderbladen, waar het lastig strijken was. Ze hoopte dat hij het niet zou zien.

V

M. rende een stukje mee voordat ze soepel in amazonezit op de bagagedrager van Amanda sprong. Ze hoopte dat iemand het had gezien, maar Floris en zijn volgelingen waren al vooruitgefietst, achter de juf aan, die in een oranje vestje en met een verbeten gezicht op haar trappers stampte. M. wilde zich vasthouden aan Amanda's middel, maar zodra ze contact maakte met haar lichaam schrok ze. Snel liet ze haar handen naar beneden glijden en haakte haar vingers onder het zadel.

Een warme bries streek langs haar kuiten terwijl ze met de klas door de woonwijken fietsten. Hoewel het nog vroeg was brandde de zon al op het asfalt. Lange, brede lanen met oude bomen, huizen met erkers, opritten bezaaid met grind. In de ramen zag ze zichzelf in stukjes voorbijvaren. Kaarsrecht en levenloos, als een pop. Ze trok haar mondhoeken omhoog in een grimas, maar haar ogen bleven glazen kralen, net zo blauw als de lucht in de ramen; haar blik ging er dwars doorheen. Ze wilde dat ze haar reflectie kon wegvegen, dat de realiteit een paar seconden later binnenkwam. Soms lukte dat, door aan markeerstiften te snuiven of aan de paarse fles nagellakremover van haar moeder. Ze nam de fles mee naar de wc, draaide de deur op slot en las de kleine lettertjes op de achterkant terwijl ze met tussenpozen diep aan de open hals snoof.

Aceton. Ethanol. Uitsluitend in geventileerde ruimte gebruiken. Oplosmiddel. Dampen kunnen slaperigheid en duizeligheid veroorzaken.

Ze snoof net zo lang tot de letters begonnen te dansen en de beelden op haar netvlies iets vertraagd werden binnengebracht, een verademing na een lange nacht.

Amanda's bloesje bolde op in haar gezicht. Ze inhaleerde de geur van bloemenwasmiddel en daaronder, op haar rug, een beetje zweet. Het had geen effect.

Rond de kinderboerderij lagen grasvelden, onderverdeeld in vlakken die van elkaar werden gescheiden door houten klaphekken. Er waren geiten, konijnen, cavia's, een shetlandpony en een bejaarde ezel, een poes met kittens en een stramme boxer met een uitstekende onderkaak, die onmiddellijk zijn staartloze kont tegen haar aan duwde. Het was een bij elkaar geraapt zootje kleinvee dat haar klasgenoten op de vorige school gewoon in de voortuin hadden staan, maar deze kinderen kirden van opwinding en renden gillend weg voor de geiten alsof het wilde dieren waren. Eén meisje begon te huilen toen de boxer haar kant op waggelde. De beheerder van de boerderij pakte hem bij zijn halsband en sloot hem op in een hok. M. staarde naar het meisje (een jurk met een print van cactussen en palmbomen, een ketting van gekleurde houten kralen) en voelde hoe de haat haar buik naar binnen trok. Haar gezicht werd een vuist waarmee ze haar de schedel wilde inslaan.

Op alfabetische volgorde werden ze in groepen verdeeld. Toen het bloemencorso onmiddellijk begon te protesteren, verzuchtte de juf dat ze dan maar zelf groepjes moesten maken. Zodra de juf zich had omgedraaid glipte M. via een staldeur de hooischuur in en wenkte Amanda. Via een ladder klommen ze naar de nok en sprongen op een plateau vol strobalen. Daarna klauterden ze over een paar metershoge stapels naar een nis in de hoek, waar twee haaks op elkaar geplaatste rijen een opening vormden, vlak onder een dakraam. M. pakte het stanleymes uit de zak van haar bermuda, sneed met een paar halen de touwen van een strobaal los en schudde die uit op de vloer van de zolder. Stof danste door de lichtbundel, het deed hun neus kriebelen.

Alstublieft, mevrouw. M. maakte een sierlijke zwaai naar het holletje. Lachend ploften ze neer, met hun rug tegen de muur.

Wat ga jij doen deze zomer? vroeg Amanda.

M. dacht even na en haalde toen haar schouders op. Tegen schoolvakanties zag ze nog meer op dan tegen school. In de zomer maakte ze weekkalenders waarop ze de dagen afstreepte en bewaarde die in het kistje onder haar bed.

Jij?

Eerst een week scouting, dan turnkamp en de laatste weken gaan we naar de camping in Duitsland. Superleuk, ieder jaar komen daar dezelfde gezinnen.

Een hooiwagen kwam tevoorschijn uit het strobed op de grond en strekte zijn voorpoot naar haar uit. Ze voelde Amanda naast zich ineenkrimpen, dus schepte ze het beestje voorzichtig op en zette hem op een strobaal verderop.

Maar wat doe je dan de hele dag, op zo'n camping?

Gewoon. Zwemmen. Kaarten. Naar een dorpje rijden. 's Avonds barbecueën met de buren.

M. wist niet wat ze moest zeggen. De vakantie was een tijd waarin zij zich langs de muren van het huis voortbewoog, onzichtbaar, zo stil mogelijk. Als haar vader weg was, durfde ze zich iets vrijer te bewegen maar de angst voor zijn terugkeer was misschien nog wel erger. Hij maakte er een sport van hen verkeerd in te lichten, om thuis te komen op onverwachte momenten. Dan zei hij dat hij in het oosten van het land zou overnachten voor een paar afspraken met klanten, maar kwam hij dezelfde avond toch binnenvallen, dronken en met glinsterende ogen. Waarom was er niet gekookt? Wat was haar moeder van plan, dat ze er zo mooi uitzag? Waarom keek M. hem zo aan? Het eerdere vooruitzicht van een rustige nacht maakte de teleurstelling alleen maar groter. Of hij sommeerde hen naar de plek te komen waar hij aan het werk was. Dan jakkerden ze het halve land door naar een wegrestaurant, om hem vervolgens briesend en scheldend op het parkeerterrein aan te treffen omdat ze te laat waren. Haar moeder was slecht met richtingen en verkeersborden, en iedere keer dat ze verkeerd reden voelde M. de steen in haar buik verder groeien. Soms mochten ze blijven, maar meestal stuurde hij hen weer weg om meteen de achtervolging in te zetten, tot hij ze ergens langs de snelweg tot stilstand dwong.

Ze probeerden hem voor de gek te houden, deden net

alsof er helemaal geen vakantie was. Ze vertrokken 's ochtends van huis en reden naar steeds een ander winkelcentrum in steeds een ander dorp, afhankelijk van de hoeveelheid benzine in de tank. Daar struinden ze urenlang rond met Boelie in de kinderwagen, tot haar voeten brandden en ze geen winkel meer vanbinnen kon zien of ruiken; de scherpe geur van goedkoop textiel en chemicaliën. Haar moeder was verzot op winkelen. Ze deed gouden vondsten in uitverkoopbakken en verstopte de plastic tasjes onder in de buggy, zodat ze ze later ongezien het huis in kon smokkelen. Of ze liet haar en Boelie dure hemdjes en bloesjes passen in de paskamer, trok hun eigen kleding eroverheen en gaf de rest van de stapel met een dankbare glimlach terug aan de verkoopster.

M. vond het fijner als haar moeder alleen ging. Ik ben zo terug! riep ze dan uitgelaten om hen vervolgens achter te laten op de parkeerplaats. M. vond het prima, uren achtereen rustig in de auto met Boelie, de deuren op slot en rondom goed zicht. Toch knaagde altijd de zorg dat haar moeder niet meer terugkwam. Ze fixeerde haar blik op de ingang en veerde op bij iedere mooie vrouw die naar buiten kwam. Dat waren er niet veel, de meeste winkelende vrouwen waren lomp en hoekig. Met korte beentjes op platte schoenen haastten ze zich naar hun auto's, waar ze zuchtend de boodschappen in de achterbak laadden en met een mond als een hoefijzer achter het stuur plaatsnamen. Zelfs van veraf zou ze haar moeder in de winkelende massa herkennen, aan haar afwijkende silhouet en motoriek, licht als een vlinder. Als ze eindelijk tussen de schuifdeuren verscheen, soms pas na uren, met een gejaagde blik in haar ogen en trosjes tassen aan beide handen, was de opluchting groot en voelde M.

voor het eerst de volle blaas op de plaats van haar lege maag.

Wanneer de vakantie voorbij was en iemand hun terloops vroeg waar ze waren geweest, lette ze goed op wat haar moeder antwoordde. Ze waren op plaatsen geweest die zij zich niet kon herinneren, hadden ijsjes gegeten en de zee gezien terwijl zij het idee had dat ze zes weken lang onder water was gehouden.

Amanda porde in haar zij. Maar waar gaan jullie nou heen? vroeg ze, terwijl ze driftig met haar neus bewoog als een hamster. Stro stak uit haar kruin.

Bianco Carrara, antwoordde M., in Italië.

Toen de juf de bel luidde, klommen ze samen naar beneden en voegden zich onopvallend bij de andere kinderen. De beheerder van de boerderij vertelde dat er een koe aan het bevallen was; wie wilde mocht meekijken met de veearts. Het bloemencorso begon meteen kotsgeluiden te maken maar Amanda en zij knikten opgewonden. Onder de overkapping, achter een tractor met een leren zitzadel dat muisgrijs was van het stof, was een aparte stal waar een schonkig beest lag te hijgen op het stro. Een man in een groen pak zat op zijn hurken ernaast, zijn mouwen opgestroopt tot vlak onder zijn oksels. Zijn armen glansden van het slijm en bloed. Onder de staart van het dier staken uit een roze tunnel een kop en twee poten. Het leek te smal, te nauw, het dier werd afgekneld. Amanda gilde en dook weg met haar handen voor haar ogen. De veearts probeerde zijn arm langs het hoofd in de tunnel te steken, op zoek naar grip. M. voelde haar ademhaling versnellen. Ze knipperde met haar oogleden, probeerde de hamers achter haar slapen van zich af te schudden.

Een hand grijpt naar een keel, vingers klemmen zich om de halsslagader en luchtpijp, een hoofd kleurt dieprood.

Hé, kom eens helpen!

De veearts draaide aan het kalf, trok aan zijn kop en begon te schelden.

Godsakkes, nou niet 'r tussenuit naaien. Verdoemme!

M. stond er roerloos naast, probeerde onderscheid te maken tussen de beelden in haar hoofd en die vóór haar.

Ogen die wegdraaien. Een lichaam dat stuipt en ten slotte verslapt.

Help met trekken!

Toen de man schreeuwde dook ze voorover. De glibberige voorpoten en haar grip rond zijn hoeven brachten haar terug in de stal. Dit kende ze van de boerderij. Dit waren de dingen waar ze goed in was – het plukken van een kip, het kalmeren van een angstig veulen, de honden nieuwe trucjes leren. Met dieren was alles logisch, ook als het misging. Ze probeerde zich te concentreren op haar handen, op de stem van de veearts die haar instructies gaf.

Hou stil, ja, nog even, laat 'm niet wegglippen, ik ben er bijna.

Met haar hele gewicht hing ze aan de voorpoten, terwijl de man zijn arm verder in de roze tunnel duwde. Ze stond nu zo dicht tegen hem aan dat ze hem kon ruiken: het zweet op zijn rug, de muffe haarwortels van zijn krullen.

De hak, waar zit-ie, kom op. Ik heb 'm!

De aderen op haar vaders onderarmen, een val achterover, opdrogend gespartel op de vloer. De smaak van bloed op haar tong vermengd met het zout op haar lip.

Gefeliciteerd, meiske. De man knipoogde naar haar en

knikte naar het kalf dat met moeite zijn hoofd optilde.

Doe jij maar een naam.

Ze rilde, terwijl het kalf op het stro rechtop probeerde te staan. Toen keek ze de veearts recht aan en trok haar mondhoeken omhoog.

Mick, zei ze. Hij heet Mick.

VI

In de kast in de woonkamer stond een zwart-witfoto van haar vader in uniform – lang, slank, rechte tanden achter een schuine glimlach, de pet kaarsrecht op het hoofd. Ooit hoorde ze haar moeder terloops zeggen dat hij daar leek op de man die van zijn eigen moeder een *moffenhoer* had gemaakt. Uit de vuistslag die daarop volgde begreep ze dat het gevoelig lag en toch stond die foto er in ieder nieuw huis weer: de knappe korporaal achteroverleunend in zijn houten lijstje. Het was een van de weinige foto's die de jaren overleefde. De meeste waren verscheurd, verbrand, kapotgestampt bewijs van al die mislukte pogingen iets vast te leggen van hun bestaan. Toch bleef M. foto's maken, maar alleen nog van haar broertje, met een kanariegele wegwerpcamera die ze uit een tabakszaak had gejat en in het kistje onder haar bed bewaarde.

De moeder van haar vader, oma Flat, zagen ze alleen

tijdens plichtmatige bezoekjes. Ze kwam nooit langs, stuurde geen kaart voor M.'s verjaardag en belde nooit. Toch eindigden veel lange nachten bij haar. Als alle pakjes sigaretten waren opgerookt en het laatste pompstation in de buurt was gesloten, als de blikken bier en de flessen wijn leeg waren en hij uitgeput raakte, dan liet hij zich over M. heen vallen en beklaagde zich over de vrouw die hem dit leven had geschonken. Met natte wangen lag hij in haar schoot en spuugde woorden uit waarvan ze de betekenis niet precies wist.

Farizeeër. Egoïst. Parasiet. Verrader.

Er was één woord dat ze ook wel eens op school of op televisie hoorde: *hoer*. Haar vader zei altijd dat je een vrouw geen pijn mocht doen, maar een hoer wel. Wat een hoer precies was of wanneer je er een werd, wist ze niet goed; wel dat haar moeder er vaak een was, en zijzelf ook.

Op die momenten voelde ze een brandende haat voor oma Flat, een vuur dat oplaaide diep in haar buik en tot in haar oogbollen en vingertoppen prikte. Terwijl zijn gewicht op haar drukte, probeerde ze haar vader te troosten. Ze streelde de dikke lokken op zijn kruin en herhaalde steeds opnieuw dat zij wel van hem hielden, heel veel zelfs. Dat zij hem nooit in de steek zouden laten, zoals zijn eigen moeder, en dat hij voor haar moeder altijd op nummer één stond, en niet zij, zoals hij altijd riep. *Dat kind staat op de eerste plaats, geef maar toe*, riep hij terwijl hij op haar insloeg. Maar haar moeder gaf nooit toe.

De spanning had zich in de loop van de week langzaam opgebouwd. M. en Boelie zaten al een tijdje achter in de auto te wachten toen haar ouders eindelijk met verbeten gezichten naar buiten kwamen en instapten. Onderweg telde M. praatpalen en probeerde uit te ademen. Het gebouw waar oma Flat woonde stond op een winderig terrein aan de buitenring van de grote stad; het afvalputje van Brabant, zoals haar moeder het noemde. Vanaf de snelweg moesten ze nog een heel stuk door een labyrint aan woonwijken. Hun auto leek te groot voor de smalle straten, aan beide kanten werden ze ingeklemd door rijen kubussen zonder tuin. Ondanks het stralende zomerweer waren de ramen van de meeste huizen afgesloten met rolluiken of kranten. Kinderen renden over straat, plukjes vrouwen puften op de stoep de hitte weg.

Kijk ze zitten, zei haar moeder en ze schudde haar hoofd terwijl ze langs een paar vrouwen in te kleine topjes reden. Hun bovenarmen plakten aan hun borsten terwijl ze hun opgezwollen benen in een halfgevuld opblaasbadje staken. Het was ochtend, maar de hitte van de vorige dag zat nog in de stenen. Een man tufte hen tegemoet op een brommer met een knalpot, zijn voeten wijdbeens op de trappers zodat zijn buik de ruimte kreeg.

Waarom zijn het altijd dikke mensen die op een brommer rijden, mompelde haar moeder terwijl ze haar wangen naar binnen zoog.

Dezelfde reden waarom jij in een auto zit, zei haar vader, en hij stak zijn gestrekte vingers diep in het vlees van haar buik, vlak boven de band van haar rok. Het was de eerste keer dat hij sprak sinds ze waren vertrokken. Haar moeder slaakte een kreet, sloeg zijn hand weg en rechtte haar rug als een ballerina. Daarna was het weer stil. M. staarde naar de handen in haar schoot en hoopte dat haar vader de achterramen zou openen, zodat er wat zuurstof naar binnen kwam. Hoe langer ze naar beneden keek, hoe meer ze ervan overtuigd raakte dat haar huid begon te versmelten met de leren bekleding. Druipend vel met witte haartjes erin gleed van haar spieren en verspreidde zich als kaasfondue over haar schoenen. Nu vielen ook stukken vlees van haar botten, organen, darmen, het glibberde allemaal naar de grond en verzamelde zich in een poeltje aan haar voeten, tot alleen haar skelet overbleef, kaarsrecht als dat van haar moeder, met erboven dat gigantische hoofd waarvan ze zich opeens realiseerde dat daar een paar woorden vastzaten in een tredmolen. *Houjemondhoujemondhoujemondhoujemond.*

Och. Zag je dat jong? zei haar moeder. Ze hebben niet eens het fatsoen die kinderen normaal aan te kleden. Slecht voor je postuur, schoenen zonder behoorlijk voetbed. Je ziet het gewoon aan ze, ook als ze eenmaal volwassen zijn.

M. trok de stugge bermuda uit haar kruis en probeerde haar tenen te bewegen in de nieuwe instappers die haar moeder speciaal voor vandaag had gekocht. Ze voelden als klompen, zo onbuigzaam was het leer. Boelie leunde zwaar en verhit tegen haar aan, zijn haar rook naar babylotion. Het was in een strakke zijscheiding gekamd, waardoor hij op een oud mannetje leek. Ze kon zich geen tijd herinneren dat hij er niet was, alsof ze altijd al samen waren geweest. Toen hij in de buik zat was iedereen nog blij geweest, zelfs oma Boertje, bij wie ze logeerde tot haar moeder terugkwam uit het ziekenhuis. Het kind verbeeldde de hoop dat het nu beter werd, een nieuw begin, het licht dat de duisternis brak of wat volwassenen ook maar zagen in de geboorte van een kind. Maar na Boelies geboorte was er stilte. Toen de baby na een paar dagen nog niet één keer had gehuild zeiden ze in het ziekenhuis dat er iets niet goed was. M. had een blauwe slinger geknutseld en opgehangen met punaises die ze uit de klas had meegenomen. Toen ze thuiskwamen trok haar vader hem met één haal van de muur. De rollen beschuit en de doos blauw-witte muisjes verdwenen in de pedaalemmer en dat was het. De stilte was als een wolk om Boelie heen blijven hangen. Hij maakte zelden geluid en lawaai ging langs hem heen. Het liefst zat hij bij haar of bij haar moeder op schoot. Zijn vader leek hij niet te herkennen en naarmate de tijd verstreek gold dat ook andersom. M. had haar moeder tijdens de zwangerschap maandenlang hardop horen mijmeren over een naam voor haar ongeboren kind, een naam waarin zijn toekomst doorklonk, eentje vol allure waarvan iedereen zou zeggen: wat een bijzondere naam – net als bij haar. Maar naar zijn zorgvuldig door haar moeder uitgekozen naam luisterde hij niet. Die hing in uitgezaagde sjablonen aan de muur in zijn babykamer, maar na de eerstvolgende verhuizing waren er al drie letters kwijt. M. noemde hem Beertje maar dat mocht niet van haar moeder, want hij was niet dik of traag. Toen werd het Boelie, en dat mocht als ze niet in gezelschap waren.

Aan het einde van de wijk, op een verlaten plein, stond de flat van haar oma. Een blokkendoos met stalen galerijen en garagedeuren over de hele onderste verdieping. Op een streepje groen voor de flat stond een miezerig rijtje bomen met hun takken als armen uitgespreid, alsof ze het gebouw probeerden te bedekken. Het was de eerste keer dat het niet regende. Die paar keer per jaar dat ze hier kwamen regende het altijd: motregen, slagregen, plensregen, miezerregen. M. kon zich niet anders herinneren dan dat haar moeder, voorovergebogen en met haar jas over haar kapsel getrokken, naar de centrale ingang rende, terwijl haar vader en zij er met Boelie op hun dooie gemak achteraankwamen. Haar moeder moest dan voor de rij bellen op hen wachten, want de zoemer bleef brullen zolang je de deur openhield. Oma Flat had er al eens een opmerking over gemaakt.

Kon je niet even wachten tot je man en kinderen er zijn? Ze zei het poeslief, maar M. voelde haar moeder verstrakken.

Voordat ze naar binnen gingen keek M. snel langs het hoge gebouw omhoog. Nog niet zo lang geleden was er een man van de bovenste verdieping gesprongen, met zijn kind in de armen. Volgens haar moeder waren ze vlak voor de ingang te pletter gevallen. Ze had de exacte plek aangewezen en met een lachje gezegd dat ze het hem niet kwalijk kon nemen. Ze meende het niet, dat soort dingen, want later had ze haar zien huilen, terwijl ze die mensen niet eens kende.

Terwijl de lift omhoogzoefde voelde ze druk op haar buik en borst, die niet wegging toen ze uitstapte. Nog voordat ze konden kloppen zwaaide de voordeur open. Een walm parfum vulde de galerij. De oude vrouw verscheen met wringende handen in de deuropening, haar ogen gericht op haar zoon. Als een lakei stond ze voorovergebogen in het halletje. Onzeker nam ze zijn jasje aan, drie zoenen op zijn gespannen kaken. Hun moeder wachtte tot ze in de huiskamer waren verdwenen en trok toen hun zomerjassen uit. M. had die ochtend geprotesteerd dat ze nog een extra laag aan moest terwijl de warmte de muren al deed opzwellen, maar het jasje hoorde bij de bermuda dus ze had geen keus.

Alles in het piepkleine appartement was zilver en roze,

maar vooral roze. Roze vloerbedekking, roze stofbehang, roze zitmeubelen en, op de eeuwig gedekte tafel voor bezoek dat volgens haar moeder nooit kwam, naast ieder roze bord zilveren bestek (*nepzilver, ordinair nikkel met een laagje erop*). In de loodzware kast die haar vader ooit naar boven had getild, zoals hij iedere keer opmerkte als hij binnenkwam, stonden zilveren lijstjes gevuld met foto's van haar vader, die opvallend veel knapper was dan oma. Het was duidelijk dat de man over wie ze het niet mochten hebben in ieder geval goede genen had gehad.

In de donkere woonkamer gingen haar ouders op de bank zitten. M. zakte neer op de vloerbedekking met haar rug tegen de bank, met Boelie naast zich. Oma schonk koffie uit een gebutste kan in met roze randjes afgezette kopjes. Daarna presenteerde ze het zilveren schaaltje met geboortechocolaatjes waarop ze bijna haar kiezen brak, en de muffe speculaas met amandelvulling op het bordje met de barst in de vorm van een bliksem. De gevulde speculaas kwam uit de diepvries; alles wat ze niet opaten kregen ze de volgende keer gewoon opnieuw geserveerd, als ontdooide wraak. Verder waren er het zilveren kistje met mini-pepermuntjes en de waterige limonade in Nutella-glazen met Asterix en Obelix erop, waarbij oma iedere keer weer zei dat ze die van de buurvrouw beneden kreeg als ze een pot chocopasta hadden leeggegeten. Het was haar manier om duidelijk te maken dat ze geen geld had.

Oma nam plaats op de enige stoel, klemde haar knieën tegen elkaar, pakte haar kopje en zette het zonder een slok te nemen weer terug op de salontafel.

En, gaat alles goed met jullie?

Waarom zou het niet goed gaan? Haar vader snoof.

Nee, natuurlijk. Met de kinderen?

Uitstekend.

Haar moeder knikte en wreef met een beetje spuug de scheiding van Boelie plat. M. strekte haar vingers en kneep ze tot vuisten, wiebelde heen en weer op haar billen, rekte haar schouders naar achteren en probeerde haar kaken los te maken, kriebelde aan haar neus. Alles jeukte en knelde. Toen haar moeder in de spier boven haar sleutelbeen kneep zat ze onmiddellijk stil. Oma maakte zich klein en boog zich naar Boelie. Ze trok haar wenkbrauwen op en ontblootte haar tanden. Haar broertje kroop dichter tegen M. aan.

Kan jij al, kan hij... Oma zocht naar woorden terwijl ze van het kind nerveus naar haar zoon keek en weer terug. Kan jij al lekker rennen? Als een hongerige giraf stak ze haar hoofd naar voren en probeerde over de salontafel heen zijn wang aan te raken. De afstand was te groot en haar arm viel slap terug op haar been.

Natuurlijk kan hij rennen, zei haar moeder. Hij is niet achterlijk.

Haar vader stond op. Even was ze bang dat hij zijn hoofd zou stoten, zo groot leek hij in deze ruimte. Hij nam een enkele stap naar het raam, stak zijn handen in zijn zakken en staarde naar buiten.

Gadverdamme, wat is het hier toch een treurige bedoening. Gaat de gemeente die wijk nog aanpakken of blijft het een dump voor mensen die te lui zijn om te werken?

Hij lachte over zijn schouder naar haar moeder, maar die was bezig met haar bloedrode nagel een nieuwe zijscheiding in het haar van Boelie te trekken.

Natuurlijk kan hij rennen, herhaalde haar moeder, zachtjes. Hij heeft er niet altijd zin in, dat is wat anders.

Ik word hier onpasselijk van, weet je dat?

Haar vader praatte nog steeds tegen het raam.

Het is bijna knáp om zo te leven. Een huis van de gemeente, een uitkering. En er dan nóg een puinhoop van maken. Kijk nou, die teringzooi op straat. En hoeveel kost het om iedere dag even te douchen? Het armoedezweet is hier gewoon in de lift getrokken.

Hij keek naar zijn moeder, terwijl hij zijn mondhoeken naar beneden trok. Oma zuchtte alsof ze een kaars uitblies. Haar hoofd hing zwaar aan haar hals.

Stel je toch niet zo aan, mens.

De woorden rolden als staalplaat uit zijn mond.

Alles overkomt je. Die laatste hufter met zijn drankprobleem; dacht je nou echt dat die je iets zou nalaten? Een geheim potje waarmee je ergens een fatsoenlijk huis kon betalen? Een profiteur ben je, maar dan een slechte.

Hij grijnsde weer naar haar moeder, maar die probeerde nu haar broertje een reclamefolder in zijn handen te stoppen. Het ding viel vreugdeloos op de vloerbedekking. Ze negeerde het en stond op.

Wie wil er nog koffie?

Met frisse tred overbrugde haar moeder de paar passen naar de keuken. Oma kromp verder in haar stoel. M. zag dat haar vader begon op te zwellen als een ballon. Hoe zieliger je deed, hoe groter hij werd. Hoe groter hij werd, hoe vlakker hij sprak, alsof de druk zijn keel afkneep. Het was onuitstaanbaar dat haar moeder en oma die signalen nog steeds niet zagen, alsof ze te stom waren, of gewoon niet opletten.

Ergens in haar begon een kooltje te gloeien. Ze kon niet

langer stilzitten en zocht naar een moment ertussenuit te glippen.

Haar vader draaide zich helemaal om. Zijn schaduw gleed over de woonkamer. Als ze hem nu een zet gaf viel hij achterover door het raam naar beneden.

Moet je jezelf nou zien zitten. Hij siste de woorden, alsof er een ventiel was opengedraaid.

Haar moeder verscheen met de koffiekan in haar handen.

Moeder, ik vind alleen koude koffie. Wilt u mij even helpen?

Dankbaar haastte oma zich naar de keuken. M. glipte achter haar aan. Oma nam de koffiekan over, goot de inhoud ervan in een steelpan en zette die op het vuur.

M. schoot de hoek om, de flat in. Omdat er geen ruimte was om te rennen, hinkelde ze heen en weer tot de ergste jeuk in haar lichaam wegzakte. Haar schoenen lieten een patroon van afdrukken achter in het zalmroze, hoogpolige tapijt. Ze zakte neer, schoof op haar knieën achteruit en veegde met één hand haar sporen weg. Pluisjes kleefden aan haar bezwete handpalmen. Ze eindigde bij een deur die normaal gesloten was, maar vandaag wagenwijd openstond. Voorzichtig stapte ze over de drempel. Een roze hemelbed, roze gordijnen, een roze doorzichtige nachtjapon op een roze hanger aan de kast. De muren drukten aan beide kanten tegen het bed, er was alleen nog ruimte voor een kaptafel met spiegel aan het voeteneinde. Op het tafeltje stond een hoofd zonder gezicht, met een hoogblonde knot van levensecht haar erop. Dezelfde knot die oma altijd droeg, een Grace Kelly-knot. Haar moeder hield erg van Grace Kelly en vond het zonde, zo'n mooie knot op zo'n lelijk gezicht. Oma had eens geprobeerd zoiets bij M. te maken, maar het kroeshaar liet zich niet bedwingen. Het lijkt wel of dat kind een buitenlandse vader heeft, had oma opgemerkt met een lachje. Rode vlekken verspreidden zich onmiddellijk vanuit haar moeders kraag over haar gezicht. Ik weet anders wel iemand die écht een buitenlandse vader heeft, had haar moeder op de terugweg in de auto tegen haar vader gemompeld, waarop een lange nacht was gevolgd.

M. staarde naar het hoofd, aarzelde even, pakte toen de pruik en zette hem op. Toen ze in de spiegel keek staarde een miniatuurversie van haar oma terug, maar dan zónder de haakneus en zware mondhoeken. Opeens wist ze het: oma was een heks. Op een vorige school had de juf een boek voorgelezen. Het was geen sprookje, maar een levensecht verhaal, over vrouwen aan wie je niets bijzonders ziet – geen bezemsteel of puntmuts of andere kinderachtige heksendingen – maar die alle kinderen willen vernietigen. Het enige waaraan je ze kon herkennen waren hun pruik en grote neusgaten. Onder de pruik zaten ruwe stekels verborgen. Haar oma was ook kaalgeschoren, had haar moeder eens gezegd, lang geleden, als straf omdat ze zwanger was van haar vader.

Snel plaatste M. de knot terug op het gezichtloze hoofd en haastte zich naar de woonkamer, achteruit op haar knieën terwijl ze haar afdrukken wegveegde, alsof ze er nooit was geweest.

Haar moeder drukte oma drie zoenen op de slappe wangen en opende eindelijk de deur naar de galerij. Een warme tochtstroom sloeg tegen haar gezicht. Opgelucht haalde ze adem. Regendruppels vielen van de verdieping boven hen en vormden donkere halve manen op de betonvloer van de portiek.

Kom. Haar moeder trok Boelie aan zijn hand naar buiten, zodat hij bijna over de drempel struikelde. M. wachtte tot ze op de galerij waren.

Zwaai maar naar oma, da-haag. Haar moeder greep Boelies bovenarm en zwiepte er mechanisch mee van links naar rechts. Oma lachte naar het kind maar haar ogen deden niet mee.

Zullen we rennen, naar de lift? Hup. Haar moeder begon te draven, haar hand als een bankschroef rond de pols van haar broertje. Hij zette een paar passen maar toen sloegen zijn voeten om en schuurden over het beton als natte lucifers. Oma stond nog steeds in de deuropening te kijken terwijl haar moeder doorliep, steeds harder, met haar broertje als een zak aardappels achter haar aan. Vlak voor ze bij de lift waren keek haar moeder opzij, over de reling. M.'s hart stokte achter haar borstbeen. Als een katapult schoot ze naar voren, pakte de andere pols van haar broertje en zwierde hem als een vliegtuig over de drempel naar de lift.

Op de terugweg zat ze stilletjes op de achterbank. Ze hoopte dat haar moeder haar mond zou houden. Tevergeefs. Een compliment met een gifbodem. Een vraag als een dolkstoot. Een schamper lachje terwijl ze haar lippenstift ververste in de uitklapspiegel. De snelheidsmeter kroop omhoog, haar vaders knokkels rond de pook trokken wit weg. De pulp van chocoladedragees in haar maag begon langzaam omhoog te komen. Hij sliste tussen zijn tanden door of ze wilde stoppen, zij vroeg waarmee. De andere auto's op de snelweg vielen weg, woorden wachtten niet meer op hun beurt terwijl de ijle stem van de popzangeres op de radio verdampte in de verwijten.

Voor de zoveelste keer hoorde M. hoe de moeders werden vertrapt, maar als tuimelaars doken ze steeds weer op uit de modder: de moffenhoer en de boerin. Ze konden nog zo vaak verhuizen, de moeders kwamen altijd weer tevoorschijn.

M. sloot haar ogen en dacht aan de banden die steeds sneller over het asfalt schoten. Haar hand rustte op de deurklink. Ze hoefde hem alleen maar naar zich toe te trekken. In plaats daarvan telde ze seconden als olifanten in haar hoofd. Eén olifant, twee olifant, drie olifant. Zoveel olifanten tot de verlossende eerste klap.

VII

Zodra de zoemer klonk renden ze naar de fietsenstalling om Amanda's fiets te halen. Routineus sprong M. bij haar achterop. Haar vriendin woonde niet rond het meertje achter de school, waar de meesten van hun klasgenoten opgroeiden in bonkige twee-onder-een-kapvilla's met kerkramen boven de voordeur, waar de straten lanen heetten en de moeders 'kwartier' zeiden in plaats van wijk. Amanda woonde verder weg, in een straat met rijtjeshuizen op identieke groene matten. Via een boog-haag liepen ze de kleine voortuin in, waar onder een afdakje in de hoek een kliko, een paar oude schaatsen en een leeg konijnenhok stonden. Amanda had de fiets nog niet op de standaard gezet of haar moeder verscheen stralend in de deuropening.

Wat fijn dat je er bent. Amanda heeft ons zoveel over je verteld. Kom binnen.

De ronde tafel in de keuken was al gedekt, een geblokt

kleed hing in vier punten over de rand. Een schaal met witte en bruine boterhammen, een kaasdoos met een kaasschaaf erop, een doorzichtige belegdoos met verdiepingen vol boterhamworst, salami en leverkaas, een rond plateau met pakken hagelslag en fruithagel, aardbeienjam met een lepeltje ernaast op een koffiebordje, een theepot op een warmhouder, een schaal onthoofde aardbeien en een kommetje suiker. Van de zenuwen schoot M. in de lach. Amanda's moeder lachte gul terug en schoof een stoel naar achteren.

Na haar derde witte boterham met roomboter, aardbeien en suiker (ze kon zich niet herinneren ooit zoveel te hebben gegeten tussen de middag) begon ze een beetje te ontspannen. Toch hield ze de keukendeur en de bewegingen van Amanda's moeder scherp in de gaten.

Zeg maar Geesje, zei de vrouw. Het was ook echt een Geesje, een vrouw waarvan alle scherpe randjes waren gevijld, met een rond gezicht en rustige armgebaren die een geurspoor van handcrème in de lucht achterlieten. Geesje stelde veel vragen - waar ze vandaan kwam, wat haar ouders deden, waarom ze hier waren komen wonen. M. hoorde zichzelf antwoorden. Eigen bedrijf, succesvol, snelle uitbreiding, nieuwe vestigingen, verhuizen is een avontuur, kinderen passen zich snel aan. De woorden rolden uit haar mond alsof haar moeder geruisloos in haar was geschoven.

De voordeur klapte dicht. M. schrok zo dat haar arm omhoogzwiepte, waardoor de aardbei die aan haar vork zat door de lucht vloog en tegen de hagelwitte keukenmuur uiteenspatte. Daarna gleed hij stroef naar beneden terwijl hij een rood slijmspoor trok. De voetstappen van de vreemde naderden.

Hallo allemaal!

Een man stapte de keuken binnen, liep rechtstreeks naar Amanda en drukte zijn lippen op haar voorhoofd terwijl hij een luid smakgeluid maakte.

Dag lieverd.

Geesje liep naar het aanrecht om een doekje te pakken. In het voorbijgaan gaf ze de man een zoen.

En wie is deze jongedame? Een uitgestoken hand.

M. reageerde niet. Haar ogen waren gefixeerd op de muur. Geesje probeerde die schoon te maken, maar in plaats daarvan creëerde ze met het vochtige doekje een roze boomstam op het oppervlak. M.'s hartslag schoot naar haar trommelvliezen.

Kijk niet zo angstig, het is geen ramp, lachte Geesje. De man begreep wat er was gebeurd, keek naar zijn uitgestoken hand en liet hem toen in één vloeiende beweging door zijn haar gaan. Een knipoog naar Amanda die haar tanden bloot lachte.

Dit is nou het nieuwe meisje, pap.

De man schoof aan en zwierde een boterham op zijn bord.

Ontzettend leuk dat je er bent, nieuw meisje. Wat heb je een prachtig haar, en een bijzondere naam. Kijken wij naar jou, of kijk jij naar ons – dat is de vraag. Zijn wenkbrauwen gingen een paar keer veelbetekenend op en neer.

Geesje knikte geestdriftig mee.

M. wist dat ze staarde, maar ze kon het niet helpen. Het was net of ze achter glas zat, als een vis in een aquarium. Ze keek naar deze vreemde wezens, die allemaal naar haar terug staarden en op haar mooie strepen wezen. Ze wilde wegzwemmen, maar er was niets om zich achter te verschuilen.

Nu moet je ophouden met zo angstig te kijken, nieuw meisje, want ik bijt niet en de moeder van Amanda had het er laatst nog over dat ze roze keukenmuren wilde, dus die heb je alleen maar een plezier gedaan.

Alle leden van het gezin barstten in lachen uit. Splijtende mondhoeken vervormden hun gezichten. In haar keel groeide een pit waardoor slikken pijn deed. Geesje schonk hen allemaal een kop thee in, maar M. kreeg niets meer naar binnen. Ze hield haar ogen open zonder te knipperen tot de keukenmuren als aardplaten over elkaar heen begonnen te schuiven. Ze keek naar buiten, naar de kleine achtertuin die via een gangetje uitkwam bij de voortuin, bij de haag die naar de straat leidde. Naast het raamkozijn zat een knop waarmee je de elektrische rolluiken kon laten zakken. Ieder moment zou Amanda's vader de schakelaar naar beneden duwen. De achterdeur zat op slot, dat had ze meteen gezien toen ze de keuken binnenliep, en als ze naar de voordeur wilde, moest ze langs hem zien te komen. Sneeuwvlokjes dwarrelden door haar vizier, eerst kleine spikkels maar ze werden steeds voller, tot honderden afgeknipte konijnenstaarten haar blik vertroebelden. Ze zou met graaiende vingers een doorkijkluik willen maken. Niet bewegen. Het zijn maar eiwitten in een glas, had een gastleraar op een van haar vorige scholen uitgelegd. Hij was als bioloog uitgenodigd om het insectenproject van haar klas te beoordelen: een lange rij schoenendozen op de vensterbank vol opgeprikte regenwurmen, vlinders, strontvliegen en spinnen. De meerderheid was niet eens een insect, maar toen M. dat bij de juf meldde zei ze dat dat niet erg was. Ze was allang blij dat de boerenkinderen de diertjes deze keer heel hadden gelaten, in plaats van ze met hun spekvingers te pletten tot hun darmen eruit spatten. De juf had er kakelend bij gelachen. De nacht voordat het project gepresenteerd zou worden had M. naar het plafond gestaard en lang nagedacht hoe ze kon winnen. Ze wilde altijd winnen, het was de enige manier om als nieuwkomer een beetje respect te verdienen, althans: om niet meer totaal onzichtbaar te zijn. Terwijl ze daar lag, haar blik gefixeerd op het donkere vlak boven haar hoofd, haar oren gespitst op het minste geluid uit de andere kamers van het huis en haar lichaam klaar om ieder moment uit bed te springen, dansten er kleine vliegjes door het beeld, zoals tijdens zoveel nachten, of ze haar ogen nu open had of dicht. Opeens had ze een geweldig idee: ze zou twee spelden in haar oogbollen steken, dwars door de vliegjes heen, en ze in een schoenendoos met watten opbaren.

Toen ze de volgende dag aan de gastleraar over haar vondst had verteld, had hij haar geduldig uitgelegd dat het geen vliegjes waren, maar eiwitten in het glas van haar oog. Het was dus maar goed dat ze er geen spelden in had geprikt, want ze waren toch niet te vangen. Hij gaf haar het voorbeeld van een glazen bol met sneeuw: als je die schudde (zijn hand ging in de lucht hard op en neer), dwarrelden de vlokjes door de bol. Wanneer het heel druk in je hoofd was (weer die hand), gebeurde bij haar hetzelfde. Ze moest ze gewoon laten dwarrelen en wachten tot het rustig werd.

In de verte achter de sneeuwstorm legde de vader van Amanda nu zijn hand op het achterhoofd van zijn dochter. Het lukte M. bijna niet meer om niet te knipperen. Ze trok haar wenkbrauwen naar haar haargrens om haar oogleden open te houden. Amanda's vader had nu de vorm aangenomen van een soort wolkachtige Barbapapa. Hij stond achter zijn dochter en ramde haar gezicht in de schaal aardbeien, op en neer, steeds harder, door het porselein heen tegen de houten tafel, tot Amanda's neus in haar schedel was verdwenen. Rode pulp in haar pony, geplette stukken aardbei op de plek waar vanmorgen, in de klas, haar neus nog had gezeten.

M. kneep haar ogen dicht maar de sneeuw bleef vallen. Toen ze ze na een paar tellen weer opendeed zag ze hoe Amanda's vader neuriënd een plakje kaas afsneed. Geesje rommelde met servies op het aanrecht en haar vriendin dronk thee uit een mok met daarop *Jij bent de liefste* in krulletters boven een grijnzende kikker.

VIII

De details van hun accent, de stopwoordjes en handgebaren in hun onderlinge contact. De pikorde als iedereen zijn vinger opstak, de maniertjes in de rij voor de kraan of tijdens het trakteren: alle codes van haar nieuwe klasgenoten had ze binnen enkele weken onder de knie. Net als op de vorige scholen schreef ze persoonlijke informatie van de kinderen op kleine briefjes die ze in haar laatje bewaarde – verjaardagen, turntoernooien, de komst van een nieuwe pup, een oefenwedstrijd op de sportvereniging, andermans grapjes die ze kon herhalen alsof ze van haar waren; ze ving het op en onthield het allemaal. Met een paar blokken uit de klas van de onderbouw had ze na schooltijd zelfs een ketting geknutseld die leek op de Oilily-kransen die de meisjes als molenstenen rond hun nek droegen. Maar in tegenstelling tot de boerenkinderen die altijd nog respect konden opbrengen voor haar inzet, leek de minachting van deze kinderen voor haar alleen maar te groeien. Je best doen was blijkbaar voor sukkels, maar achteloosheid was nu net de enige eigenschap die voor haar onmogelijk te imiteren was.

De schooldagen gingen voorbij zonder dat iemand een woord tegen haar sprak, behalve Amanda. Als ze een vraag stelde stuitten haar woorden op een onzichtbare muur en op de dagen dat ze tussen de middag niet met Amanda meeging zat ze alleen in een leeg klaslokaal. Wanneer de conciërge tijdens de lunch zijn ronde door de school maakte, stak hij zijn hoofd om de hoek van de deuropening van de verlaten klas, keek van links naar rechts zonder haar achterin op te merken en trok met een ferme ruk de deur dicht. Ze had er vaak naar verlangd lucht te zijn, een geest of een vriendelijk spook zoals Casper uit de tekenfilm, maar bij nader inzien gold dat niet voor haar tijd op school. Misschien had haar moeder gelijk en was ze gewoon een ordinaire aandachtzoeker, een aansteller, een allemansvriend die bij iedereen slijmde voor een aai over haar bol. Bij dat laatste trok ze dan een vies gezicht en vertelde weer het verhaal van de labrador in de roedel van oma Boertje. Kees was een blonde worst met een staart als een propeller die met mand en al naar de zadelkamer was verbannen nadat hij een gehate boer uit de buurt hartelijk op het erf had ontvangen. Voor straf werd het beest wekenlang genegeerd en mocht het niet meer met de andere honden mee naar buiten.

Tijdens de lessen kon ze zich moeilijk concentreren, terwijl haar klasgenoten door het lokaal stuiterden. De vloer was bezaaid met knipsels en letters die uit een woorddoosje op de vensterbank waren gevallen. Ik ben een wandelende boom, jij bent een wandelende boom – het lied zong door haar hoofd als een achtbaankarretje. Ze raakte er steeds meer van overtuigd dat ze dat was: een wandelende boom. De wereld leefde om haar heen. Als ze zich verveelden, probeerden de kinderen die als een zweefmolen rond Floris cirkelden haar te raken. Hij was de piloot en zij waren de armen. Als ze te dichtbij kwam beukten ze haar opzij of trokken haar juist naar binnen, waar ze als een voetbal in de groep werd rondgespeeld tot ze moe werden. Floris deed nooit iets, behalve toekijken, grijnzend. 's Nachts doemden zijn hazentanden op in het donker. Dan stompte ze met haar vuist op zijn mond tot zijn tandvlees in een rafelig gordijn tussen zijn lippen hing. Maar de volgende ochtend was er niets veranderd en lachten zijn tanden haar weer toe, even wit als de tegels op de vloer van de toiletruimte waarop ze haar dagelijks op haar knieën dwongen. Als één organisme besprongen ze haar en lieten haar de onderste rand van de wc-pot proeven.

Fysieke pijn raakte haar niet, maar met water was dat anders. Voor haar eerste zwemles, jaren geleden, was ze te laat gekomen, hoewel haar moeder dat nog altijd ontkende. Vanuit de kleedkamer was ze gehaast de enorme zwemhal binnen gerend. Het lawaai ketste recht van de hoge muren af haar hersenen in. Haar huid trok samen, ze kon geen stap meer verzetten. Overal klonken schelle kreten en geschater, lichamen plonsden als raketinslagen in het water. De geur van dikbleek beet in haar neus, de grond glibberde weg onder haar voeten. Ze was draaierig geworden en wist niet waar ze naartoe moest, zocht haar moeder achter zich, hoewel ze wist dat dat zinloos was. Met kleine stappen had ze zich zwijgend in de eerste de beste rij aangesloten. Toen ze dichter bij de rand kwam zag ze dat de helblauwe tegelvloer meteen een vrije val naar een onpeilbaar zwart maakte. Haar navel bonkte zo hard tegen de stof van haar badpak dat ze haar handen snel voor haar buik had gevouwen. Het grote kind voor haar sprong van het blok het water in en na de volgende fluittoon van de badmeester had ze zich ook voorover laten vallen. Toen het wateroppervlak zich boven haar sloot, klauwde ze met haar handen om zich heen, maar daardoor draaide ze alleen maar om haar as. Ze zonk achterover terwijl er niets was om zich aan vast te houden. Langzaam vervaagden de gezichten langs de rand. Het lichaam van de badmeester golfde als een vlag in de wind. Ze verzette zich niet meer en zonk rustig naar beneden, terwijl het geluid werd weggedraaid. Als een ballon botste ze tegen de bodem van het bad, zacht en loom. Het laatste wat ze zich kon herinneren was dat er een haak in het water verscheen, lachwekkend ver boven haar, die in het luchtledige graaide. Viermaal, vijfmaal graaien zonder geluk, als de grijpmachine op de kermis. Toen: de badmeester die als een kikker in het water sprong, met zijn kleren nog aan. Ze had nooit een diploma gehaald. Alleen met grote tegenzin ging ze een zwembad in, als een hondje, met haar hoofd hoog boven het water en het liefst met haar handen rond de zijkant geklemd. Gehurkt vanaf de rand van het bad duwde haar vader haar dan kopje-onder, langer dan noodzakelijk, tot ze de kant losliet. Van haar moeder mocht ze er pas uit als ze een minimum aantal baantjes had gezwommen.

Toen Floris die vrijdagmiddag de zweefmolen het teken gaf haar de wc in te sleuren en ze haar voorhoofd door het piswater heen tegen het verkleurde porselein pompten als een ontstopper, liet ze het gebeuren met een grote kalmte. Haar schedel bonkte tegen de te kleine doorgang, precies waar de afvoer een knik naar de muur maakte. Haar gedachten dwaalden af naar de blokken die ze uit de kleuterklas had weggegrist, uit handen van een kind dat een vierkant door een rondje probeerde te duwen. Al die jaren had ze zichzelf overal weten in te passen, had ze razendsnel de kleur van de nieuwe omgeving aangenomen zodat ze geen doelwit was. Ze had gedacht dat het haar superkracht was. Het idee dat ze ten minste één ding goed kon, waardoor ze zich in iedere situatie kon redden. Nu werd duidelijk dat ze helemaal geen speciaal talent bezat. Bij deze kinderen lukte het niet zich aan te passen, ze zo goed te imiteren dat ze in ze opging. Deze kinderen waren anders dan die op de vorige scholen: ongrijpbaar, slimmer. Ze hielden zich aan regels die ze niet kende, terwijl er tegelijkertijd voor hen geen regels leken te bestaan. Samen met hun ouders leefden ze in een eigen universum, met wetten die M. zich voor het eerst niet eigen kon maken. Het dagelijks terugkerende ritueel in de wc's was een aandenken dat ze beter haar best moest doen, al was het maar om te leren uitstralen dat ze haar best niet deed, want dat roken ze.

Toen ze weer in de klas verscheen, in een walm van pis en haar bos kroesharen plat tegen haar schedel gedrukt, keek de juf van haar weg, terwijl ze doorging met het uitdelen van een rekentoets.

IX

Ze schrok toen de vrouw haar die middag uit de klas kwam ophalen. Kinderen die uit de klas werden gehaald, daar was iets mis mee. Deze school had veel kinderen waarmee iets mis was. Iedereen had wel een probleem en voor al die problemen waren vrouwen die je uit de klas kwamen halen. Er was een vrouw voor kinderen die zeiden dat de letters van woorden dansten, een vrouw voor te drukke kinderen (toen ze door de hal liep zag ze haar samen met een jongen aan een tafeltje zitten, ze hadden hun ogen dicht, hun handpalmen naar boven gericht, en hijgden tegelijk, heel langzaam, alsof ze pijn hadden), een vrouw voor kinderen die zich niet konden concentreren (die kregen een zandloper op hun lessenaar), een vrouw voor kinderen met driftaanvallen, kinderen die slecht in gym waren, die hun tong niet goed afrolden, die de tafels nog steeds niet kenden (ze mochten gewoon een uur tafelmemory spelen) en een vrouw voor kinderen met platvoeten. Maar met haar was nooit iets mis, daar was ze nou juist zo goed in.

De vrouw die haar vanuit de deuropening bij zich riep leek op een lachende skippybal. Alles aan haar was rond: haar hoofd, dat zonder nek aan haar romp was gehecht, en een romp die in een paars gewaad voor haar uit door de gangen rolde, haar armpjes links en rechts meefladderend. Ze deed M. denken aan de boekjes van Vrouwtje Plooi, uit de kleuterhoek.

Vrouwtje Plooi leidde haar naar een hok zonder ramen naast de lerarenkamer, waar ze met een brede glimlach de deur achter hen op slot draaide als om de veiligheid van het gesprek te benadrukken. Maar met de klik van het slot zette alles in M. zich schrap. Toen ze tegenover elkaar aan een smal bureau hadden plaatsgenomen, keek Vrouwtje Plooi haar aan met een schuin gezicht, haar vingers in de bidstand. Haar kaken stonden een beetje uit elkaar waardoor haar tanden zichtbaar werden. Ze keek zoals mensen naar baby's keken. M. sloeg haar ogen neer en staarde naar de grote, zilveren ringen die in het deeg van de vingers van Vrouwtje Plooi drukten.

Ik kreeg bericht van... van iemand, begon de vrouw. In de hoge stellingkast achter haar hoofd lagen stapels gekleurd knutselpapier, rollen plakband, tubes lijm en een glazen pot vol nieuwe scharen.

Deze persoon vroeg mij of ik eens met jou wilde praten, zei Vrouwtje Plooi zonder dat haar glimlach van haar gezicht verdween. Dus vertel eens hoe het met je gaat. Ze legde haar handen plat op het tafelblad tussen hen in. De vingers leken op repen marsepein, je kon er zo een blokje vanaf snijden. M. keek er glazig naar.

Wil je eens wat vertellen over jezelf? Haar wenkbrauwen trokken in heuveltjes omhoog.

In M.'s hoofd gingen bellen af. Deuren zwaaiden open en dicht. Ze stoof rond in het labyrint met kamers vol chaos en viezigheid waar harde muziek klonk. Ze balde haar vuisten zodat ze haar handen niet tegen haar oren zou drukken. Wat wilde deze vrouw van haar? Heel even keek ze haar aan maar behalve de rij tanden was er geen uitdrukking in het opgeblazen gezicht, ze kon haar niet lezen. Het lawaai in haar hoofd zwol aan, er klonk gegil en gezoem, een zwaailicht flikkerde. Overal waar ze keek waren trappen – sommige leidden naar beneden en andere naar boven, naar schuilplekken en zolders en kelders en doodlopende gangen en onafgebouwde vloeren die uitkeken op zuigende diepten. Hoe langer de vrouw tegenover haar naar haar grijnsde, in afwachting van een zinnig antwoord, hoe moeilijker het werd om de weg terug naar haar tong te vinden. Ze rechtte haar schouders, forceerde een beleefde lach en klemde haar kaken op elkaar. De vrouw zag het en haar glimlach verslapte.

Je kunt me vertrouwen, zei Vrouwtje Plooi. Heus.

Ze boog zich naar M. toe en legde een warme, kleffe hand op haar vuist. M. trok hem weg alsof ze een schok kreeg. Onder tafel veegde ze de rug van haar hand aan haar broek af. Het idee van het lichaamsvocht van de vrouw op haar huid liet het speeksel tussen haar kiezen opborrelen.

Ik kan me voorstellen dat het moeilijk is als je op een nieuwe school komt. Om alles achter te laten, nieuwe vriendjes te maken, te wennen aan de omgeving.

De stiften op de plank achter haar hoofd zagen er nieuw uit. Er was niets fijner dan een splinternieuwe stift, waarvan niemand de kop al had ingedrukt of laten uitdrogen waardoor je er alleen met spuug nog wat kleur uit kreeg.

Die streep op je voorhoofd, wil je me vertellen hoe die daar komt?

Verbaasd voelde M. aan haar hoofd. Niks. Een beetje beurs misschien, op de plek waar ze de wc-pot had geraakt. Vrouwtje Plooi haalde diep adem waardoor haar buik de tafel een stukje optilde. Toen liet ze haar hoofd zakken en kneep haar ogen nog verder samen. M. verstarde.

Word je misschien gepest? Ze zei het zo zacht dat het even duurde voor de woorden bij M. indaalden. Toen barstte ze in lachen uit. Er stroomde weer bloed door de lap in haar mond.

Nee, zei ze. Nee, mevrouw, zeker niet, zei ze opgewekt. Maakt u zich geen zorgen. De kinderen zijn allemaal hartstikke aardig. Ze trok haar wenkbrauwen op in afwachting van wat er nog meer zou komen, maar Vrouwtje Plooi ademde opgelucht uit. Ze liep leeg als een ballon waardoor de kraag van haar jurk iets loskwam van haar nek. Toen rechtte ze haar rug en schoof met haar billen de stoel naar achteren, waarbij de stof van het paarse gewaad zachtjes ritselde.

Je mag nog wel even blijven zitten, kind. Wanneer je er klaar voor bent ga je weer terug naar de klas. Als er nou eens echt iets is, dan kom je me het maar vertellen. Goed? Ze kneep haar handen samen, knikte naar M. en hobbelde tevreden het hok uit.

M. staarde naar de stellingkast. Kom het maar vertellen. Je moet het wel vertellen. Had je het maar verteld. Vertel maar. Vertel. Tel. Tellen kon ze wel, de logica ervan was duidelijk en ze was er goed in. De sommen op de papieren die ze uit het kantoor van haar vader jatte, de pijlen en verwijzingen, de uitroeptekens en het eeuwige tekort onder de streep: ze kon het allemaal volgen. Ook op de scholen was het de rode draad: tellen was hetzelfde voor iedereen, in de overdracht ging niets verloren en over de uitkomst viel niet te discussiëren. Niet met slimme mensen en niet met domme mensen, niet met kinderen en niet met volwassenen. Als ze Vrouwtje Plooi had verteld dat ze acht ringen aan haar spekvingers telde, had ze dat niet in twijfel getrokken; het waren er voor iedereen acht. Als Vrouwtje Plooi die boodschap aan de directeur overbracht waren het er nog steeds acht en als de directeur de politie belde ook. Niemand kon het ontkennen of er een ander getal van maken, tenzij ze bij Vrouwtje Plooi een spekvinger afknipte met zo'n nieuwe schaar die in de pot tegenover haar stond, maar zelfs als ze dat deed was de vinger bewijs dat het er ooit acht waren geweest. Maar ver-tellen was een naaistreek. Ze moest woorden vinden om te beschrijven wat niemand ooit had beschreven, wat voor niemand logisch of voorstelbaar was. En als ze de woorden zou vinden veranderden ze al van betekenis zodra ze haar mond uit kwamen. Vrouwtje Plooi droeg van alles mee onder dat paarse gewaad, maar vast niet zo'n labyrint als M. in haar hoofd had – anders zou ze niet voortdurend zo'n gelukzalige glimlach op haar gezicht hebben.

Wie haar erbij gelapt had was onduidelijk – de juf, de conciërge of een klasgenoot die zijn plas moest ophouden terwijl zij als wc-borstel werd gebruikt – maar vanaf nu moest ze extra voorzichtig zijn, nog minder opvallen.

Ze stond op, stak van alles in de voorraadkast ten minste één exemplaar in haar zakken, en liep terug naar de klas.

X

Niemand kwam haar ophalen dus was ze gaan lopen. Toen ze eindelijk het hertenpark zag waar ze moest afslaan naar hun straat tegenover de bosrand, waren haar voeten bijna in haar klossende schoenen gesmolten. Door de schroeiende zon waren haar haren alweer droog, net als haar blouse, die rond haar borst klemde. Naarmate ze het huis naderde bewogen haar benen steeds stroever, alsof haar zolen met kauwgomslierten aan de hete weg kleefden.

Vanaf het bospad liep ze de hoek om, richting de achterkant van het huis. Met iedere stap werd de begroeiing minder dicht om langzaam ruimte te maken voor het huis. In het groen van de uitgestrekte tuin schitterde opeens iets blauws. Toen ze dichterbij kwam zag ze dat het haar nachtkastje was, schuin weggezakt in het gazon als een gezonken bootje.

Ze keek omhoog naar haar slaapkamerraam dat wagenwijd openstond.

Haar nieuwe wereldbol, ook blauw, lag iets verderop, in het zand van de border. Haar kleren, dekbed, wekker, boeken: alles wat de laatste lange nacht had overleefd lag nu uitgezaaid over het gazon. Zelfs haar matras stond rechtovereind tegen een prunus. Het overtrek was van een schouder gegleden. De nette blouse die haar moeder vorige week voor haar had gekocht, zachtgeel met pofmouwen en een grote, geschubde kraag, hing als een vogelverschrikker met gespreide armen aan een struik. M. liep naar het kalkmuurtje aan de rand van de tuin en staarde naar haar spullen. Onder haar, tegen het muurtje uiteengespat, lag het spaarvarken met de gouden oren dat ze van oma Boertje had gekregen; de pootjes, een stuk buik, wat stuivers in het zand. Ze schrok toen ze haar geheime kistje ernaast zag liggen. Snel grabbelde ze in het zijvakje van haar rugtas en zuchtte opgelucht toen ze het sleuteltje voelde. Ze raapte het kistje op en deed het in haar tas, haalde diep adem, dwong haar verkrampte spieren in beweging te komen en liep verder het pad af, richting het rumoer op de binnenplaats.

Toen ze de hoek van het huis omsloeg zag ze nog net hoe haar vader haar moeder met kracht achteroverduwde. Haar moeder vloog door de lucht terwijl ze naar zijn armen greep, maar hij sloeg ze weg en duwde nog een keer, harder. Gillend verdween haar moeder tussen de bladeren; dikke takken met doorns als kattennagels. In één vloeiende beweging draaide M. zich op haar hielen om, rende terug de hoek om en zakte neer achter de kalkmuur. Ze kneep haar ogen dicht en wachtte hijgend tot de auto van haar vader op hoge snelheid achter haar langs reed. Rondvliegende stukjes zand en steen ketsten tegen haar gezicht.

Ze telde tien keer tot honderd, stond op en kwam nog een keer thuis.

Haar moeder zat in de keuken op een stoel en depte met een natte theedoek de bebloede huid van haar armen en benen. Haar gezicht en hals zagen eruit als een krabpaal. M. vroeg haar of ze wat wilde drinken, of ze de tube crème voor haar moest pakken of een zakdoek nodig had, maar haar moeder verdween weer langzaam achter matglas. Toen ze het geknetter van een brommer hoorde, rende M. opgelucht naar buiten.

Hé Jeannette.

Hé meske.

De vrouw zette de brommer op de standaard en liet de helm aan het stuur hangen. Haar pony en kruin waren zo hoog getoupeerd dat die niet paste, ze had hem alleen bij zich voor als ze de politie tegenkwam. Ondanks de hitte droeg ze boven haar legging en laag uitgesneden hemdje een mouwloos bontje. Ze had ze in alle diersoorten: nep-konijn, nep-vos, nep-luipaard, nep-panter. Mijn vriendjes, noemde ze haar vestjes altijd terwijl ze met een uitdagende blik over de vacht streelde. M. hield van haar spits gevijlde, lichtroze nagels, die niet leken te lijden onder het werk op de boerderij. Jeannette was de vrouw van oom Frans, de middelste van de drie broers. Ze was de enige die het goed met haar moeder kon vinden, ondanks het leeftijdsverschil. Ze moest tien of twintig jaar jonger zijn – M. wist het niet precies, want haar moeder wisselde vaak van leeftijd. Al voor Jeannette verscheen, waren de meisjes die oom Frans meenam naar de boerderij van een ander slag – uitgebeten blond, veel goud, hoog op de benen en met wat haar moeder een pekinezenkapsel noemde, waarbij de voorste plukken met een elastiekje boven op de fontanel waren gebonden. Ze kwamen uit de stad, waren opgegroeid in flatjes die in een handomdraai schoon waren en vonden alles zielig. Een keer had haar oudste oom in aanwezigheid van zo'n meisje een kip aan haar nek uit de ren gepakt en als een tol rond haar as gedraaid tot de poten niet meer spartelden. Jij houdt toch zo van kipkluifjes? had hij geschaterd. Het meisje had zich op haar naaldhakken omgedraaid en was als een opgejaagde eend het erf afgewaggeld.

Jeannette zag er precies zo uit als haar voorgangers, met als belangrijk verschil dat ze niets zielig vond. Terwijl de gezichten van de andere vrouwen in de familie al dichtklapten zodra de auto van haar moeder het erf op draaide, kwam Jeannette meteen loeiend de stallen uit lopen om haar te verwelkomen. Als geen ander kreeg ze haar moeder aan het lachen. Met haar grappen en Brabantse schunnigheden sloeg Jeannette gaten in de muur waardoor een heel ander mens tevoorschijn kwam.

Is het weer zover? vroeg ze zodra ze haar moeder zag. La 's kijken.

Jeannette trok een stoel bij, inspecteerde haar moeders armen en nek en liep vervolgens naar het aanrecht.

Hier helpt maar één ding.

Ze trok een fles uit een kastje, pakte twee glazen en schonk ze tot de rand toe vol.

Opdrinken! Vergeten gaat sneller dan vergeven.

M. zat in kleermakerszit op de vloerbedekking en plukte pluisjes. Het was prima, een kamer zonder spullen. Alleen een dak, muren, een raam. Ze sliep de laatste tijd toch steeds minder vaak in haar bed. Dan werd ze opgevouwen wakker in de douchecel, verkleumd en stijf, met het licht aan en de deur op slot. En soms buiten, in het bos. Als het eindelijk ochtend werd, de lucht rood kleurde en de begroeiing om haar heen langzaam openklapte, kroop ze tevoorschijn uit haar schuilplaats en sloop voorzichtig terug naar het huis om zich klaar te maken voor school.

Van beneden steeg steeds luider gelach op. M. sloop de brede wenteltrap af, tot halverwege, en spiekte tussen de houten spijlen door. Haar moeder en Jeannette zaten nog op dezelfde plek waar ze hen had achtergelaten, maar nu dubbelgeklapt van plezier, met rode hoofden. Boelie zat op de marmeren vloer met zijn rug tegen een keukenkastje. In zijn hand hield hij Jeannettes sleutelbos met de vossenstaart. Hij zwaaide ermee heen en weer voor zijn gezicht. Ze waren inmiddels bezig aan een tweede fles. Haar moeder dronk zelden. Samen gingen ze vaak op strooptocht door het huis, vonden drankvoorraden onder de gootsteen, in de garage, in badkamerkastjes of bureauladen, en gooiden die snel en geruisloos leeg in de wasbak. Naspoelen met een paar kneepjes afwasmiddel, met bevende handen en een blik op de oprit. De lege flessen sleurde M. in plastic tassen mee naar het bos om ze te begraven. Tijdens lange nachten, als de voorraad in huis op was, hoorde ze haar vader woedend zoeken en luidkeels aan zijn geheugen twijfelen.

Weet je nog die *lilleke* vent van haar, met die scheve kin en slechte tanden, gierde haar moeder.

Ze trok gekke bekken waardoor Jeannette hikte van het lachen. Haar moeder leek jonger nu, een meisje bijna. Opeens zag M. wat anderen zagen, op straat, als zij voorbijliep. Het was vreemd om haar zo plat te horen praten, maar zelfs dat klonk sierlijk uit haar mond. Haar moeder stond erop dat zij fatsoenlijk spraken en niet met een mond vol spekjes, zoals haar familie deed, haar broers en hun vrouwen. Ze corrigeerde M. zodra ze de kleinste taalfout maakte, of haar vader, als hij lang aan de telefoon zat met klanten en zijn g steeds verder achter in zijn keel wegzakte. Je klinkt net als je moeder, zei ze dan met een onschuldig gezicht terwijl ze een vers kopje koffie op zijn bureau neerzette (oor naar rechts, lepeltje ervoor met de bolle kant naar achteren), alsof ze niet wist wat ze daarmee in gang zette. Ze moesten netjes praten, netjes lopen, netjes eten. Nooit hardop zeggen dat je moest plassen of poepen, dat je honger, dorst, pijn of jeuk had. Niet gapen, niet smakken, niet niezen, niet hoesten, geen kauwgom kauwen of chips eten, als je eet altijd je hand voor je mond houden, zo lachte je naar een man die je niet zo graag mocht, zo lachte je naar een man die je helemaal niet mocht, en vooral: nooit zeggen dat je iets niet weet, niet kent of niet kan. Vertelde een moeder op school trots over de turnwedstrijden van haar dochter, dan zei haar moeder dat M. in de selectie had gezeten. Was iemand op vakantie naar Italië geweest, dan hadden zij al vele malen hetzelfde gebied verkend, prachtige omgeving, aardige mensen ook en god, dat eten. Zelfs als iemand verslag deed van een simpel autotochtje van A naar B waar je een uur over deed, dan kenden zij die route door en door en deden hem een kwartier sneller. Buitenshuis was haar moeder trots op prestaties, prijzen en gebeurtenissen waarvan M. zich niet kon herinneren dat ze ze had behaald of erbij aanwezig was geweest. Wanneer ze het waagde dom te kijken, te aarzelen of, erger nog, iets te zeggen wat het verhaal ontkrachtte, dan knapte haar moeder bijna van woede. En, hoe vond jij Parijs? vroeg een aardige vrouw op het schoolplein haar eens. M. had haar met een onnozele blik aangestaard, even niet op haar hoede. Haar moeder boog zich voorover, deed alsof ze haar rugtas pakte en kneep zo hard in haar kuit dat de tranen haar in de ogen sprongen. M. knipperde een paar keer, slikte en antwoordde: leuk. Parijs. Ja, leuk.

Iedereen was altijd onder de indruk van haar moeder, maar de vrouwen hier waren kouder, stijver. Het lukte haar niet een ingang te vinden. Ze lachten niet als haar moeder een grapje probeerde te maken, kapten haar af zodra ze een praatje begon en grinnikten als ze langsliep met haar bontjas, panterprints en gouden ringen.

Kouwe kak, mompelde ze op een dag terwijl ze de autodeur met een klap achter zich dichttrok. Dat zijn de ergste.

Ja, kouwe kak, papegaaide M.

Stelletje kutwijven, beet haar moeder ze toe terwijl ze vol gas langs de school reden. Door het raam zag M. een groepje moeders met tennisrackets hen minzaam nakijken.

Kutwijven, zei M.

Met haar armen tegen het stuurwiel gedrukt zette haar moeder zich schrap in de autostoel en stampte haar rechtervoet naar beneden.

Vieze, vuile teringtyfushoeren.

Teringtyfushoeren! riep M. en haar moeder begon te lachen.

Stijve kak-teven!

Lelijke drilbillen met je melkboerenhondenhaar!

Om en om schreeuwden ze het uit terwijl de weg steeds sneller onder hen door schoot en de bomenrij als een lopende band langs de auto zoefde. Met een ruk aan het stuur ontweek haar moeder een vrouw in een kleine boodschappenauto die traag de weg op draaide. Toen het mens hen met een zuinig mondje nakeek toeterde haar moeder lang en hard en stak ze haar middelvinger in de lucht.

Vette sletten! Stinkjoekels! Burgerkutten!

Slap van het lachen hing M. tegen de leren bekleding van de Mercedes, tot haar moeder de afslag nam. In de verte doemde het huis op. Haar moeders voet deinsde terug van het gaspedaal alsof ze zich had gebrand. Langzaam hobbelden ze over de kasseien tot ze allebei weer in stilte voor zich uit keken.

Tussen de spijlen door keek M. naar haar moeder, die schuin met haar rug naar haar toe zat. Rode striemen cirkelden als een koraalketting rond haar hals. Er was iets aan haar moeder wat haar vader zo giftig maakte, maar M. kwam er niet achter wat het was. Simpelweg het feit dat ze bestond leek hem zo kwaad te maken, niet de antwoorden die ze niet gaf, het werk dat ze niet had of de eisen die ze niet stelde. Nu M. erover nadacht moest ze toegeven dat ze haar moeder helemaal niet kende. Ze wist niet wat ze wilde of niet wilde, waar ze goed in was of waar ze van hield. Ze wist wel wat ze haatte en dat was best veel – lelijke mensen, ongestreken kleren, goedkope auto's, rijtjeshuizen, slechte manieren, de klok of de tijd, mensen met een slecht gebit, vrouwen met overgewicht, kort haar of platte schoenen – en ze wist ook dat haar moeder uitzonderlijk mooi was. Als ze langsliep knepen andere vrouwen hun lippen en oogleden samen, alsof ze ter plekke verschrompelden, terwijl de mannen openklapten. Er kwam ruimte tussen hun ribben, hun kinnen schoten omhoog en hun pupillen verwijdden zich, alsof ze een schat zagen. Een paar scholen geleden – het leek een eeuwigheid – sloeg M. in de bibliotheek een sprookjesboek open dat voor de onderbouw was bedoeld. In kleermakerszit tussen de boekenkasten bladerde ze door de illustraties van achtergelaten kinderen in het bos, peuters die op kerstnacht stierven in de vrieskou en zoons die door hun vader tegen elkaar werden uitgespeeld, tot ze bij het verhaal van de paradijsvogel kwam. De gelijkenis met haar moeder was zo treffend dat ze het boek even moest neerleggen en om zich heen spiedde. Het was of iemand het verhaal speciaal voor haar had geschreven en hier had achtergelaten. Alsof iemand *'t erom deed.* Ze las gejaagd, wachtend op de juf die haar zou komen zoeken. De paradijsvogel werd aanbeden en achternagezeten door iedere sterveling op aarde, maar zodra iemand triomfantelijk zijn handen rond haar nek had gelegd vervloog ze in het niets, om even later ergens anders weer op te duiken. Het dier leefde in een paradijs dat zich vormde naar haar wensen en gedachten. Met een knipper van haar wimpers werd een verlangen werkelijkheid of verdampte een nare situatie. Af en toe daalde ze neer op aarde om te pronken met haar wonderschone verentooi. Het gerucht van haar aanwezigheid golfde door de stad, tot het de heersers in het paleis bereikte. Maar voordat men haar kon grijpen was ze weer gevlogen, de mensen in vertwijfeling achterlatend of ze haar nu wel of niet hadden gezien. Vorsten en krijgers vochten om de paradijsvogel, niet omdat ze haar wilden kennen maar omdat ze geloofden dat haar schoonheid hun geluk bracht en haar licht op hen zou afstralen. Het was nog nooit iemand gelukt om haar te vangen, tot op een dag een ijdele prins een oud vrouwtje betrapte op het stelen van rapen uit zijn schuur. In ruil voor haar vrijheid beloofde ze hem het geheim van de paradijsvogel te onthullen. De prins moest de paradijsvogel het hof maken zoals geen ander ooit had gedaan, zei de oude vrouw, en haar het paradijs op aarde beloven. Zodra de paradijsvogel voor zijn mooie praatjes was gevallen moest hij haar liefdevol omhelzen met armen vol lijm, zodat ze haar vleugels niet meer kon optillen en haar hals niet meer kon strekken. Dan was de paradijsvogel voorgoed van hem. Nooit meer kon ze terugkeren naar haar eigen paradijs, ze kon er slechts van dromen.

M. scheurde het verhaal uit het boek, om het thuis in haar geheime kistje te stoppen.

Hé, M.! riep Jeannette vanuit de keuken. Toen ze verschrikt opkeek kruisten hun blikken. Snel probeerde ze zich terug te trekken achter de spijlen van de trap.

Ons M-eke! schalde haar tante nog eens, alsof ze verbaasd was dat zij hier ook woonde. Met een glanzende nagel wees ze richting de hal.

Moet jij je spulletjes niet verzamelen, meisje? Ze grinnikte en knikte met haar kin in de richting van de tuin. Haar ogen waren glazig.

Haar moeder zette haar wijnglas neer en draaide zich om. Toen ze M. op de trap zag zitten leek het pas tot haar door te dringen tegen wie Jeannette praatte. Haar gezicht betrok. Ze schudde haar hoofd en snoof kort. Toen draaide ze zich weer met haar rug naar haar toe, bracht het glas naar haar mond en goot de inhoud in één keer achterover. Met een klap zette ze het lege glas op tafel. Toen keek ze over haar schouder richting de trap en ving M.'s blik. Haar woorden klonken plat en kil als het marmer op de vloer.

Mona Lisa zit erbij en kijkt ernaar. Zoals altijd.

Naalden prikten in haar nek. Snel keek ze naar haar handen. Toen ze na honderd opgejaagde olifanten richting de keuken durfde te gluren zag ze dat haar moeder zich weer van haar had afgekeerd. Jeannette schonk de glazen bij. Haar moeder draaide zich een laatste keer naar de trap en hief haar glas in de lucht. Ze trok haar mondhoeken op, maar haar neusvleugels trilden.

Op onze M.!

Op Dikkertje Dap, proostte Jeannette en voordat een van hen een slok had kunnen nemen, proestten ze het uit.

XI

Later die middag sloeg het weer om. Donkere wolken trokken een schaduw over de keuken. Haar moeder wierp een blik op de lege flessen op tafel, de spullen die op het gras lagen uitgestrooid en ten slotte op de klok, en begon gejaagd op te ruimen. Ze wisten nooit wanneer haar vader thuiskwam, altijd moesten ze voorbereid zijn. M. werd naar buiten gestuurd om de brokstukken van haar kamer uit de tuin te verwijderen terwijl haar moeder make-up smeerde op de striemen in haar nek. Het zou beter zijn als ze er niet was wanneer hij terugkwam, zei haar moeder. Het laatste object in de kamer, dacht M., en ze zag zichzelf tegen het kalkmuurtje vliegen. De brokstukken van het spaarvarken met de gouden oren wikkelde ze in toiletpapier en stopte ze in haar rugtas. Haar moeder deed er een paar zanderige kledingstukken bovenop, terwijl Jeannette de integraalhelm die aan het stuur hing over haar hoofd duwde en de brommer aantrapte. De pislucht in haar haren vulde de helm. Met haar hoofd zijwaarts in de rug van het bontje gedrukt, haar tenen op een richel van de brommer en haar vingers onder het zadel geklemd gingen ze ervandoor. Na honderd meter voelde ze de springveer van de bagagedrager al in haar billen prikken, maar ze hield haar mond.

In het dorp haalden ze een groepje klasgenoten in die haar gelukkig niet herkenden. Vervolgens reden ze langs het benzinestation met de wasstraat aan het einde van de bebouwde kom, en voorbij de oprit naar de snelweg. In stilte reden ze de polder in, alleen het geknetter van de brommer waaierde uit over de maïsvelden. In een gelijkmatig tempo gleden ze door de bochten tot Jeannette plotseling moest afremmen toen een trekker van het land af de weg op draaide. De kalveren in de kar wisten zich op hun bibberende stelten nauwelijks staande te houden toen de aanhanger van het diepe zandspoor af de weg op stuiterde. In het voorbijgaan zag M. hun witte paniekogen tussen de houten balken schemeren.

De stemmen in de keuken klonken vertrouwd. Monotoon gebrom dat af en toe werd onderbroken door een roestig kuchen. Onder het plafond hing een vettige walm van rook en frituur. Landerig hing ze tegen de slapende herder. Haar hoofd deinde mee op de trage ademhaling onder de vacht. Het voelde net als vroeger, toen ze nog makkelijk in de mand paste, tussen zijn poten. Nu lag ze erbij als een afgedankte mannequin. Haar benen hingen in een vreemde knik over de rand van de mand en haar nek lag tegen de harde achterwand. Ze stopte haar neus wat dieper in de hals van de hond en streek over de kussentjes van zijn slappe voorpoot. Ooit waren ze fluweelzacht, nu schuurde het oppervlak langs de huid van haar duim. Ze dacht aan Boelie met zijn perzikzachte huid, zelfs onder zijn voeten. Misschien groeide bij hem het eelt naar binnen.

Doe mij er nog een, zei een van haar ooms tegen zijn vrouw, terwijl hij een flesje in de lucht hield.

Mij ook, zei een andere oom.

In een vloeiende beweging gaf haar tante hun allebei een nieuw pilsje.

De mannen zaten als boomstronken aan de lange tafel, met hun handen rond de smalle halzen van pijpjes bier. De vrouwen bewogen eromheen. Oma, de vrouw van oom Sjef en de verloofde van oom Ad met opgestroopte mouwen en op sloffen van vilt. Jeannette als een prijshondje op kokette laarsjes en in haar klamme bontje. De gesprekken aan tafel klonken als een kaartspel: om de beurt gooide iemand wat op, en af en toe hoorde ze aan het gejoel dat er een winnaar was. Ze doezelde weg en dacht aan Amanda, hoe verbaasd ze zou zijn als M. morgen niet naast haar zou zitten. Haar moeder zou er vast niet aan denken haar ziek te melden.

De volgende ochtend maakte oma haar wakker toen het nog donker was, want het was hier natuurlijk geen hotel. Ze kreeg een kom pap met een ingedeukt melkvliesje, maar voordat ze het ophad schoven de mannen hun stoelen al naar achteren en gingen aan het werk. De vrouwen ruimden af, veegden hondenharen bij elkaar en dweilden de bijkeuken, terwijl het daglicht via de vierkantjes van het keukenraam een mozaïek op de tegels tekende.

Kom op kind, ga wat doen, zei oma, en ze duwde M. naar buiten.

Toen ze het erf op liep beten slierten ammoniak in haar neus. Achter het raam van de hooischuur zat een pafferige kat, die haar arrogant aankeek en uiteindelijk zijn hoofd wegdraaide. Als ze nu begon te lopen, in een rechte lijn het erf af, de weg op, de polder door richting de snelweg, zou niemand het merken. Ze had het al eens eerder gedaan, een paar jaar geleden, maar dan in omgekeerde richting: vanuit het zoveelste nieuwe huis naar de boerderij. Eerst was ze verdwaald in het dorp dat ze nog niet in kaart had gebracht, maar uiteindelijk vond ze een praatpaal waarvan ze het nummer herkende. Vanaf daar was het een kwestie van tellen en op het juiste moment afslaan. De hele middag had ze gefietst tot ze tot op het bot verkleumd op de hoge fietsbrug parallel aan de snelweg was afgestapt. Aan de ene kant van de vangrail schitterde in de diepte het donkergrijze water van de rivier, aan de andere kant reden vier rijen auto's op weg naar iets. Af en toe trapte een fietser met gekromde rug voorbij door de regen. Terwijl het langzaam donker werd had ze zich gericht op de gezichten in de auto's naast haar. Tientallen, honderden gezichten die haar niet zagen en zichzelf onzichtbaar waanden, hun blikken kort uitgelicht als ze onder de lampen van de snelweg door reden. Wat als op een dag de brug het begaf? Ze zag voor zich hoe ze met zijn allen de diepte in zouden storten, de bodem die onder hen openspleet en de gewichtloosheid die plotseling optrad in de auto's, een paar seconden of korter, de monden die openvlogen tot ze het wateroppervlak raakten. De knal, de vertraging, het logge zinken, het vlies dat boven hun hoofden dichttrok. De rivier kabbelde weer, de oevers waren niet meer met elkaar verbonden. Ze bleef daar staan tot haar gedachten en het geluid van haar ademhaling verloren gingen in het geruis van de auto's. Toen de stroom gezichten begon op te drogen en de stof van haar kleding als natte krant tegen haar huid schuurde, draaide ze zich om en fietste de hele weg terug naar huis met de wind in de rug, alsof de trappers wilden voorkomen dat ze van gedachten veranderde.

De geur van vers carbolineum op de bielzen van de paddock lokte haar. In de ochtendzon liep ze naar de stal van Meggy, die haar met zacht gehinnik verwelkomde. Het was de enige pony op de boerderij, een extraatje dat haar ooms hadden meegekregen bij de aanschaf van een aantal volbloedpaarden van een stoeterij aan de Duitse grens. Meggy was hun mascotte, een zachtmoedig vuilnisbakje met een grasbuik en een doorgezakte rug. Ze had een kalmerend effect op de zenuwlijders die het grote geld binnenbrachten; zonder Meggy gingen de andere paarden de trailer niet in. Aangekomen op de boerderij waren de druktemakers eerst een voor een de loopplank af gedenderd, met rollende borstspieren en opgetrokken knieën, hun snoekhoofd hoog in de lucht. Daarna was zij boven aan de laadklep verschenen. Bedaard en met uitgekiende passen was ze de helling afgedaald, een spriet hooi stak uit een verkleurde mondhoek. Hier, had oom Ad met een knipoog gezegd, Meggy is voor jou. Hij drukte haar het touw van de halster in handen en sindsdien was Meggy ook een beetje haar mascotte, het enige wat ze niet tijdens een lange nacht of een verhuizing kon kwijtraken, omdat ze veilig bij oma in de stal stond. M. zadelde de pony op, sponsde haar in met een emmer citronella tegen de dazen en leidde haar naar buiten. Met een soepele sprong zat ze op haar rug. Tussen de geitenschuur en de springwei door reed ze naar het achterste gedeelte van het erf, waar een haag van kerstbomen de maïsvelden afschermde.

Boe!

Meggy schoot als een pijl vooruit. M. wist nog net haar balans te vinden en de teugels aan te halen. Oom Sjef schaterde het uit, sloeg het dier in het voorbijgaan op haar kont en verdween toen achter de stal. Meggy speelde nerveus met het bit terwijl ze op de plaats drentelde. M. prevelde sussende woorden om haar te kalmeren. Bij oom Sjef moest je altijd op je hoede zijn; zelfs Meggy werd nerveus van hem. Het leek onvoorstelbaar dat het een broer van haar moeder was, met zijn varkensnek die als een zuil tussen zijn schouders en kleine oren stond, zijn wijd uiteenstaande ogen en vaalbruine piekhaar. Zijn adem rook naar verschaald bier. Toen ze gisteravond voor oma iets uit de vrieskist in de opslagschuur moest pakken, was hij vanuit het niets achter haar opgedoken en had haar met zijn heupen vastgepind. Ondersteboven hing ze daar, met haar hoofd in de bijtende vorst terwijl hij over haar heen boog en traag het pak vacuümgetrokken hazenrug uit de diepte haalde. Als ze paarden naar de wei bracht, liet hij plotseling de longeerzweep in de lucht knallen zodat ze haar meesleurden. Hij pestte de herder als ze bij hem in de mand lag en vertelde horrorverhalen over een meisje uit de buurt dat in galop door een laaghangende tak was onthoofd. Hij wachtte tot ze zou reageren, maar dat genoegen gunde ze hem niet.

Zodra Meggy weer was bedaard ging ze er in galop vandoor. Via het zandpad vol uitgedroogde karrensporen raasden ze naast de kerstbomen naar het bos. Ze keerde pas terug naar de boerderij toen haar ogen brandden van vermoeidheid, haar huid dof was van het gruis en het staccato geklik van landbouwsproeiers op de akkers het vallen van de avond inluidde.

XII

De meeste dagen op de boerderij bracht M. door in de stallen en op de rug van Meggy. Maar zodra de scholen uit waren kwam haar neefje, een boerenzoon die in dezelfde maand van hetzelfde jaar was geboren als zij. Ze spraken weinig maar toch begrepen ze elkaar. Stampend op de trappers van hun crossfietsen raceten ze door de wijde omgeving, dwars door maïsvelden, van loodrechte hellingen af en door rul zand dat aan hun banden trok. Ze koersten over de landerijen, langs hooibalen die als enorme boterkrullen op de velden lagen, een verlaten kerkhof en een smederij waar onder een afdak een imposante Fries net een hoef tussen de dijen van de smid liet klemmen. Ze reden tot de zon op hun kruinen beukte en ze zich midden in een weiland van hun fietsen lieten vallen, op hun rug in het gras, armen wijd en benen gespreid. Toen ze op adem waren gekomen leegden ze hun zakken en aten in stilte alles wat ze uit oma's snoeplade hadden gepakt. Het shirt van haar neefje plakte aan zijn huid en ze keek toe hoe hij ontspannen in het gras zat – de vlezige armen, met kuiltjes in de ellebogen op de plek waar bij haar scherpe telefoonbotjes uitstaken, de korte vingers die een karamelsnoepje uitpakten, de mat in zijn nek en het stukje buik dat over het elastiek van zijn trainingsbroek golfde. Zelf kon ze geen houding vinden. De driekwartbroek met messing ankerknopen die haar moeder had meegegeven knelde in haar kruis, net als de te krappe blouse uit de dure kinderwinkel in het dorp. Alles schuurde. Naast haar romige neefje was ze zich meer dan ooit bewust van haar lichaam, dun en hard als een spijker. Met vingers als spinnenpoten wikkelde ze in hoog tempo papiertjes af en voerde hem de snoepjes.

Op een middag drukte oma haar neefje een plastic tas in handen. Hier, zei ze, gaan jullie maar naar de kermis en kom niet terug voordat je een beer geschoten hebt. Op de slaapkamer van haar oma stonden een heleboel plastic tassen in dubbele rijen langs de plinten. Waar ze vandaan kwamen wist M. niet. Zandzakken tegen een dijkbreuk, zei oma wel eens. Sommige waren gevuld met papiergeld, bijeengebonden met elastieken, andere zaten vol guldens en knaken die haar neefje en zij soms in de muntenteller mochten doen, honderden na elkaar, kleppperend als een ratel. Het bedrag schreven ze netjes op een papiertje dat oma vervolgens met plakband aan de tas bevestigde. Op deze tas zat geen briefje met een bedrag, maar door de klos die tijdens het lopen tegen de kuit van haar neefje ketste kon ze horen dat hij goed gevuld was.

Ze dwaalden over het dorpsplein terwijl harde muziek in hun onderbuik dreunde en het zonlicht tegen de haan op de kerktoren weerkaatste. Overal waar ze kwamen werden ze hartelijk ontvangen; vrijwel alle uitbaters hadden haar opa gekend. Ze kon zich weinig van hem herinneren, behalve de sigarenrook, zijn raspende lach en vierkante pinkring ter grootte van een stempel. Ze mochten gratis in de attracties, de tas met geld werd gestald in een trailer achter de cakewalk. M. had een oud trainingspak van haar neefje geleend, een wijde broek met een bijpassend jack dat ze tot aan haar kin omhoog had geritst. Het pak was te warm en te groot, maar ze droeg het als een pauw. Ze gingen in de Hully Gully en de rups tot ze met slappe benen over de ijzeren loopplaten zwabberden, propten zich samen gierend in de hemelsblauwe bus op de draaimolen, zij achter het stuur en haar neefje achterin, als een reus met zijn hoofd en schouders boven het dak, en hengelden eendjes uit een nepvijver tot ze het met hun ogen dicht konden. Bij de rups mocht M. een paar keer op de sirene drukken toen iemand de flos had gepakt, die jennend aan een koord boven de hoofden danste. De eigenaar van de schiettent gaf hun les zodat ze de afwijking konden corrigeren en de kinderen van de uitbaters lieten hen voorgaan in de rij. Maar de cakewalk was haar favoriet, en niet alleen omdat de zoon van de eigenaar de hele tijd naar haar stond te loeren. Hij had opgeschoren haar met een enkele lange pluk in zijn nek en vlammend rode acnebulten bij zijn bakkebaarden. Het was zijn taak kinderen te helpen die vastzaten bij de hindernissen in de attractie, of halverwege niet verder durfden. Behendig zwiepte hij via de draaischijf omhoog, surfte een stukje mee op de lopende band en greep onderweg een huilend kind van de golvende brug, waarna hij vloeiend zijn weg vervolgde met het kind onder zijn oksel. Al die tijd hing een brandende sigaret in zijn mondhoek. Toen hij het kind aan zijn moeder teruggaf, gaf hij haar een knipoog en zoefde weer omhoog, met een kaarsrechte rug.

De eerste paar keer dat M. het probeerde moest ze zich nog vasthouden aan de reling, maar al snel schoot ze als een kat over de hindernissen, zonder haar handen te gebruiken. De warme lucht die onder de machines vandaan blies joeg door haar haren, het trainingspak hing losjes rond haar lichaam en terwijl ze haar voeten neerzette op de maat van de muziek voelde ze zich groeien.

Het plein liep vol. De muziek werd een tandje harder gedraaid, de liedjes kaatsten tegen elkaar tussen de attracties. Bezoekers raakten aangeschoten, overal ontstonden opstootjes. Een jonge boer met te lange armen voor zijn gedrongen postuur ramde wijdbeens zijn vuist tegen de boksbal en in één moeite door tegen het gezicht van een man die ernaast stond te lachen. De armen van de Polyp suisden door de lucht terwijl de uitbaters de mensenmassa vanuit hun hokjes verder opjutten.

Met plaklippen van een wijnbal rustte M. eindelijk even uit op de trap naast het spookhuis. De gekleurde lampen van de attracties schitterden driftiger nu de schemering viel en tekenden spookachtige figuren op het gezicht van haar neefje. Opeens zag ze hem. In zijn poloshirt met rechtopstaande kraag leek hij jonger dan de meeste kinderen hier. Maar hij was het. Zijn hazentanden hapten net in een wolk van een suikerspin. Hij liep door de menigte aan de hand van een oudere vrouw, gevolgd door een man van ongeveer dezelfde leeftijd.

De muziek dreef weg terwijl haar hoofd begon te bonzen. Het staal onder haar voeten golfde, het voelde even of ze het water in liep. Ze sloeg haar armen uit om haar evenwicht te bewaren.

Wat-ist? vroeg haar neefje terwijl hij zijn oogleden samenkneep. Achter hem betrok de lucht. Ze kon geen woord uitbrengen, zag alleen het water van de wc-pot dichterbij komen, proefde de putsmaak op haar tong. Haar neefje volgde haar blik om te eindigen bij de jongen die nu bij de schiettent stond en een laatste pluk suikerspin in zijn mond propte. De oudere man legde hem uit hoe hij moest richten. Zijn grijze haar was in een zijscheiding gekamd en hij droeg een bandplooibroek met een dunne V-halstrui. Zijn vrouw stond achter hen, al even netjes gekleed en duidelijk niet op haar gemak. Ze drukte haar handen tegen haar oren en keek gekweld naar de boxen, die op dat moment de begintonen van Salt-N-Pepa's 'Push It' uitspuugden.

Ooh baby baby, baby baby, klonk het jennend uit de luidsprekers. De uitbater van de schiettent stootte op de maat zijn heupen naar voren terwijl hij de woorden playbackte. De vrouw achter Floris keek nu nog ongemakkelijker. M.'s neefje gaf haar een beuk met zijn elleboog en haar tong schoot los.

Hé! zei ze verontwaardigd.

Zeg dan.

Dat kutjong – zonder zijn kant op te kijken knikte ze kort in de richting van Floris – zit bij mij in de klas. Ze fluisterde zonder dat ze het wilde, maar door het gebons dat van binnenuit tegen haar oogbollen hamerde lukte het niet om hardop te praten.

Floris had zijn interesse in de schiettent verloren. Enthousiast wees hij naar de botsauto's. Naast haar haalde haar neefje zijn neus op en mikte een rochel op de stenen. Toen hij opstond torende hij boven haar uit.

Kom. Hij greep haar mouw en trok haar door de mensenmassa. Vanaf dat moment ging alles snel. Haar neefje fluisterde de jongen van de botsauto's iets in het oor. Die grijnsde kort, een gouden tand schitterde. Het was nu bijna donker, geen steen van het plein was nog onbezet. De dreunende muziek vermengde zich met de hamer in M.'s hoofd en breidde zich uit over de rest van haar schedel, alsof haar huid werd aangedraaid. De lichten van de attracties trokken strepen door de lucht. Ze drukte zich dicht tegen haar neefje aan, bang om haar evenwicht te verliezen.

Floris sloot zich met zijn opa aan bij de wachtende mensen op de ijzeren platen rondom de botsauto's. Zodra de stroom werd uitgeschakeld, de auto's tot stilstand waren gekomen en de vrouw achter de microfoon in het kassahuisje begon te loeien – *ja ja, mensen, lezz-go lezz-go, kaartje kopen en instappen maarrr* – bestormde iedereen de vloer om een vrije auto te bemachtigen. Floris en zijn opa stonden vertwijfeld op het zwarte vlak om zich heen te kijken, deze ronde waren ze te laat. Ze werden meteen van de vloer gejaagd, waarna de auto's weer begonnen te rijden. De jongen met de gouden tand liftte een stukje mee achter op de bumper van een wagentje. Precies op de plek waar Floris en zijn opa stonden sprong hij eraf. Hij knikte ze vriendelijk toe. Dankbaar lachten ze terug. Bij de volgende ronde nam de jongen ze mee naar een wagentje, snauwde een vent weg die net wilde gaan zitten en hielp hen met instappen. Hij draaide aan een paar knoppen, legde de oudere man uit hoe hij het ding moest besturen, verzamelde de fiches en sprong weer op de metalen plaat tussen de wachtende mensen.

Zodra hij zijn hand had opgestoken drukte de opa van

Floris op het gaspedaal. De auto schoot achteruit de vloer op. Verbaasd keek Floris naar zijn opa, die paniekerig aan het stuur trok terwijl hij probeerde de andere wagens te ontwijken. Met een noodvaart reed hij op de andere botsauto's in, nog steeds in zijn achteruit, waardoor de jongens in de andere wagentjes geïrriteerd raakten. Toen M. het lichaam van haar neefje naast haar voelde schokken begreep ze wat ze hadden gedaan. Nu zag ze ook de jongen van de cakewalk in een van de wagentjes, een sigaret in een mondhoek. Hij stond achter het stuur met zijn billen tegen de hoofdsteun, zoals alleen kermismensen dat mochten. Soepel maakte hij een bocht en ramde Floris en zijn opa frontaal, zodat de wagen tegen de rand van het parcours ketste. Floris schoot met zijn hoofd naar voren. Toen hij weer opkeek stroomde er bloed uit zijn mond. Zijn flaphaar hing warrig voor zijn ogen. De muziek stond nu zo hard dat M. alleen nog een hoge fluittoon hoorde, afgewisseld met de opzwepende teksten van de vrouw achter de microfoon. *Lezz-go lezz-go, daar komt de turrrbooo.* De oude man was bleek weggetrokken en zwaaide hevig met zijn armen naar de jongen met de gouden tand, maar die keek stoïcijns de andere kant op. Van alle kanten werden ze nu aangereden. De wagen vloog stuurloos over het veld en stuiterde tegen de zijkanten. Floris werd als een pop heen en weer geslingerd, en hoewel zijn opa een arm om hem heen had geslagen, botste hij nog een paar keer hard met zijn hoofd tegen het stuur. Hij gilde. M. deed haar ogen dicht. Toen ze ze weer opende zag ze nog net hoe Floris met een bebloed gezicht door zijn opa aan de kant werd geholpen. Samen met zijn oma verdwenen ze in de massa.

Onder de donkere hemel wandelden ze over de eindeloze dijk zonder lantaarnpalen terug naar de boerderij, dicht tegen elkaar aan. Haar neefje had een pluchen beer op zijn nek ter grootte van een kleuter. De avondwind blies dwars door haar trainingsjack, de vermoeidheid trok aan haar benen. Met iedere stap werd de muziek in hun rug zachter, tot er niets meer te horen was dan het gerinkel van de munten in de plastic tas op de maat van hun pas.

XIII

Toen haar moeder het erf op reed duurde het even voor ze M. herkende. Het verwassen PSV-shirt van M.'s favoriete oom viel als een jurk tot op haar knieën, daaronder droeg ze de roze sloffen van Jeannette. Oma had de eerste avond nog geprobeerd haar bos krullen te borstelen, maar bleef bij iedere haal steken en had het opgegeven. Inmiddels stond het als een vogelnest op haar hoofd.

Haar moeder begroette haar niet, maar keek haar slechts met samengeknepen ogen aan. Haar mond ging open en meteen weer dicht. Het was vreemd haar in de donkere woonkamer onder de balken te zien staan, met hoge hakken onder een klokkende rok, het opgestoken haar boven een geschubd kraagje. Ze zocht houvast aan de zware eikenhouten tafel die tussen haar en oma in stond. Roodgelakte nagels verdwenen in het wollen tafeltapijt, dat als een snelweg tussen de twee vrouwen in liep. Ergens in het midden zag M. zichzelf in het donker op de fietsbrug staan.

Je doet 't erom, siste haar moeder naar oma.

Het was fijn om het haar ook eens tegen oma te horen zeggen. Ze vermoedde dat het de vier woorden waren die haar moeder het meest tegen haar zei: *je doet 't erom*. Alsof M. vanaf haar geboorte een vooropgezet plan in haar hoofd had van al haar handelingen en de mogelijke gevolgen die ze hadden voor haar moeder, voor haar ouders. Een duivelse landkaart met bloedrode vertakkingen. Welke afslag ze ook namen, ze leidden allemaal richting hun ondergang. *Je doet 't erom.* Alles liep dood op M., die zich zogenaamd nergens van bewust was, *de vermoorde onschuld uithing*, zoals haar moeder het noemde. Nu was het zo dat haar vader en moeder helemaal niemand vertrouwden. Iedereen met wie ze in contact kwamen had bijbedoelingen die als messen onder het oppervlak schemerden; op het eerste oog onzichtbaar, maar niet voor mensen die wisten waarop ze moesten letten – zoals haar ouders. De juffen op school, de mannen met wie haar vader zakendeed, de nieuwe buurvrouw die hen verwelkomde met zelfgebakken cake, de overheid, artsen, de politie, maatschappelijk werkers, iemand die hen te lang aankeek tijdens het tanken, moeders van klasgenoten, de oude man die iedere dag op hetzelfde tijdstip met een schurftig hondje langs hun huis stiefelde, haar ooms en hun vrouwen (ook Jeannette – niet te vertrouwen, dat secreet, zei haar vader vaak en daarin moest M. hem gelijk geven, waarschijnlijk had Jeannette haar expres die ordinaire konijnensloffen uitgeleend, om haar moeder te jennen) en de kinderen die haar uitnodigden voor hun verjaardag, ooit, scholen geleden, toen haar huid minder knelde en haar lach nog niet zo gemaakt was. Allemaal hadden ze bijbedoelingen. Wat je zag was een dekmantel van wie ze werkelijk waren en de mooiste etalages kon je maar beter snel voorbijlopen, zei haar vader. *Je doet 't erom* waren de woorden die dag en nacht door M.'s hoofd zongen om haar te herinneren aan de slechte bedoelingen die ze eigenlijk had, zelfs als ze dat zelf nog niet wist.

Haar moeder kreeg zo'n ruzie met oma dat de honden er wild van werden. Blaffend sprongen ze rond de schreeuwende vrouwen. Hun nagels krasten over de vloer, tot de herders elkaar aanvlogen en oma met haar zweep tussenbeide kwam. Haar moeder trok M. aan een arm mee naar buiten en dirigeerde haar naar de passagiersstoel van de auto. Op hoge snelheid reden ze het erf af. Staand in het midden van de oprijlaan keek oma hen na, met naar buiten gekeerde ganzenvoeten en haar handen in haar zij. De zweep lag als een staart op de grond. Met haar voorhoofd tegen het koele raam gedrukt zag M. haar in de zijspiegel kleiner worden, omringd door de roedel. Ze had geen afscheid van haar neefje genomen en ook niet van Meggy.

Ze reden de brug over, terug naar de andere oever. Die maandagochtend zei ze tegen Amanda dat ze niet op school was geweest vanwege een lekkage die haar hele kamer onder water had gezet – ze had al haar spullen moeten weggooien. De juf glimlachte zwak naar haar, maar in haar matte ogen zag M. wat ze werkelijk bedoelde.

XIV

Opnieuw sprong ze tweemaal per week achterop bij Amanda, fietsten ze samen naar haar huis en at ze mee aan de ronde keukentafel. In de drie kwartier dat de lunch duurde observeerde ze de bewegingen van het gezin en maakte aantekeningen in haar hoofd. Ze luisterde naar de gesprekken, over het werk van Amanda's ouders, hun plannen om deze vakantie met de vouwwagen naar de camping te gaan, de tijd dat Amanda's ouders elkaar pas net kenden en in een gele Eend door Frankrijk reden, of over vervelende familieleden – ze hield haar adem in maar er gebeurde niets, ze zuchtten wat en ruimden de tafel af. Er werden vragen gesteld, herinneringen fijngeslepen – was dat nou in die herberg aan de voet van de Pyreneeën, was jij toen niet ziek? – en ze lachten om zichzelf en elkaar. M. had geen idee hoe ze moest reageren, dus ze hield haar mond en glimlachte. Gesprekken zoals deze werden bij haar thuis niet gevoerd. Er werden sowieso geen gesprekken gevoerd. Het was ondenkbaar dat haar vader de naam van een klasgenoot zou kennen, zoals de vader van Amanda haar naam al uit de verhalen van zijn dochter kende. Het was uitgesloten dat zij of haar moeder het aandurfde een gebeurtenis uit het verleden op te rakelen – een verjaardag, een feestdag of iets wat had plaatsgevonden in een vorig huis of op een vorige school. Iedere herinnering bevatte een kelder vol monsters. Zwijgen leek de enige manier om die binnen te houden.

Op een middag stond Geesje buiten klaar met gevulde boterhamzakken voor de lunch. Amanda's vader nam hen mee voor een ritje in zijn nieuwe auto. Het was een vijfdeurs Opel Ascona C in een vaalblauwe kleur met voorwielaandrijving en de reden dat ze dat wist was omdat hij er niet over ophield. Samen met Amanda zat ze achterin. Het eerste wat haar opviel was dat ze niet van de bank weggleed, zoals in de auto's van haar vader. Deze stoelen waren bekleed met geweven stof, stug en kriebelig tegen haar huid, maar je bleef tenminste wel op je plaats zitten. Ze kon het hoongelach van haar ouders al horen – het merk, het model, zo burgerlijk, zo gewóóntjes en er dan ook nog zo blij mee zijn dat je er met het gezin een ritje in ging maken. Haar vader wisselde van auto als van een vieze onderbroek: zodra er een smet op zat ging hij weg. Nachtelijke ongelukken die eindigden in de sloot, een kras op het dak vanwege spoorwegbomen die al dichtgingen, een deuk in de bumper vanwege een kusje aan een vervelende automobilist: er waren genoeg aanleidingen voor een nieuwe. Behalve de oude Mercedes waar haar moeder in mocht rijden: die was er al zolang ze zich kon herinneren.

Geesje zette de radio aan. Terwijl ze over landweggetjes

reden met de ramen opengedraaid, staken Amanda en M. hun hoofd in de bries. Flarden ammoniak van de varkensboerderijen prikten in hun neusgaten. Geesje neuriede zachtjes en Amanda's vader klopte afwisselend op het stuur en het dashboard mee met het ritme.

Wát een kracht, jongens, wat mooi, verzuchtte hij.

En toen. De eerste tonen van het volgende liedje. Amanda's vader gaf een draai aan de volumeknop.

Mijn favoriet! riep hij.

M. zat meteen kaarsrecht op de achterbank. Het getingel van het klavecimbel, de marcherende drumslagen, het wonderlijke ritme – haar lichaam reageerde er onmiddellijk op. Zonder dat ze het wilde wiegde ze mee. Een gloed joeg vanuit haar hals naar haar wangen, ze moest zich bedwingen om niet haar beide armen naar voren te steken om Amanda's vader vast te pakken. In plaats daarvan leunde ze achterover en sloot haar ogen terwijl de zinnen die ze kon dromen via het openstaande raam over de weilanden uitvlogen.

Golden brown, texture like sun
Lays me down, with my mind she runs
Throughout the night
No need to fight
Never a frown with golden brown

M. wist niet wat de woorden betekenden maar in gedachten zwierde ze weer met haar vader de kamer door. Hun borstkassen tegen elkaar aan gedrukt, zijn armen strak tegen haar rug en billen, haar voeten hoog boven de grond. Daar was het instrumentele stuk weer, betoverend mooi maar o zo verraderlijk. Het klavecimbel jakkerde zenuwachtig voort, de bas hield het geheel onverstoorbaar bij elkaar. Maar iets ging er niet goed. Haar vader met zijn geweldige gevoel voor ritme, dat moest zelfs haar moeder toegeven, viel er steeds weer over.

Eén, twee, drie – één, twee, drie – één, twee, drie, mompelde hij terwijl hij M. in haar nachtpon rondtolde. Plotseling struikelde hij over de maat, over zijn passen, en begon het schelden en tieren. Hij drukte M. strakker tegen zich aan en draaide het nummer opnieuw. Vijf keer, tien keer; vijftien, twintig keer. Ze was moe, haar voeten bungelden slap richting de vloer, maar ze bleven dansen tot hij geen passen meer zette en alleen nog maar rondzwierde, met haar aan zijn armen als een vlaggetje in de wind.

Geniaal! riep Amanda's vader. Toen M. haar ogen opendeed zag ze dat zijn vingers in de lucht het klavecimbel bespeelden.

Luister, riep hij over de muziek heen terwijl hij hun blik in de spiegel zocht: drie driekwartsmaten en dan een vierkwartsmaat. Geniáál!

Hij neuriede de melodie mee en dirigeerde met zijn hand de maat. M. danste in gedachten mee. Drie keer walsen in een cirkel – *één, twee, drie – één, twee, drie – één, twee, drie* – gevolgd door *één, twee, drie, vier*. Het was alsof ze een lang gezocht puzzelstukje vond. Opeens snapte ze het. Ze kon niet wachten het haar vader te vertellen.

De zon bescheen de witte haartjes op haar benen. Ze wreef erover, ook om het getril te stoppen, en staarde naar de weilanden langs de polderweg. Ze had niet verwacht dat de vader van Amanda het liedje mooi zou vinden, net als haar vader. Nu, eindelijk, was er iets wat hen verbond, een brug over het ravijn. Het lied schalde uit de radio van de Opel Ascona C zoals bij haar thuis uit de luidsprekers die haar vader door het hele huis verspreidde om hen 's nachts wakker te houden. De muziek joeg door de woonkamer, de hal, over de overloop en door de slaapkamers. Hoe later het werd hoe opzwepender de nummers, steeds opnieuw dezelfde mannen die zich krijsend om haar heen verzamelden. In de kast, onder de dekens en in de douchecel, nergens kon ze eraan ontsnappen. Ze werd net zo lang opgejaagd tot ze bijna moest kotsen. Maar niet dit liedje, dit was van hen.

Het laatste refrein alweer. Ze wilde niet dat het stopte. Het liefst danste ze voor altijd met haar vader door de ruimte, haar neus in zijn hals. Maar buiten werd het donker als een toneeldoek omhooggetrokken. Een flauwe zon verlichtte de kamer. Zijn kapotte voeten door de scherven van de salontafel (*dubbellaags glas, Pierangelo Gallotti*). De ravage op de vloer. Haar besmeurde nachtjapon. De lange nacht was voorbij, het klavecimbel viel stil, de betovering was verbroken.

De vader van Amanda keek haar aan in de spiegel en knipoogde.

XV

Een paar dagen lang had het gezicht van Floris eruitgezien als een Oilily-patroon, met van kleur verschietende vlekken op zijn gezicht en korsten rond zijn neus en lippen die langzaam begonnen te vervellen. Als ze hem zag probeerde ze niet te lachen, bang om zichzelf te ontmaskeren. Toch vond ze het doopritueel in de aangekoekte wc die dagen minder erg.

Toen ze die middag uit school kwam vertelde haar moeder dat de vader van Floris haar vader had uitgenodigd voor een potje tennis. M. moest op een stoel gaan zitten om niet onderuit te gaan. Ze staarde naar de lijnen op het marmer die vertakten als een schedelbreuk.

Dat vind je niet erg, toch?

Haar moeder zei het met een lachje. M. zag de glinstering in haar ogen.

Nee hoor, antwoordde ze, terwijl ze haar kiezen over elkaar voelde schuren.

De tenniskring bestond volgens Amanda uit een select gezelschap van ouders in het dorp die met elkaar bevriend waren, van wie de kinderen met elkaar hockeyden en die ieder jaar met elkaar op skivakantie gingen. De meeste ouders van het bloemencorso zaten erbij. De vader van Floris was de voorzitter van de club. Haar moeder vertelde dat ze elkaar via een wederzijdse zakenrelatie hadden ontmoet en Alexander – ze zei het alsof ze hem al jaren kende – had haar vader uitgenodigd.

Op zondagmiddag liep M. met benen van lood achter haar ouders aan het besloten tennispark op. Haar vader droeg een broekje dat rond zijn bovenbenen spande en een witte zweetband om zijn hoofd. In zijn handen hield hij een gloednieuw Dunlop-racket en een doorzichtige buis met gele ballen. Ook M. was door haar moeder voor de gelegenheid gekleed. De jurk knelde onder haar oksels en de stof hing zo zwaar tussen haar knieën dat ze er steeds over struikelde. Haar moeder had een grote zonnebril op haar neus en een zijden sjaal om haar haren geknoopt.

Een tunnel van manshoge heggen leidde hen langs de banen. Tussen de begroeiing door lichtten snippers oranjerood gravel op. Ze konden niemand zien, maar overal klonken ritmische slagen afgewisseld met kreten. Aan het einde van de haag verscheen een stenen plateau met daarop een clubhuis. Over de hele breedte ervan lag een terras met houten tafels en stoelen. Ouders, grootouders, kinderen; sommige gezichten herkende ze van school. Ze stapte achteruit, wilde in de heg verdwijnen, maar haar moeder greep haar pols en trok haar mee het terras op, waar Alexander en zijn vrouw, zeg maar Elise, hen hartelijk begroetten. Elise had haar haren in een hoge staart, die kwispelde als ze liep.

De vrouwen namen plaats aan een tafeltje met uitzicht op de tennisbanen, terwijl de mannen naar het afhangbord liepen. Het was een speciaal systeem van rijen en kolommen dat verwees naar tijdstippen, spelers en banen, legde Alexander uit. Achter het elastiek van baan één klemde hij zijn lidmaatschapspasje met een foto van hemzelf erop (blond flaphaar zoals Floris en een pastelblauwe polo van dezelfde krokodillenclub als de jongens op school), en schoof er een pas met 'introducé' naast. Hij legde een hand op de schouder van haar vader en bood hem de andere aan.

Ben je er klaar voor?

M. zag aan haar vader dat de hand op zijn schouder hem irriteerde.

Kom maar op, antwoordde hij rustig en kneep iets te hard in de hand van zijn tegenstander – Alexander trok nauwelijks zichtbaar met zijn mond.

Amanda had haar verteld dat alleen sommige ouders in het dorp lid van de club mochten worden. Het is een hele eer, zei ze.

Wat krijg je dan? vroeg M. Gratis eten en drinken? Amanda moest lachen.

Nee. Dan mag je daar tennissen en daar moet je ook nog voor betalen.

Maar wat is dan de eer?

Dat je bij die mensen hoort. Weet ik veel. Amanda haalde haar schouders op.

Haar vader kon niet tennissen en bij een clubje horen wilde hij al helemaal niet. De carnavalsclub, de wielrenclub, de motorclub: hij begon al te snuiven als ze de leden ervan ergens tegenkwamen. Allergisch was hij ervoor, zei hij, mensen die een groepje gelijkgestemden nodig hadden waren bij voorbaat niet te vertrouwen. Hij lachte om hun uitdossingen, dezelfde vaandels, shirts of jasjes met de clubnaam erop geborduurd, als kleuters bij de scouting. Als ze hem kwaad aankeken begon hij te glunderen.

Wat wou je doen dan, in je mooie jasje. Moet je niet eerst je vriendjes erbij halen?

Na zo'n ontmoeting bij het tankstation waren ze op de snelweg eens omsingeld door een groep motorrijders. Kerels met baarden en identieke leren gilets, hun armen gestrekt op verhoogde sturen. Ze cirkelden rond hun auto terwijl M. stoïcijns voor zich uit bleef kijken en zich voorstelde dat het steeds hardere bonzen van haar hart eigenlijk helikopterbladen waren die haar ieder moment aan haar kruin uit de auto zouden tillen, dwars door het dak, naar een plek hoog boven de snelweg. Haar vader bleef intussen verbeten gas geven om vervolgens bruusk te remmen en zijn stuur om te gooien, waardoor hij ze bijna raakte. Uiteindelijk hadden de motorrijders in volle vaart de afslag genomen. M. had een beetje in haar broek geplast.

Het ging hem niet om de tennisclub, maar om de uitdaging. Dat begreep ze wel. Als iemand je uitdaagde, liet je je niet voor schut zetten.

Ze sprong van het terras, zakte neer achter een plantenbak ingelegd met kiezels en begon linksonder met tellen.

Wie tussenbeide kwam om de vechtpartij te beëindigen, of eigenlijk: om te voorkomen dat de vader van Floris halfdood werd geslagen, kon ze zich achteraf niet herinneren. Ze had onafgebroken met haar vingertoppen steentjes geteld tot ze op even aantallen uitkwam. Af en toe had ze over de rand van de plantenbak naar het centercourt gegluurd. Daar was, na een joviale opening van Alexander – je mag ook onderhands serveren, als je wilt – het spel al snel grimmig geworden. Het rumoer van het toegestroomde publiek was verstomd. Haar vader stond voorovergebogen met zijn blik strak op de tegenstander gericht, het racket met beide handen omklemd. Voor zover ze wist had hij nooit eerder getennist, maar iedere bal die binnen zijn bereik kwam sloeg hij snoeihard terug over het net, recht op het lichaam van de vader van Floris af. M. zag hoe hij begon op te zwellen en wist dat hij snel reusachtig zou zijn. De aderen duwden al tegen zijn huid. De man aan de andere kant van het net had gloeiende konen onder een verschrikte blik, maar hield zich staande op techniek. Op het terras kwam Elise half overeind uit haar stoel en riep vertwijfeld zijn naam, Alexander, met een vraagteken erachter. Zonder op te kijken stak hij zijn duim naar haar op, waarna ze weer ging zitten en ongemakkelijk naar M.'s moeder lachte.

M. vroeg zich af hoe het kon dat deze mensen niet aanvoelden wanneer een spelletje voorbij was. Waarom ze niet begrepen wanneer de grens tussen lollig en ernst was gepasseerd, soms in een seconde, en je je moest klaarmaken voor de vlucht of de aanval, afhankelijk van de omstandigheden, die je – als het goed was – al eerder in kaart had gebracht. Ze keek naar de grootouders op het terras, met hun geplooide gezichten en biertjes in de hand. De moeders in hun te korte rokjes aan de houten tafels, de onrustige blikken vanwege de vreemde sfeer die opeens over het park was neergedaald. Ze waren er niet klaar voor. Ze fietsten door het leven, slalommend over de weg, zoals Floris en zijn bloemencorso, alsof hun niks kon gebeuren. Alsof ze alle tijd hadden. M. wilde niet dat het misging vandaag, maar misschien wilde ze het ook wél. Ze wilde dat zij het ook voelden, de klauw in hun nek, het gehijg in hun rug waardoor ze nooit meer naar huis zouden rijden zonder eerst achterom te kijken. Dat ze voelden hoe het was als de angst je zicht vernauwde tot een koker en elke vezel in je lichaam zich aanspande, waardoor je nog dagenlang krom liep van de spierpijn. Een angst die je uit een badkamerraam liet springen en met een gekneusde enkel door het bos liet rennen. Een angst die je buiten liet slapen, vernikkeld van de kou, tot de zon opkwam en je gewoon weer aan de dag moest beginnen alsof er niets aan de hand was, in een wereld vol mensen die rustig hadden doorgeademd. Die angst kenden ze niet. Hier ging de bloeddruk omhoog als iemand de baan niet had gesleept.

Na nog eens vijftien minuten waarin de strijd tussen de mannen gelijk opging was de vader van Floris dus niet voorbereid toen haar vader hem met een snoekduik over het net aanvloog en hem trefzeker op zijn gezicht begon te timmeren. Het terras zonk weg in een eensgezind 'oh' gevolgd door een ademloze stilte, die pas werd onderbroken toen haar moeder de baan op rende en met overslaande stem haar vaders naam riep.

M. voelde de cola in haar maag omhoogkomen, het tintelende zoet op de achterkant van haar tong. Haar vingers gleden langs de rijen kiezels. Iedere even rij had het onheil voor even uitgesteld, maar de laatste rijen telden 121 steentjes. Ze kneep haar ogen dicht en tekende een uitweg door het doolhof van heggen, terug naar de parkeerplaats. Toen ze weer opkeek zag ze hoe een paar mannen van het terras waren gesprongen en zich tussen de worstelende spelers hadden gestort, die bijna waren verdwenen in een waaier van rode mist. Uiteindelijk lukte het ze haar vader weg te trekken en een beschermende muur te vormen tussen hem en Alexander, die roerloos op het gravel lag.

Niemand hield hen tegen toen ze vertrokken. Het centercourt stond vol huilende vrouwen en hun vloekende echtgenoten, aangestaard door een stilzwijgend publiek van kinderen op het terras. Gedrieën zochten ze hun weg terug door het tunnelcomplex.

Waarom nou? huilde haar moeder.

Houd je kop, mens.

Haar vader hield zijn hand rond haar moeders nek en duwde haar voor zich uit naar de uitgang, als een infuuspaal op wieltjes. Hij nam zulke grote passen dat M. moest rennen om hem bij te houden. De stof van de lange jurk raakte bekneld tussen haar benen en ze keilde voorover, met haar kin en knieën op de stenen, terwijl haar ouders de hoek om verdwenen. Toen ze omkeek zag ze Floris op het verhoogde terras naar haar kijken, met de rest van de zweefmolen om hem heen verzameld. Rond zijn lippen speelde een lachje.

XVI

De banden huilden op het asfalt. M. zag hen vanuit de lucht, alsof ze op een wolk zat. De man achter het stuur zat tot aan zijn kruin onder het gravel, zijn oogwit stak er fel bij af. De kleding van de vrouw naast hem was brandschoon, maar op haar bleke gezicht liep een strepenpatroon van uitgelopen verf. Haar haren staken in pieken uit een kleurrijke sjaal, die als een losgeschoten luifel naar haar nek was gezakt. Op de achterbank zag ze zichzelf zitten, kaarsrecht overeind in haar zware jurk met vlekken op kniehoogte, een geschaafde kin, de lippen op elkaar geperst en de armen strak langs het lichaam.

Bij iedere bocht bewogen ze tegelijk van links naar rechts, als poppetjes in een Playmobilwagen. Deze keer ging de wagen over een parcours langs aangeharkte tuinen. Een man achter een grasmaaier keek verstoord op, wat een knik in de symmetrische banen op zijn gazon opleverde.

Centrum, buitenwijk, boslaan; hun snelheid steeg met de vierkantemeterprijs. Plankgas over de loszittende kinderkopjes naast de bomenrij, die pruttelden als soep. Een scherpe bocht naar de oprijlaan, waarna de auto op de binnenplaats met de handrem tot stilstand werd gebracht.

Niemand sprak. Ze ademden alsof ze gerend hadden, hun borstkassen gingen in hetzelfde ritme op en neer. Onder de motorkap klonk gezucht en getik. Het snikken van haar moeder begon zachtjes, maar werd steeds luider. De handen van haar vader verstrakten op het stuur.

Stop met janken.

Zijn stem klonk kalm. Te kalm. Een voorbode van iets groters.

Ze begreep haar vader wel. Gék werd ze van het gehuil. Iedere dag, iedere lange nacht, op momenten dat er andere dingen gedaan moesten worden, zoals rennen of jaknikken of de deur op slot doen of de autosleutels verstoppen of wegduiken of lachen – vriendelijk lachen, hartelijk lachen, lief lachen, uitdagend lachen, ingehouden lachen, beleefd lachen, schaterlachen, de juiste lach om de spanning te doorbreken (maar nóóit uitlachen). Of de politie bellen, sorry zeggen, ik zal het nooit meer doen, ik beloof het, ik zweer het op mezelf en als ik het weer doe mag je me nog harder straffen. Of gewoon je mond houden en doen wat er van je gevraagd werd. Maar niet weer huilen, als een lekkende kraan die je gillend uit de muur wil trekken.

Haar moeder stopte.

Toen haar vader uitstapte, wist M. dat ze niet veel tijd hadden. Een kwartier, hooguit twintig minuten. Hij zou gaan douchen, de nederlaag van zich afwassen, een schoon overhemd aantrekken, zijn natte haar in een scheiding kammen en beneden komen als de winnaar die hij op de tennisbaan had kunnen zijn, klaar om zijn gezichtsverlies te wreken. Misschien zou hij nog een boterham met kaas maken (de kruimels, het mes met boter en de kaasranden zou hij op het aanrecht laten liggen), koude melk naar binnen klokken, rechtstreeks uit het pak. Maar dan zou het beginnen.

Binnen tien minuten had ze Boelie uit bed gehaald en aangekleed, een tas met het hoogstnoodzakelijke gepakt en stond ze klaar in de hal om te vertrekken. Haar moeder stond nog op dezelfde plek in de keuken, leunend tegen het aanrecht.

Mam. We moeten gaan.

Haar moeder leek haar niet te hebben gehoord. Hoofdschuddend staarde ze uit het raam, haar gezicht een spookachtig schilderij van vlekken. Boven werd de douche dichtgedraaid, de leidingen in het oude huis kwamen knarsend en piepend tot stilstand. M. friemelde met haar vingers en zigzagde met haar kaken.

Mam, waar zijn de autosleutels? En je portemonnee?

Gedempte voetstappen op de vloerbedekking, het rokershoestje, kastdeuren die open- en dichtgingen. Haar ademhaling versnelde terwijl de muren naar binnen bogen. Een paar minuten nog voor hij op zijn gemak de trap afdaalde in een wolk van aftershave – de geur had een vreemde uitwerking op haar, net als de dennengeur van zijn douchegel, alsof het al achter de rug was. Ze moesten weg. Nú. Ze kon geen lange nacht meer aan, de opbouw duurde alweer te lang. Nu hadden ze tenminste een kans. Maar het tijdbesef van haar moeder was stuk – altijd al. Het leek of ze geen onderscheid kon maken tussen belangrijke en onbelangrijke dingen. Soms joeg ze M. op en maakte snelheidsovertredingen terwijl er niemand op hen stond te wachten. Tegelijkertijd was ze niet in staat zich aan welke afgesproken tijd dan ook te houden.

Boelie begon met zijn tong te klakken. Boven was het akelig stil. Haar moeder was gestopt met huilen, draaide zich om en keek M. aan.

Ik denk dat het wel meevalt, zei ze rustig. Een flauwe glimlach duwde haar glanzende wangen omhoog. Misschien moeten we het even afwachten.

M. voelde de springveren in haar benen zich opwinden. De wijzer van de klok boven de keukentafel was weer een minuut verder, ieder moment verwachtte ze het geluid van blote voeten op tapijt dat overging in de zware pas van zijn schoenen (*handgemaakt in Napels*) op het parket. Haar broertje trok aan haar jurk en ze vermande zich. Ze gooide de tas over haar schouder, hees Boelie op een heup, liep de hal door en de voordeur uit.

Rechts van haar stond de auto van haar vader waarvan de sleutel altijd op zijn geldclip lag. Links, in de buitenste kromming van de binnenplaats, stond de oude Mercedes tegen een heg aan geparkeerd. Ze rende over het grind, verzwikte een enkel, trok aan de handgreep, gooide haar broertje en de tas op de achterbank en rende terug. In het voorbijgaan botste ze tegen haar moeder op, die eindelijk in beweging was gekomen.

Ga achter het stuur zitten, ik haal de reservesleutel. Het klonk als blaffen.

M. stoof de trap op (een schrapende keel achter de slaapkamerdeur, als hij nu naar buiten kwam was het te laat), schoof op haar buik onder haar bed (het stalen frame en de matras had ze met haar moeder en Jeannette uit de bosjes gevist en weer naar boven gesjouwd), greep naar het geheime kistje waarin ze haar gestolen geld bewaarde en de briefjes met de rekensommen erop, de gele fotocamera, haar dagboek en reservesleutels, een hele bos inmiddels, van alle huizen waar ze hadden gewoond, viste de autosleutel met de zilveren ster eruit, sprintte terug naar beneden zonder de helft van de traptreden te raken, vervloekte de jurk die als een parachute lucht ving en dook op de passagiersstoel naast haar moeder. Die was nu wakker geworden en deed wat ze moest doen. In haar ooghoeken zag M. de gestalte van haar vader in de portiek van de voordeur verschijnen.

Gas!

Haar moeder trapte haar been naar beneden. Grindsteentjes stoven op terwijl de wielen zich schrap zetten. De kont van de wagen zwabberde even toen ze een scherpe bocht maakten, waardoor ze bijna zijn auto raakten. Terwijl haar moeder wild aan het stuur draaide en Boelie kraaiend over de achterbank rolde, hield M. haar ogen op haar vader gericht. Maar er gebeurde niets. Hij schreeuwde niet, ging niet voor de auto staan, rende niet achter hen aan – hij stond daar maar, wijdbeens in de deuropening met zijn handen in zijn zij en een grijns op zijn lippen.

XVII

Ze telde praatpalen, benzinestations, rotondes, huizen en bushokjes, maakte sommen in haar hoofd in de hoop een patroon te ontdekken. Misschien kon ze een bestemming bedenken, een slimme vertakking naar een plek waar ze zich konden verstoppen, maar er kwam niks. Nadat ze de snelweg hadden verlaten reden ze verder over de landweggetjes die de dorpen aaneenregen. Terwijl Boelie lag te soezen op de achterbank reden ze een eeuwigheid door schuivende vlakken zonlicht en schaduw, langs weilanden met plukjes koeien, hun benige figuren roerloos rond waterbakken, door stukken verlaten groen waar ze iedere tegenligger met ingehouden adem passeerden. Soms reden ze door een dorp waar ze al eerder waren geweest, soms door een dorp dat ze niet kende. Af en toe doemde een kerktoren op als aankondiging van de volgende bebouwde kom. Ze had eens in een boek over de

Egyptenaren gelezen dat zij obelisken bouwden ter ere van de zon. De gouden top van de zuil moest de stralen weerspiegelen. Ze begreep waarom Nederlanders torens bouwden met een klok bovenin; niet omdat ze de zon eerden, maar de tijd. Overal waar je keek kon je de tijd zien, die de mensen in de dorpen met elkaar verbond.

In de dorpskernen trok het Brabantse leven aan hen voorbij. Voorbijgangers op de stoep waren uitgelaten vanwege het zomerse weer op een vrije zondag, maar achter iedere oma, achter ieder kind schuilde dreiging. Was hij hen gevolgd? Wachtte hij hen op? Had hij toevallig een slimmere afslag genomen en reed hij hun nu tegemoet? Af en toe wees ze op een schaduw, een gestalte achter een boom of gevel die naar hen keek, maar na een korte aarzeling schudde haar moeder steeds weer haar hoofd.

Alles wat M. zag sloeg ze op. Kermis op het plein – bij de botsauto's klonken de laatste tonen van 'Waarom fluister ik je naam nog'. Toen begon het liedje van een vrouw die ze wel eens op tv had gezien, gekleed in kippengaas. Een braderie – kasthoge rekken vol druipende kippen aan het spit. Ze stopten voor een kolonne overstekende bejaarden op fietsen. De merken op de stalen frames prentte ze in haar geheugen. In een volgend dorp passeerden ze een optreden van de plaatselijke dansmariekes. Meisjes twee en vijf hadden een ladder op de plek waar ze de huidkleurige panty over hun dijen hadden getrokken. Meisje vier haalde de hoge trap op de tweede tel niet.

Ze waren er alweer voorbij.

Al die tijd hadden ze in de auto bijna geen woord gewisseld, alleen Boelie jengelde zachtjes op de achterbank. Op een bord naast de weg stond de naam van hun dorp alweer aangegeven. Het was alsof er met een passer een kring rond hun huis was getekend op de kaart en de auto maar niet buiten die cirkel kwam. M. wist dat haar moeder op het punt stond het op te geven en terug te gaan. En ze wist dat haar vader het ook wist. Ze begreep het: soms kon je het maar beter gewoon gehad hebben. Er waren niet zoveel opties meer. In alle hotels in de omgeving waren ze al eens geweest – daar zou hij hen gemakkelijk vinden. Pensions, herbergen, donkere kamers boven een café, met kranen waar bruin water uit stroomde en lakens die zo stijf waren ingestopt dat je tenen werden platgedrukt. Soms, als ze genoeg geld hadden, of het maar voor even was, gingen ze naar een van de mooie hotels met de toekan op het dak. Daar stond de parkeerplaats vol dure auto's en droegen de meisjes achter de receptie hun glanzende haar strak achterover in knotjes. Ze glimlachten altijd, ook als ze heel laat en gekleed in slechts hun pyjama binnenkwamen. Boelie en zij kregen kleurplaten en potloden in een gloednieuw kartonnen pakje. Als ze de volgende ochtend hun tekening inleverden, kregen ze allebei een cadeautje uit de grabbelton. Wanneer ze vertrokken moesten ze alles weggooien, want de toekan erop zou hen verraden. Aan de balie vertelde haar moeder over autopech, een onverwachte file op weg naar familie of een andere smoes waarom ze midden in de nacht waren gestrand. M. wist op welke momenten ze moest knikken om het verhaal te bevestigen. Daarna ging het naar de kamers, langs personeel dat de tafels in orde maakte voor het ontbijt en langs de bar waar een paar zakenmannen hingen die stilvielen als ze voorbijliepen. Haar moeder kaarsrecht, haar blik strak voor zich uit en haar hand rond de kraag van haar enkellange lammyjas met een voering van schapenbont (*Siciliaans met een buitenvacht van shearling*), ook als het hartje zomer was. M. en haar broertje erachteraan. Geen aandacht trekken, niet naar beneden kijken, naar de blote voeten in de haastig aangetrokken schoenen. Als wij doen of het normaal is, vinden zij dat ook, zei haar moeder altijd. En dat klopte.

Door de voorruit zag M. de horizon verkleuren, van zachtgeel naar rood naar oranje naar roze. De zon was verdwenen achter een plafond van watten. Haar klamme huid trok samen tot er kleine bultjes verschenen. De wondjes op haar knieën waren gestold. Ze wreef over de korsten, tastte naar de schroeiplek op haar kin. Het lukte haar nu om langer uit te ademen, niet meer hijgerig als een hond. In het dashboard sprongen de lichtjes aan. Ze merkte dat haar moeder moe werd omdat haar wangen leken te smelten en omdat ze het gaspedaal steeds minder hard intrapte. Het verbaasde M. hoe snel haar moeders kracht verdween. Zo fel als ze kon zijn, zo vol vurige minachting over andere mensen en hun gebruiken, zo verslagen kon haar vader haar achterlaten. Als klei in de regen zakte ze in, tot een poeltje op de grond. M. moest een oplossing vinden. De lucht was al helrood toen ze op het idee kwam.

Haar moeder sputterde maar even tegen. Het was laat, ze hadden de hele middag en avond rondgereden, ze was op. Dus toen ze haar de weg naar het huis wees volgde ze zwijgend de instructies. Met een laatste krachtsinspanning draaide ze de Mercedes de donkere oprit op en zette hem achter de vaalblauwe Opel Ascona C met voorwielaandrijving stil.

Even later galmde de bel door het huis. Het licht in het halletje knipte aan. Toen de voordeur openging verdween haar moeder in de schaduw van Geesjes silhouet. Haar moeder had

M. opgedragen in de auto te blijven zitten bij Boelie, die lag te slapen op de achterbank, maar ze kon haar nieuwsgierigheid niet bedwingen. Voorzichtig stapte ze uit en hurkte achter de Opel. Ze probeerde te horen wat er werd gezegd.

Noodsituatie... zou het anders nooit van jullie vragen. Eén nachtje maar, morgen regel ik iets.

Stilte.

Gemompel dat ze niet kon verstaan. M. staarde naar Geesjes silhouet in de deuropening, ze kon de zoete vanillegeur van haar handcrème bijna ruiken.

De grote schaduw veranderde van vorm en verdween toen. Haar moeder bleef alleen achter in het licht. Vijf seconden, vijf minuten, een eeuwigheid ging voorbij. Haar moeder keek een paar keer over haar schouder richting de weg, draaide nerveus aan de ringen aan haar vingers.

De deur van de woonkamer ging open. Opnieuw schoof de schaduw over haar moeder heen. Van het zachte geluid van Geesjes stem kreeg M. meteen een veilig gevoel. Ze dacht aan hoe het zou zijn om naast Amanda op een matrasje te liggen, morgen samen te ontbijten aan de ronde keukentafel.

Besproken met mijn man... heel vervelend allemaal... liever niet mee bemoeien.

M. duwde haar voorhoofd tegen het staal van de auto en klemde haar tanden zo hard op elkaar dat ze bloed proefde.

De voordeur sloeg dicht. Haar moeder bleef op het stoepje staan alsof ze net had aangebeld en wachtte tot iemand opendeed.

M. kroop terug naar de Mercedes en gleed op de passagiersstoel.

Toen ze zwijgend wegreden keek ze omhoog, naar de

slaapkamer van Amanda. In de duisternis zag ze iets bewegen. Bleke wangen boorden zich door het donker.

Terwijl ze de hoek om sloegen werd in M. een brug opgehaald. Iedere meter die ze reden werd het ravijn tussen hen groter. Ze bekeek zichzelf in de reflectie van het raam en dacht aan Amanda's vader, aan zijn gezicht wanneer hij morgenochtend naar buiten liep en de strepen zag die diep in de blauwe lak van zijn Opel waren gekrast, als de klauw van een weerwolf.

XVIII

Opnieuw was er alleen het suizen van de banden over het wegdek tussen de hoge bomen, een verlichte waaier voor hen op het asfalt. Plotseling remde haar moeder af en tuurde met samengeknepen ogen in de berm. Een houten bord met vaalrode sierletters verscheen in de koplampen. Ze sloegen af naar een grindpad tussen de dichte begroeiing.

Stapvoets reed de Mercedes over het vakantiepark. De knisperende steentjes onder de wielen en het trage zuchten van Boelie op de achterbank waren het enige geluid in de omgeving. De auto deed M. denken aan een krokodil die laag op de poten door de wereld sloop. Niet zo'n krokodil als de jongens in de klas op hun polo's droegen, maar een echte, een die geruisloos zijn weg zocht, klaar om aan te vallen of weg te schieten als er gevaar dreigde.

Haar moeder porde M. in haar zij.

Nummer 12, zoek eens mee.

Verderop, onder een fletse hanglamp, zag ze een pijl die naar links wees. 12-24. De verweerde kabouter onder de pijl had geen voeten meer. Zijn puntmuts eindigde in een stompje.

Daar.

Ze verlieten het grind en kwamen op een onverhard bospad met smalle vertakkingen die naar blokhutten leidden. Bij sommige dacht ze een lichtstreep bij het kozijn te zien, maar de meeste waren donker en zagen er onbewoond uit. Hoe verder ze van het grindpad weg raakten, hoe strakker het bos hen omsloot. M. hield niet van de nacht maar ze hield wel van de bossen. Strand of duinen vond ze niets – te open. De hei ging nog wel, maar het bos was favoriet. Tussen de bomen vond ze razendsnel haar weg, naar een hol of een struik waar ze kon slapen tot de spinnen en pissebedden haar wakker kriebelden.

Haar moeder stopte de auto en draaide de sleutel in het contact om. Het geluid van de motor stierf weg tussen de bomen. Terwijl de koplampen doofden vervaagde het huisje waar ze voor stonden. M. stapte uit en staarde weer naar het donkere terrein dat ze achter zich hadden gelaten. Niemand.

Actie.

Terwijl haar moeder zich over haar slapende broertje op de achterbank boog, haalde M. de deur van het slot, voelde met haar vingers langs de schrootjes tot ze een lichtknopje had gevonden en droeg de spullen naar binnen. Ze moesten snel zijn. Zo vlug mogelijk alles weer afsluiten en de lichten uitdoen. Ze scande de woonkamer zodat ze later, in het donker, de weg zou weten te vinden. Rechts een barretje met een piepklein keukenblok, links een slaapbank, lamp en tv, ertegenover een houtkachel. In de hoek van de kamer waren de deuren van twee slaapkamers.

Alle vakantiehuisjes roken altijd hetzelfde: een menging van mufheid, vocht en chloor, als in een zwembadhokje. De schoonmaaklucht die in je neus bleef hangen, de muren die op je afkwamen, het gebrek aan zuurstof en de schimmel die je ter plekke tussen je tenen voelde groeien.

In de keukenkastjes vond ze een achtergelaten blik soep en een paar theezakjes. Toen ze de gordijnen dichttrok kwam er zoveel stof vrij dat ze moest niezen, zonder geluid. Ze liep naar de slaapkamers, checkte de ramen – oud, maar met ijzeren beslag – sloeg de lakens alvast open en vond extra dekens in een ladekast.

Haar moeder droeg haar broertje naar binnen en legde hem in bed. Hij draaide zich op een zij om meteen verder te slapen. Terwijl haar moeder zich in de andere slaapkamer installeerde, haastte M. zich terug naar buiten voor de laatste spullen. Nadat ze alles had verzameld duwde ze zachtjes de autodeur dicht, wachtte tot de binnenlampen van de Mercedes waren gedoofd, keek een laatste keer goed om zich heen en verschanste zich toen in het huisje. Ze zette een stoel schuin tegen de klink van de voordeur en stopte de gordijnstof tot in de hoekjes van het kozijn. Ten slotte deed ze het licht uit en kroop in haar jurk naast haar slapende broertje. Zijn lichaam was warm en zacht, zijn hand lag in de hare. Het was alsof ze waren vergroeid. Koalabeer. Beertje. Boelie. Hij was het enige zachte aan haar, als een groot uitpandig hart.

Ze probeerde te ontspannen, maar haar voeten stonden als vlaggenstokken overeind onder de zware dekens. Bij elke auto die in de verte langsreed, bij elke tak die kraakte rond het huisje, werden haar ogen groter. De beelden van de dag schoten door haar hoofd als een diaserie. Tennisclub. Gevecht.

Gravelmist. Race door het dorp. Man met grasmaaier. Haar vader in de deuropening. Kippen aan het spit. Dansmariekes. Bejaarden op fietsen (Batavus, Gazelle, Sparta). Kerkklokken. Rotondes. Het huis van Amanda.

Boelie had zich van haar weggedraaid. Haar handen lagen nu op haar buik, verkrampt als duivenpootjes. Achter haar lonkte een bodemloos gat van slaap waar ze af en toe dreigde in te vallen, tot ze steeds net op tijd wakker schrok – ogen open en handen afwerend omhoog, gedesoriënteerd in de vreemde ruimte tot het warme lichaam van haar broertje haar terugbracht naar de realiteit.

Blokhut, bed, bos.

Blokhut, bed, bos.

Blokhut, bed, bos.

Haar voeten werden zwaarder, haar hoofd zoemde. Eindelijk viel ze. En opeens, als een hark die vlak voor haar neus rechtop schoot: het gezicht van Amanda achter glas, die haar met poppenogen aanstaarde.

HERFST

I

De wereld zat in haar hoofd en draaide rond als een metalen draaitol met plaatjes uit een kinderboek. Haar vader liep met grote passen op zijn leren schoenen door het beeld, haar moeder hooggehakt erachteraan. De tol draaide verder. Haar moeder hing de was op, wit aan de ene lijn, gekleurd aan de andere. Verder. Haar vader stapte in een auto en stoof weg terwijl haar moeder huilend achterbleef met de kinderen aan haar benen. Door. Haar vader rookte en dronk met andere mannen, ze lachten met hun hoofd in hun nek en dansten met armen te wijd voor de ruimte. Haar moeder bracht drank, veegde scherven op, danste twee passen mee met een brutaal type maar alles even beheerst, met haar ellebogen in haar zij en schuifspelden die losse plukken op hun plaats hielden. De tol roetsjte door. Haar hoofd duizelde, ze werd misselijk. Jongens renden onder de fietsenstalling van de school vandaan, een van hen hield trots zijn vinger omhoog, de andere jongens roken eraan en joelden. Een meisje met rode wangen maakte zich gekromd uit de voeten, de andere meisjes fluisterden. De tol was nu een meisjeshoofd, een hand daalde ritmisch op haar neer: pets, pets, pets, met iedere draai verscheen een nieuw beeld. Pets als je onderuitgezakt zit, pets als je je benen te wijd houdt, pets als je niet lacht naar de mannen, pets als je te hard lacht naar andere mannen. En toen ze dreigde weg te zakken in een diepe slaap, pets haar vaders gezicht in het donker vlak boven haar.

II

Ze had de jongen al een paar keer rond het huisje zien struinen, met zijn spitse kop en rattentandjes. In steeds kleinere cirkels omsingelde hij haar terwijl hij met zijn ogen vroeg of ze kwam spelen. De eerste keer dat hun blikken elkaar kruisten dook ze weg achter het keukenblokje, geschrokken dat hun aanwezigheid door iemand was opgemerkt. Van onder de vensterbank zag ze dat hij steeds naar een blokhut een eind verderop liep. Door de dichte begroeiing op het terrein kon ze niet zien of hij er naar binnen ging. Alle huisjes waren overwoekerd door een wildernis aan bomen, struiken en onkruid, dat verdwaalde stoeptegels uit de aarde omhoogduwde. Op een open plek in het terrein stonden speeltoestellen kuitdiep in het gras, de zitjes van de schommels hingen nog maar aan één ketting. Ze was blij dat de herfst dit jaar traag op gang kwam. De zachte temperatuur dempte alles een beetje – geluid, tijd en beweging. In de zomer was de wereld vol, met natuur en met mensen. Daarin kon ze verdwijnen, in tegenstelling tot de kou die eraan kwam, wanneer mensen en dieren zich weer geruisloos terugtrokken.

Haar moeder was grote delen van de dag weg, *dingen regelen*. Ze drukte M. op het hart niet naar buiten te gaan, het daglicht in, zelfs niet als Boelie lag te slapen. Dus toen de jongen weer voor het raam verscheen, met een vragende blik en een plakrand van vuil rond zijn mond, stuurde M. hem met haar ogen weg. Daarna controleerde ze nog eens het slot op de deur.

De verveling begon stukjes van de angst te knagen. Ze kon niet terug naar school, dat was de eerste plek waar haar vader zou zoeken. Ze sluimerde de dagen door terwijl ze eindeloze gesprekken met zichzelf voerde. Alles komt goed. Hier zijn we veilig. Hij vindt ons niet. We komen wel aan geld en eten. Oma komt ons vast ophalen. 's Nachts lag ze klaarwakker en met gespitste oren naar het plafond te staren, maar er was nog geen auto in de buurt van het huisje geweest. Hoewel ook hun blokhut door een haag van bomen werd beschut, kroop de temperatuur tussen de muren richting het middaguur omhoog, tot ze het op een ochtend niet langer uithield en een raam op een kier zette om een beetje zuurstof binnen te laten. Ze keek nog een keer bij Boelie, die met een duim in zijn mond languit op hun bed lag te soezen. Toen trok ze zijn deur dicht, schoof een stoel onder de klink en glipte het huisje uit.

Ze was op zoek naar een stevige stok toen ze de jongen dwars door de struiken heen haar kant op zag komen. Het vaalgrijs van zijn afgeknipte trainingsbroek zat vol vlekken en zijn shirt was te klein waardoor zijn navel te zien was. Met een tak sloeg hij links en rechts het gras en de bosjes plat terwijl hij in haar richting bewoog. Zijn haar stond in natte stekels overeind, liep over de achterkant van zijn schedel naar beneden en eindigde in een smalle pluk in zijn nek. Zoals hij met grote, trage passen op haar afkwam deed hij haar denken aan een reuzenhagedis. Vlak voor haar hield hij stil en snoof met een indrukwekkende haal de kegel onder zijn neus naar binnen.

Hoi.

Ze antwoordde niet maar draaide zich om en liep verder het bos in, weg van het huisje en de rest van het park. Zwijgend liep hij achter haar aan. Ze kuierden tussen de bomen, terwijl ze allebei met een stok doelloos om zich heen sloegen. Na een tijdje kwam de jongen naast haar lopen en keek haar vragend aan.

Ken je het ven?

M. haalde haar schouders op. De jongen liep door en na een korte aarzeling volgde ze hem. Er was geen pad. Doornstruiken haakten aan haar huid, twijgen zwiepten in haar gezicht. Het gevoel tussen de planten te verdwijnen was vertrouwd. Een wormpje bloed dat over haar onderarm liep likte ze op. Ze luisterde naar de klotsende regenlaarzen van de jongen voor haar en wreef even met haar duim over de schuifknop van het stanleymes in haar zak. Toen de bomen uiteenweken scheen de zon op haar gezicht. Voor haar glinsterde een zwart ovaal, afgezet met plukken borstelig riet. Ze was de jongen even kwijt, maar zag toen zijn smalle silhouet links van haar opduiken en naar de rand van het water bewegen. Toen ze aankwam bij het ven zat hij al op een smalle richel en trok zijn laarzen uit. Geen sokken. Hij stroopte zijn broekje op tot aan zijn dijen om vervolgens zijn blote voeten in het water te laten zakken. Hoewel het zwarte water haar angstig maakte, wilde ze zich niet laten kennen.

Ze rilde toen ze haar blote kuiten in het meertje liet zakken. Na een paar seconden was de rimpeling in het water verdwenen en het oppervlak weer geasfalteerd. Ze staarde naar hun weerspiegeling: vier dunne palen met daarboven twee vormeloze rompen, hun vertekende gezichten met het uitstekende haar, bij haar veel hoger dan bij hem. Met haar vlakke hand duwde ze het plat, maar het sprong meteen weer omhoog. Zonder haar hoofd te bewegen gluurde ze opzij, naar de paarse korstjes op zijn benen waarin pluisjes van de trainingsbroek kleefden. Af en toe haalde de jongen zijn neus op en slikte. Opeens wees hij met zijn stok naar de bosrand aan de overkant van het water. Ze begreep eerst niet wat hij bedoelde, maar toen zag ze een vosbruin mannetjeshert doodstil tussen de bomen staan. Zijn gewei vloeide over in de takken. Zonlicht weerkaatste op het gras voor hem. M. hield haar adem in. Even stond alles stil, toen liep het dier rustig weg. Een zwerm vogels klapwiekte op vanuit de boomtoppen. Ze voelde haar voeten niet meer.

Waarom hebben jullie zo'n dure wagen?

Zijn onderkaak sleepte achter de woorden aan. Een vet Brabants accent.

We hebben helemaal geen dure wagen. Ze klonk bitser dan ze het bedoelde.

Dat zegt ons pap.

M. haalde haar schouders op.

Wij hebben geen auto. Ons mam zet ons af bij de tank en daar komt ons pap ons halen met de bus. Als-ie nog een keer te laat komt mogen we niet meer.

Ze zag zijn lippen bewegen in het water. Toen prikte hij de stok recht in zijn hoofd en tekende cirkels waardoor er een draaikolk boven zijn nek ontstond.

Ik heet Frenkie.

Hij sprak het uit als een geuzennaam.

Ik heb een zusje.

Ze reageerde niet.

Die zit de hele dag binnen met 'r Little Pony's te spelen, naast de kooi van Taison.

M. tilde haar benen een stukje op uit het water. Haar enkels waren rood, alsof ze te strakke sokken aan had gehad. De zon was niet sterk genoeg om door te dringen in het meer, dat vast eindeloos diep was. Onder het oppervlak was een wereld waar ze geen zicht op had. Die gedachte kneep haar keel dicht, maar ze wist dat je door je angsten heen moest, snel en zonder te twijfelen. Lomp liet ze haar voeten terug in het water vallen, waardoor koude druppels tot aan hun kruin opspatten. De jongen slaakte een kreet. Ze gniffelde. Verbaasd keek hij opzij. Ze tilde haar voeten weer op om ze vervolgens nog wilder in het water te laten zakken, waardoor het alle kanten op spatte.

Hé!

M. leunde achterover op haar handpalmen en begon met haar benen te trappelen. Een fontein van water sproeide over hen heen, maar ze hield niet op. Frenkie hapte naar adem, hief zijn handen in een zinloos afwerend gebaar en staarde haar aan met een mengeling van schrik en plezier in zijn ogen. Toen leunde ook hij achterover en knipschaarde met zijn benen. M. sloot haar ogen, wierp haar hoofd in haar nek en stampte met al haar kracht op het oppervlak, tot haar broek en shirt donker kleurden en haar haren in slierten tegen haar wangen plakten.

Pas toen de echo terugkaatste uit het bos, begreep ze hoeveel geluid ze maakten.

Die avond, toen haar moeder en broertje sliepen, stond ze in de krappe badkamer met lome spaghettibenen voor de spiegel en waste zichzelf. Het licht boven haar hoofd knipperde terwijl vliegjes zich op de hete lamp te pletter vlogen. Haar opgezwollen tepels prijkten als clownsneuzen op haar platte borst. Een verdriet groeide erachter, zwaar als een loden bal. Snel trok ze een handdoek om zich heen. Ze pakte de schaar van de wasbak. Met haar andere hand greep ze haar natte kroesharen vast in een staart en met een paar schokkerige halen knipte ze die af. Daarna snoeide ze het met kleine hapjes bij, tot een ander gezicht haar in de spiegel aankeek.

III

Haar moeder was razend. Het enige voordeel daarvan was dat ze met zoveel armen om zich heen sloeg dat ze M. steeds miste. Een gemikte slag met haar hand vol ringen of een aanval met haar naaldhak was erger. Nu maaide haar moeder als een inktvis in het rond, van ellendig kind en je doet het om mij voor schut te zetten, je ziet eruit als een idioot en ik haat je. M. voelde de triomf achter haar ogen tintelen en weerde haar niet af. Ze onderging de slagenregen zonder emotie omdat ze wist dat het haar moeder nog bozer maakte. Rustig wachtte ze tot ze moe werd. Toen vluchtte ze naar buiten, waar ze zich in het bos verborgen hield tot ze haar moeder zag wegrijden. Van waar ze zat kon ze Boelie op de bank in de gaten houden.

Toen haar moeder eindelijk terugkwam werd het al donker. In de schemering vervaagde de rot die aan de voet van de huisjes vrat. Bij het horen van de naderende auto was M. even verstijfd, maar zodra ze haar moeders bleke gezicht met de koperkleurige haren boven het stuur zag uitsteken, blies ze opgelucht uit. Vanuit de bosjes keek ze toe hoe haar moeder uitstapte en schichtig om zich heen keek. Ze was afgevallen sinds ze hier waren en toch leek haar lichaam te zwaar voor haar schouders. Opeens schaamde M. zich. Ze kwam een stukje omhoog. Zodra ze haar kroeshoofd zag schoof er een wolk over haar moeders gezicht, maar de ergste woede was verdwenen.

M. wist niet waar ze was geweest of hoe ze aan de spullen kwam, maar de hele achterbak van de auto zat vol met etenswaren, kleding, beddengoed, handdoeken in een plastic wasmand, theebekers, een net vol hout en een megazak roze spekken. M. slikte haar speeksel weg. Nu pas merkte ze hoeveel honger ze had. Achter de wasmand lagen haar rijlaarzen, die altijd in de zadelkamer bij oma stonden. Haar moeder duwde ze hard tegen haar aan.

Hier, voor in het bos.

M. hielp de zware tassen naar binnen te dragen en deed de deur van het huisje achter zich op slot. Er zat zelfs een pak appelsap in een van de boodschappentassen, iets wat ze alleen bij oma kreeg. Toen haar moeder even ging plassen klokte M. aan het aanrecht een paar tot de rand gevulde glazen naar binnen. Haar wangen trokken samen van de vloeibare suiker. Toen ze bukte hoorde ze het klotsen in haar lege maag.

Kom eens hier.

Haar moeder trok Boelie op de bank naar zich toe. Naast haar stond een trosje plastic tassen vol kleren die M. niet herkende. Uit een ervan viste haar moeder een jasje van doorgestikt ribfluweel met opgenaaide elleboogstukken en een bontkraagje.

Het was uitverkoop, ik kon het niet laten liggen, mompelde ze.

Het jasje was gevoerd, te warm voor de tijd van het jaar.

Boelie had op de bank liggen slapen. Zijn hoofd was rood en opgeblazen als een boei. Hij gaapte uitgebreid, waarop haar moeder geërgerd haar hand tegen zijn mond sloeg. Toen ze zijn arm in het mouwtje probeerde te duwen hield hij zich slap.

Werk even mee, wil je.

Ze sjorde aan zijn arm, maar het was als ringsteken met een touw. Toen Boelies onderlip begon te trillen liep M. snel om het barretje heen.

Geef maar. Ik moet toch zijn haar nog doen.

Met een zucht duwde haar moeder Boelie bij haar op schoot en liep naar het keukentje, waar ze driftig de rest van de boodschappen begon uit te pakken.

M. pakte de haarlotion van de vensterbank, sprenkelde wat in haar handpalm en wreef haar handen samen boven Boelies hoofd. Zachtjes streek ze de opstaande plukken glad. Daarna stak ze haar neus in zijn kruin en snoof. De geur van frisse lotion verjoeg voor even de stooklucht die tot in de vezels van hun haren en kleren was gekropen. Toen ze opkeek zag ze door het raam hoe de hagedissenjongen op zijn te grote regenlaarzen tussen de bomen struinde, nog steeds met een stok in de hand. Af en toe gluurde hij hun kant op. Haar moeder volgde haar blik.

Ik wil niet dat je met dat jong speelt. Die mensen zijn uitschot.

Als zij uitschot zijn, zijn wij het ook.

De klap kwam zo snel dat het even duurde voor ze hem voelde. Als haar moeder niet met een van pijn vertrokken grimas over haar eigen hand had gewreven, had M. niet zeker geweten of het echt was gebeurd. Haar moeder stond alweer achter het barretje.

Zeg dat nog een keer.

Haar moeder sprak kalm, als een slager die je te woord staat terwijl hij met een klap zijn hakmes laat neerkomen. Terwijl haar wang begon te gloeien kneep M. zichzelf in het velletje tussen haar duim en wijsvinger, snoof aan Boelies haar en kneep nog harder, net zo lang tot de golf woede in haar zakte en de bal in haar keel was weggeslikt. Ze dacht aan Amanda's gezicht waarvan de details steeds meer vervaagden, aan de overkant van het ravijn. Haar moeder stond ernaast.

Gejaagd zette haar moeder de boodschappen weg. Vervolgens begon ze met schokkerige bewegingen spullen in het huisje te verplaatsen – folders met aanbiedingen voor sloffen en ondergoed, een dikke catalogus vol damesmode, een stapel luiers, bakjes met krijtjes, paperclips, losse knopen, briefjes en potloodstompjes. Dingen die te waardevol waren om weg te gooien, hoewel de bakjes nooit meeverhuisden. Als M. zo naar haar moeder keek moest ze denken aan de vogel die vaak op de ingezakte terrastafel voor het huisje zat, een koolmees met een pluizig geel borstje. Driftig liep het heen en weer over het schuine tafelblad, stond af en toe stil om onzichtbare kruimels op te pikken, zette weer een paar gehaaste stappen, stak zijn snavel in zijn vacht om zich te krabben, liet een rilling over zijn lijfje gaan en sloeg dan zijn vleugels uit. Als er de volgende dag weer een koolmees op de tafel neerstreek, ging ze ervan uit dat het dezelfde was, maar ze kon het nooit zeker weten.

M. snapte wel waarom haar moeder bang was dat ze met de verkeerde mensen in aanraking kwam, zoals ze het altijd noemde. Ze konden het zich niet permitteren weer in de problemen te komen, om nog een melding achter hun naam te krijgen. Dan namen ze M. mee, of Boelie. Die dreiging hing altijd boven haar hoofd, bij iedere beslissing die ze nam. Als ze zich afvroeg of ze de politie zou bellen of een aardige juf in vertrouwen nemen. Of ze oma zou vertellen wat er echt aan de hand was. Het antwoord was eigenlijk altijd nee, omdat niemand hen werkelijk wilde helpen. Ze wilden alleen dat ze deden wat zij zeiden. Bovendien had haar moeder haar vaak uitgelegd wat er zou gebeuren als de instanties haar zouden meenemen (M. wist niet precies wie dat waren, de instanties, maar ze zag een rij loketten voor zich waarachter vrouwen zaten met gloeiende stempels in hun handen, waarmee ze in blokletters je huid brandmerkten met woorden als arm en zielig en vies en lelijk). Dan eindig je zo, had haar moeder eens gefluisterd toen ze samen bij een speeltuin in het park zaten. Haar blik wees naar een geelblonde vrouw aan een picknicktafel die sap uitdeelde aan een groep kinderen. Zwarte uitgroei trok een streep over haar hoofd. Ze was zo dik dat haar armen te kort waren, als de tyrannosaurus rex uit het dinoboek op school. Terwijl ze de pakjes sap uitdeelde ging haar borstkas zwaar op en neer. Een rij verhitte kinderen wachtte geduldig op een pakje. Terwijl de vrouw het rietje uit het plastic ritste en soepel door het cellofaan prikte, schonk ze elk kind een gulle lach. Toen een klein meisje met een hoofd vol slordige vlechtjes zich huilend in haar schoot stortte, boog de vrouw zich over haar heen waarbij het kind volledig verdween. Uit een buikplooi staken nog slechts een paar vlechten met elk een ander elastiekje. Een jongen met rode kraters op zijn wangen nam gelaten zijn pakje aan en keek M.'s kant op. Hun blikken haakten kort in elkaar. Zijn ogen stonden dof. Er waren zwarte, witte en bruine kinderen, kleuters die gilden en pubers die zwijgend op een muurtje aan hun rietje lurkten. Het enige wat de kinderen met elkaar gemeen hadden was de stralende vrouw achter de tafel en hun kleren die vloekten, te groot, te klein of versleten waren. Het brandmerk op hun voorhoofd was voor iedereen zichtbaar. Stumperds, vormden de lippen van haar moeder, terwijl ze zachtjes met haar hoofd schudde.

Die nacht braakte M. met haar handen om de plastic bril geklampt gulpen appelsap in de toiletpot. Haar natte krullen plakten tegen haar slapen. Het stopte niet, zelfs niet toen ze bloed begon te spugen. Haar moeder raakte in paniek en prevelde dat ze de druppels Echinacea en valeriaan en Arnica had moeten meenemen uit haar kastje vol wondermiddelen. Intussen kneep een vuist M. verder leeg, wrong haar uit, uren achter elkaar, tot er niets meer uit haar kwam dan gal op de maat van haar moeders mantra.

Meisje toch, meisje toch, meisje toch.

Terwijl ze als een lappenpop tegen de koude muur hing en met haar vingertoppen de naden tussen de vloertegels volgde, dacht ze aan haar vader in zijn auto, de zoekende koplampen in het donker.

Even later lagen ze dicht tegen elkaar aan op de kleine bank in de woonkamer, op hun zij en met hun benen opgetrokken. Haar moeder warm en zacht, M. stijf en uitgedroogd in de kom van haar buik. Samen zagen ze de zon opkomen zoals ze dat al zo vaak hadden gedaan. M. was licht in haar hoofd, achter haar slapen werkte een klopboor. Het zweet op haar lichaam voelde ijzig, als ochtenddauw tegen het raam. Maar de geur van haar moeder was geruststellend, zo eigen dat ze die overal zou herkennen. Zo was het altijd geweest, zolang ze zich kon herinneren: haar moeders huid tegen de hare. Samen in bed, terwijl hun spieren trilden als snaren omdat hij heen en weer liep door het huis. Samen opgesloten in een kast of wc, in de auto in de nacht, of buiten in het bos. Ze kende iedere millimeter van haar moeders lichaam – de moedervlek in haar knieholte, de inkeping in de nagel van haar linkerduim, het omgekeerde vraagteken in haar navel en de lijn van haar zachte borsten. Ook kende ze al haar geuren. De talg van haar haren, vermengd met droogshampoo. Het zweet van haar hals, bij de ader achter haar oor, aangelengd met parfumproefjes die onder in haar handtas lagen. Haar wee-zoete adem, al had ze dagen niets gegeten. Zelfs de geur van haar plas herkende ze: ze wist het als haar moeder vóór haar naar de wc was geweest of het een beetje in haar broek had gedaan. Soms, wanneer ze naar andere mensen keek, vreemden op straat, dacht ze dat zij eigenlijk dieren waren. Het was jammer dat haar moeder zo graag bij de mensen wilde horen.

Haar moeders lichaam had zich zwaar om haar heen gevouwen. Haar armen en benen drukten M. diep in de bank. Het voelde alsof ze haar achterover trok, alsof het gekortwiekte haar de laatste barrière was tussen haar eigen lichaam en dat van haar moeder, voordat ze haar moeder wérd.

Ook haar vader verwarde hen soms. In de nacht waren ze inwisselbaar. M. zag een parade van vrouwen voor zich, vriendelijk lachend maar met lege ogen. Als dominostenen vielen ze achterover, de een na de ander, een melkweg aan vallende grootmoeders, moeders, dochters. Er kwam geen einde aan.

Met een laatste krachtsinspanning maakte ze zich los uit haar moeders greep en wierp zichzelf voorover op de koude vloer. Zo snel ze kon strompelde ze naar de slaapkamer en gooide de deur achter zich dicht. Haar moeder bleef alleen achter in het waterige zonlicht.

IV

Zodra ze de hoek van zijn huisje om sloeg stond hij voor haar neus. De kou van de nacht moest nog uit de grond trekken, maar Frenkie zag eruit alsof hij al een hele dag achter de rug had. Op zijn gezicht lag een grauw laagje stof. Hij droeg dezelfde trui als de dagen daarvoor, met een vuistgrote ketchupvlek op zijn borst. Hoewel er een gure wind blies, stond hij op blote voeten op de kiezels van het platje bij de achterdeur van zijn huisje. M. zag dat zijn tenen, net als zijn vingers, in zwarte halve maantjes eindigden. Het enige frisse aan hem was het geschoren gazon op zijn hoofd: stekels waaraan hier en daar druppels gel hingen.

Stond je op me te wachten? vroeg ze lachend.

Als antwoord haalde hij zijn neus een paar keer op.

Kom, moedigde ze Boelie aan, die helemaal zelf het stuk over het modderige terrein had afgelegd. Het regende al weken bijna onafgebroken. Boelie brieste kort als een paard. Vervolgens liet hij zich achterover op zijn billen vallen.

Nee! riep ze. Het is hier kletsnat. Ze pakte Boelie onder zijn oksels en plantte hem op een heup. Vervolgens keek ze vragend naar Frenkie.

Wat is het plan?

Haar moeder was weg en zijn vader was naar zijn werk. Normaal gesproken waren zijn zusje en hij alleen af en toe in het weekend bij zijn vader, maar Frenkies moeder lag nu al een tijdje in het ziekenhuis. Ze konden niet naar school omdat hun vader geen auto had, maar het nieuwe schooljaar was toch nog niet zo lang bezig. Frenkies vader en M.'s moeder hielden er dezelfde logica op na. Dat was niet het enige wat hen verbond. Het leek alsof Frenkie en zij hetzelfde dachten. Hij was niet onnozel, zoals de meeste kinderen bij wie ze altijd in de klas had gezeten. Hij stelde geen vragen en vond niets raar. Hij was een bosdier, net als zij. Hij wist dat je beter moest kijken, scherper moest luisteren en sneller moest zijn dan de ander, maar dat je daar niets van moest laten merken.

Het ven? Hij knikte in de richting van haar huisje, aan de meest afgelegen kant van het park.

Ze keek omhoog. Nee, het gaat zo weer regenen. En hij kan niet zo ver. Ze hees Boelie een stukje omhoog. Frenkie staarde naar zijn vieze voeten.

We kunnen wel bij mij. Hij zei het nauwelijks hoorbaar, maar M. liep al langs hem heen, rukte de keukendeur open en stapte over de drempel.

Het huisje was een kopie van dat van hen. Het enige verschil was dat dit huisje, in de muur naast het barretje en het keukenblok, een achterdeur had. Maar iemand was voortijdig met zijn werk gestopt, want de sponning hing kaal in de muur, als een uitgegraven skelet. Een koude luchtstroom woei door de kieren naar binnen. Ze was blij dat zij geen extra deur te bewaken hadden. In de hoek van de kamer stond een stalen kooi met een hond erin. Het was een vaalgrijze kolos van een beest, dat met zijn kop op zijn voorpoten lag te slapen. Om hem heen lagen speelgoedauto's, een onthoofde barbie en een speen uitgestrooid. Ernaast zat een meisje op de grond.

Dit is mijn zusje, Jara.

Het meisje keek op. Haar jurk was te koud voor de tijd van het jaar en ze droeg geen maillot. Slierten haar hingen voor haar ogen. Ze haalde haar neus een paar keer op. Achter haar bovenlip gaapte een zwart gat.

Hoi, zei M. Ze stak haar vrije hand op. Zeg eens hoi, Boelie. Ze pakte zijn arm en zwaaide ermee, maar het meisje werd alweer in beslag genomen door de roze pony. Met een boog liet ze het dier door de lucht vliegen om het vervolgens te laten landen naast een roze stal op de bank die met dezelfde geruite stof was bekleed als die van hen. Dezelfde stapels brieven en enveloppen op het kastje tegen de muur, hetzelfde telefoonboek (in hun exemplaar was de helft van de pagina's eruit gescheurd om de kachel mee aan te maken), dezelfde pillenstrips en doodlopende snoeren. De blokhut van M. en haar moeder was, op de stapeltjes na, redelijk schoon en de kinderen waren netjes gekleed, maar er was geen geld en ze moesten voortdurend op hun hoede zijn. Deze blokhut was net zo groezelig als Frenkie en zijn zusje, maar hun vader had een baan en hun moeder was uitgeschakeld door iets wat haar van binnenuit wegvrat. Twee helften van een verscheurde foto. Als je hun twee halve levens samenvoegde, was het plaatje compleet.

Doe maar niet, zei Frenkie. Hij wees naar haar broertje, die met robotstappen naar de kooi in de hoek liep. M. dook voorover en greep zijn arm.

Taison komt uit het asiel, zei Frenkie. Hij is bang maar ons pap is 'm aan het trainen.

Niet doen, Boelie. M. zat op haar hurken en keek hem hoofdschuddend aan. Mag niet.

Ha, antwoordde hij.

Nee, niet. Ga maar spelen met Jara.

M. zette haar broertje naast het meisje op de grond. Te laat zag ze de dikke laag as die naast de houtkachel op de vloer lag. Toen hij op zijn natte billen naar voren schoof, kwam er een streep steenrode tegels tevoorschijn. Ze zuchtte, haalde haar schouders op en liep richting de slaapkamers.

Waar slaap jij?

Hetzelfde bed, dezelfde kast, hetzelfde raam, maar de lakens waren smoezelig en de vloer lag bezaaid met vieze kleren en handdoeken. Dezelfde vochtblazen onder het kozijn, dezelfde muffe lucht vermengd met stook die een laagje mos achterliet in je keel. Sinds ze hier woonde hield ze niet op met hoesten.

Kom, zei ze, help even. Ze hing de handdoeken over de wc-pot en de wasbak om te drogen en vouwde kleren op in stapels. Frenkie legde ze in de kast. Mokken met beschimmelde thee erin zette ze op het aanrecht. Na tien minuten was de kamer opgeruimd. Ze ploften neer op het grote bed. Bij het hoofdeinde lagen twee knuffels, een kuiken en een krokodil.

Geschoten op de kermis, zei Frenkie.

Ze pakte de krokodil, hij het kuiken. In de lucht gingen de knuffels een gevecht aan tot Frenkie een hoestaanval kreeg en smeekte of ze de krokodil kon laten stoppen. M. liet zich achterovervallen en staarde naar het plafond. Dezelfde schrootjes.

Wat heeft je moeder?

Frenkie bleef even stil, alsof hij moest nadenken.

Ik weet het niet. Ze hoestte altijd, tot er bloed kwam. Ze werd steeds kleiner, het was net alsof ze leegliep. Maar nu heeft ze rietjes in d'r neus.

Heb jij het ook? Ze draaide zich naar hem toe.

Hij haalde zijn schouders op terwijl hij probeerde niet te kuchen.

Geroffel op het dak, straaltjes water langs het raam. Grijze nevel zweefde tussen de bomen rond het huisje. Soms droomde M. dat het vakantiepark onder water liep. Centimeter voor centimeter verdwenen ze onder het oppervlak om daar verder te leven, buiten het zicht van iedereen. Haar vader reed duizend keer langs over de bomenweg, eerst snel maar dan langzamer, uiteindelijk stapvoets. Steeds driftiger speurde hij de horizon af. Zij zagen hem wel, maar hij zag hen niet. Uiteindelijk werd de droom een nachtmerrie, want ze was bang voor water, voor die gapende diepte onder zich. In haar droom probeerde ze weg te komen, maar een onzichtbare kracht trok aan haar benen. Uiteindelijk was het alsof ze helemaal geen benen had. Dan kwam het beeld terug uit het verhaal van haar moeder, dat ze M. in verschillende versies had verteld, bijna verlekkerd, alsof ze wachtte tot M. haar gezicht zou vertrekken van afschuw. Haar moeder lag op het strand te zonnen toen er iets aanspoelde. Het krijste als een dolfijn. Ze was overeind gekomen, loom van de hitte, en naar de waterlijn gewandeld. In de branding lag een vrouw in een gele bikini, haar armen naar haar uitgestrekt. Haar benen waren verdwenen. Uit het gele broekje staken twee stompjes. Tijdens het waterskiën was de vrouw gevallen, waarna een motorboot over haar heen was gevaren. Het water klotste tegen haar rafelige romp, terwijl ze zichzelf op haar handen door het zand probeerde voort te slepen. Zo voelde M. zich als ze aan haar vader dacht: weerloos als hij hen zou vinden.

Een kreet uit de woonkamer.

Frenkie schoot overeind.

Kom, snel.

Hij duwde de deur open. Jara stond met blote voeten op de bank en staarde naar de hoek. Over de stoffige vloer liep een glanzend spoor van de houtkachel waar ze Boelie had achtergelaten naar de kooi van Taison. Daar zat haar broertje nog steeds op zijn billen, naast de geopende deur van de kooi. Hij friemelde gebiologeerd aan het ijzeren haakje dat tingelde als een sleutelbos. M. zoog lucht naar binnen.

Waar is hij? Frenkie keek vanaf de kooi de kamer rond tot waar de keukendeur was.

Even was M. verbaasd toen ze hem voor het deurskelet zag staan. Had dit beest in die kooi gepast? Taison staarde met bloederige wallen onder zijn ogen hijgend voor zich uit. Zijn vel hing los over zijn enorme lichaam. Hij leek niet van plan vrijwillig naar zijn hok terug te keren.

Ons pap vermoordt me, piepte Frenkie. Toen de hond hem zag tilde hij geluidloos zijn bovenlip op. Hoektanden krulden uit het roze tandvlees. Jara begon te huilen en met haar beentjes te trappelen. Haar voeten verdwenen in de kussens van de bank terwijl ze Frenkies naam riep, steeds opnieuw. Taison zette een logge pas naar voren en gromde.

Zeg dat ze stopt. Nu. M.'s stem klonk vlak.

Frenkie zei tegen zijn zusje dat ze stil moest staan als een lantaarnpaal.

M. dacht na. Als oma hier was zou ze het beest met één klap van haar zweep terug zijn hok in bevelen. Ze voelde in haar zak naar het stanleymes. De hond stond links van hen, de kinderen rechts. Als hij ze aanviel kon ze hem in zijn zij steken. Of in zijn middenrif stompen. Zelf was ze dan altijd minutenlang uitgeschakeld omdat ze geen adem kreeg. Maar waar zat het middenrif van een hond?

Ze keek weer naar Boelie die nog steeds naast de kooi zat, zijn gestalte zo klein vergeleken met die van Taison – niet meer dan een hondenbrok.

Heb je iets te eten, siste M. naar Frenkie.

Hij staarde haar met grote ogen aan. Wat bedoel je? Nee, natuurlijk niet. Leverkaas in de koelkast, maar dat is daar. Hij wees naar het witte blok achter Taison.

Iets anders. Denk na.

Boelie begon mee te neuriën met het geklingel van het haakje. De hond trok nerveus met zijn oren en deed een paar passen vooruit. Met zijn kop laag gluurde hij naar het kind.

Ze porde Frenkie in zijn zij. Hij jammerde.

Kauwgom, ik heb alleen kauwgom!

Ze gebaarde dat hij het haar moest geven. Frenkie groef in zijn zak en overhandigde haar toen een half pakje Stimorol, waarvan ze de inhoud in één keer in haar mond uitkneep. Toen ze alles tot een brij had gekauwd, fluisterde ze Frenkie iets in zijn oor en haalde diep adem. Ze pakte de bal uit haar mond, kneep er even in alsof het een klont klei was en slingerde het toen tegen de kont van Taison, die zich grommend en blaffend omdraaide en woedend de aanval inzette op zijn eigen achterste. Naast haar sprong Frenkie over de bank, pakte Jara onder haar oksels en sprintte terug de slaapkamer in, terwijl zij hetzelfde deed met Boelie. Met een klap schopte ze de deur achter zich dicht en zakte neer op de grond.

De rest van de dag luisterden ze in de piepkleine slaapkamer naar het geluid van Taison die, op zoek naar een uitweg, de woonkamer sloopte. Toen Frenkies vader na zonsondergang eindelijk thuiskwam, doorweekt van de wandeling vanaf de bushalte, bonkten ze op het raam. De man gluurde door het keukenraam naar binnen en verdween toen in het donker. Hij kwam terug met een schop, rukte de keukendeur open en schakelde het beest met één klap op zijn schedel uit. Ten slotte sleurde hij Taison aan zijn achterpoten terug de kooi in en joeg hen de slaapkamer uit.

Wegwezen gullie, mè oew fratsen.

Met Boelie op de heup rende ze zigzaggend tussen de bomen door terug naar huis, waar precies dezelfde woonkamer op haar wachtte, alsof er niets was gebeurd.

V

De bewoners van het vakantiepark verbleven er officieel maar tijdelijk, hoewel dat een rekkelijk begrip was. Zolang er niemand langskwam om het te controleren pakte niemand zijn koffers, had Rinus, de conciërge, haar toevertrouwd. Maar hoe langer ze er waren, hoe meer M. het idee kreeg dat ze in de gaten werden gehouden. De beschutting nam af waardoor de kans op ontdekking elke dag groeide. Het was alsof iedere beschermlaag werd weggestript. De natuur trok zich terug, waardoor steeds meer zichtbaar werd wat op het terrein lag, als een verlaten strand bij laagwater. Iedere ochtend wanneer ze voorzichtig naar buiten gluurde, leek het of er een paar huisjes bij waren gekomen. De bomen werden kaal, de zandpaden liepen vol water en de bewoners verschansten zich achter hun gesloten gordijnen. Wat overbleef was een verzameling eenzame huisjes die zich schrap zetten in de huilende wind en de verstikkende lucht van brandend nat hout die in haar longen prikte.

Rinus en zijn vrouw Betty woonden in een goed verzorgd huisje midden op het park. De blokhut lag in een siervijver van knalgroen kunstgras waaromheen tuinkabouters de wacht hielden. Tante Betty was dol op tuinkabouters. Lang geleden, toen ze net op het park waren komen wonen en werken, had Rinus de wegwijzers ermee beschilderd als teken van liefde. Maar het mooiste vond M. de grote spar bij hun voordeur, die met een slinger van regenbooglichten was behangen. Nu de bladeren vielen kon ze de kleuren in de verte zien glinsteren als ze vanuit haar huisje uit het raam keek.

Ze mocht voor alles bij Rinus aankloppen. Als de wc verstopt zat, als er een keukenkastje uit zijn schroeven viel of wanneer ze weer eens dacht dat er 's nachts iemand aan hun raam had gemorreld, kwam hij omhoog uit zijn versleten leunstoel, gleed in zijn klompen en slofte achter haar aan naar hun huisje. Soms wreef hij met zijn eeltige hand over haar haren, voordat ze haar hoofd kon wegtrekken. Maar meestal stond ze voor hun deur om de reservesleutel te halen. Naast de tijd vergat haar moeder sleutels. Autosleutels, kastsleutels, huissleutels: zodra ze het slot hadden verlaten waren ze weg. Meestal gaf ze M. de schuld. Je doet 't erom, zei ze, je vindt het leuk, hè. Op een gegeven moment stopte Rinus M. een eigen sleutel toe en dat hielp.

Elke week maakte tante Betty soep. De geur overheerste voor even de stooklucht die als een mistwolk over het terrein hing. Uit de blokhutten kwamen mensen tevoorschijn die ze nog niet eerder had gezien, donkere schimmen die voorovergebogen als halve manen een kom soep kwamen halen.

Zonder uitzondering waren het mannen. Oude mannen, mager en met naar binnen geklapte lippen, een boerenpet boven wangen van schuurpapier. Jonge mannen, met vierkante schouders en matte ogen, die ze in het holst van de nacht in busjes het erf af zag rijden, de koplampen als zoeklichten tussen de bomen. Gastarbeiders, wist ze van Rinus. En de mannen die haar moeder de scheidingsvaders noemde. Ze zagen er moe en afwezig uit en deden haar denken aan de mannen in de beeldentuin, die hun eigen hoofd onder een arm met zich meezeulden. Haar moeder had een hekel aan die vaders. De vader van Frenkie was er ook een. Och germ, zei ze, kijk nou hoe dat stuk verdriet zijn kinderen erbij laat lopen. Dat zou toch niet moeten mogen, kinderen die bij hun vader wonen? Als ze Frenkie en Jara in de verte naar het huisje van tante Betty zag lopen voor een kop soep, hield haar moeder haar tegen. Wij zijn geen armoedzaaiers, zei ze terwijl haar hoofd een scherpe zwaai maakte, ik trek zelf wel soep voor jullie. Maar meestal was het zoemende ijskastje in de blokhut leeg of was haar moeder 's avonds zo moe dat ze niet meer van de kleine bank met de ruitstof af kon komen. De dag daarna had tante Betty altijd nog een bodempje in de pan overgelaten, zo zout dat M.'s wangen ervan naar binnen trokken. De slierten vermicelli zoog ze als glanzende wormen naar binnen.

De meeste dagen bracht M. door in het bos. In steeds wijdere cirkels trok ze rond het huisje. Het was een vertrouwd gevoel: zo ver weg lopen dat ze ieder besef van tijd en iedere referentie kwijtraakte, ze de kou niet meer voelde en soepel als een dier door het struikgewas vloog. Ze werd voortgestuwd door iets in haar dat het midden hield tussen paniek en opwinding – opwinding dat ze misschien niet meer gevonden zou worden. Het gevoel duurde tot ze een herkenningspunt zag – een vreemd gevormde boom, een uilenbal of een konijnenhol in een zandhoop. Ze bleef rennen, zoals ze altijd deed – ze begreep niet hoe mensen konden slenteren, kuieren, stiefelen als slaapwandelaars, een makkelijk doelwit voor alerte ogen. Het was een type mensen dat lammetjespap in hun aderen had stromen in plaats van koelvloeistof, zoals zij. Wanneer ze het reservoir onder de motorkap van haar vader moest bijvullen met het rode spul, snoof ze de giflucht op en verbeeldde zich dat het rechtstreeks in haar bloedbaan terechtkwam. Ze zigzagde langs basten, sprong over stekelige struiken en ontweek de modderpoelen in afgravingen, tot het tijd was weer een herkenningspunt te zoeken. Echt verdwalen mocht ze niet, want ze moest in de buurt van Boelie blijven. Haar moeder vertrok vaak vroeg, om geld te regelen of boodschappen te doen, ze wist het nog steeds niet precies. Als M. wegging sloot ze Boelie op in hun slaapkamer, met een rinkelende sleutelbos in zijn handen waarnaar hij uren kon staren, en een hand koekjesdieren uit de zak die haar moeder had verstopt achter de schoonmaakmiddelen in het gootsteenkastje. Ze wist nooit wanneer haar moeder zou terugkomen. Soms, als de regenbooglampjes van Rinus en Betty al door de schemer begonnen te flikkeren en zij achter het raam op de uitkijk zat, bonkte haar hart tegen de binnenkant van haar trui bij de gedachte dat dit de dag was dat ze voorgoed zou wegblijven.

———

Ze had Boelie in de slaapkamer gezet, controleerde of de ramen en de gordijnen goed dichtzaten en fixeerde de klink van zijn deur met een stoel. Buiten stond Frenkie al op haar te wachten. Zijn te kleine groene regenjas trok zijn armen bij de oksels omhoog. Ze lachte.

Wat? Hij haalde zijn neus op. De stekels op zijn hoofd waren al platgeregend.

Je ziet eruit als een boom. Met je armen zo wijd, als takken.

Ze dook in de kraag van haar jas en begon te lopen. Kom, zei ze, daarheen. Ze gooide haar kin in de richting van het huisje van Rinus en Betty. Daarachter was een deel van het park waar niemand woonde. Er stonden wat verpauperde huisjes achter ongetemde heggen, maar ze had er nooit een teken van menselijk leven gezien.

Terwijl ze met grote passen een tijdje zwijgend door gras en distels liepen, suisden regendruppels langs hun gezichten. Het water spoelde na iedere stap de modder van hun laarzen. Ze moesten hun knieën steeds hoger optrekken om door het groen te waden. Hier waren geen paden of bordjes. De blokhutten die ze tegenkwamen waren overwoekerd met klimop. Hier en daar lagen afgebroken stoeptegels, als herinneringen aan een looppad. Hoe dieper ze het bos in liepen, hoe donkerder het werd.

Wat is er?

Frenkie was gestopt en keek achterom, naar de regenbooglichtjes in de verte.

Volgens mij mogen we hier helemaal niet komen. Zijn stem was zo zacht dat ze hem bijna niet kon verstaan. Hij perste de woorden samen als een accordeon. *Himmul*, zei hij, in plaats van helemaal.

Volgesmijmogenwehierhimmulniekomen, herhaalde M. Ze grinnikte en liep verder, steeds sneller. Kinderen, honden, vrouwen: daar moet je nooit op wachten, had oom Sjef haar geleerd. Gewoon weglopen, dan komen ze vanzelf.

Wij mogen hier ook niet wonen en we moeten eigenlijk naar school, riep ze over haar schouder. Even bleef het stil.

Wacht op mij! Met kikvorsbenen rende Frenkie achter haar aan door de drassige begroeiing.

Het vakantiepark achter hen was verdwenen, vóór hen strekte het nieuwe bos zich uit. Het donker zoog. Miertjes kietelden aan de binnenkant van haar huid. Het was lekker, alsof ze voor het eerst in dagen, misschien wel weken, weer echt wakker was. Ze liepen tussen lage piramides van bakstenen begroeid met mos en een vuurplek waarin een verkoold buggy-frame op zijn rug lag. De gesmolten wieltjes staken als juichende stompjes in de lucht. Ze passeerden een huisje met kapotte ramen en een ingetrapte voordeur. In het halletje erachter lagen stapels folders, lege bierflessen en een fiets zonder voorwiel. De voorvork stond in de vloer geramd als een dronkenman die op zijn gezicht was gevallen. Toen ze ernaartoe liep bleef Frenkie staan en fluisterde haar naam. M. negeerde hem, schopte tegen de folders en sprong opzij voor een wegschietende rat. Ze slopen verder, lager bij de grond nu, als katten. Tussen het gebladerte verscheen een verzakte caravan. De vitrage voor de raampjes was gesloten. Toen ze eromheen liepen stuitten ze op een berg huisraad - matrassen, pannen, versplinterde kastjes, een kapotte televisie, een kattendrager zonder deurtje. Waterstraaltjes sijpelden als een fontein tussen de verdiepingen rommel. Snel zakte M. op haar hurken naast de kooi en keek erin, maar het ding was leeg. Frenkie kwam naast haar zitten. Druppeltjes vormden een snor op zijn bovenlip. Nog geen tien meter verderop leek een ander soort bos te beginnen. Het waren bomen die nooit bladeren kregen. Ze waren smaller en hoger, stonden dichter op elkaar en waren stekelig. De bodem bestond uit golven van mos.

Ik heb het koud.

M. keek opzij naar Frenkie, die zachtjes rilde. Toen richtte ze haar blik weer naar het onbekende woud. Hij zag dat ze aarzelde en greep zijn kans.

We kunnen wel bij mij? Taison heeft een extra slot.

Ze reageerde niet en kneep haar oogleden samen om door de stortregen te kunnen zien.

Er staat daar nog een huisje, zei ze. M. kwam omhoog en wees naar een plek in het bos, waar, nauwelijks zichtbaar tussen de bomen en het scherm van water, een donkerbruine blokhut stond.

Voordat Frenkie iets kon zeggen ging ze ervandoor. Met haar hoofd tussen haar schouders sprintte ze naar de bosrand en dook tussen de naaldbomen daarachter de schemering in. Achter een verzakte schutting hield ze in en keek naar het huisje, dat er doods bij lag. Na een paar seconden hoorde ze Frenkies snelle ademhaling naderen. Hij sprong naast haar achter de schutting. Geërgerd klakte hij met zijn tong. Ze legde haar vinger tegen haar lippen. Met grote ogen knikte ze richting het huisje. Toen zag hij het ook. Vanachter de muur kwam een stuk auto tevoorschijn. Geen roestbak vol groene aanslag, zoals je hier zou verwachten, maar een blinkende neus met schone koplampen. Aan de spiegel achter de voorruit bungelde een setje dobbelstenen. Op het dashboard stond zo'n hond die bij de minste beweging met zijn hoofd zwabberde. Daarnaast lag een blauwe buil shag.

Op handen en voeten kroop M. razendsnel naar het huisje en maakte zich klein onder het eerste raam, naast de voordeur. Aan de binnenkant was het dichtgeplakt met bouwplastic. Frenkie keek met angstige ogen boven de schutting uit.

Kom hier! zei ze zonder geluid.

Zijn hoofd verdween. Even dacht ze dat hij ervandoor ging. Toen glipte hij op handen en voeten de hoek om en schoot op haar af. Ze gebaarde dat hij haar moest volgen en sloop naar de andere kant van het huis, tussen de muur en de auto door. Blikkerig geroffel op de motorkap. Haar voeten sopten in haar laarzen en haar knieën zakten weg in de modder, maar ze voelde geen kou. Bij het raam aan de achterkant stopte ze om op Frenkie te wachten. Hij was nu zo dichtbij dat ze zijn mierzoete Fruittella-adem op haar eigen tong proefde. Opeens klonk er geluid in het huisje. Ze hielden tegelijk hun adem in. M. was bang dat haar hartslag boven het geklater van de regen uit te horen was, maar niemand kwam naar buiten. Het raam boven hun hoofd was slordiger afgeplakt. De hoeken van het plastic krulden op waardoor er licht naar buiten viel. Ze seinde Frenkie met haar ogen. Voorzichtig kwamen ze omhoog en gluurden onder het plastic door. De streep was zo smal dat het even duurde voor M. kon registreren wat ze zag. De woonkamer was kaal, in de hoek stond slechts een bouwlamp op lange benen met iets lager ernaast een camera op een statief. Ze volgde het licht van de lamp richting het keukenblok. Achter het raam klonken gedempte stemmen. Ze zette zich schrap om ervandoor te gaan toen ze vlak voor de keukenkastjes iets zag bewegen. Twee honden waren aan het spelen. De ene besprong de ander met ontblote tanden. Ze hijgden. Toen M. de kop van de bovenste hond zag verstarde ze: het was een mannengezicht met een vlasbaardje. Zijn ogen waren gesloten. Hij mompelde onverstaanbare dingen en hamerde met zijn onderlichaam tegen de andere hond die ook geen hond was. Een vrouw met een paardenstaart zat op handen en knieën op de tegelvloer. Haar hoofd wiebelde als dat van het hondje op het dashboard.

Het was alsof iemand haar met een natte handdoek in het gezicht sloeg. Haar keel trok samen. Ze wilde weg van dat raam, maar ze kon zich niet bewegen. Ze zakte in de modder alsof het drijfzand was. Pas toen Frenkie het naast haar uitproestte schoten de pinnen uit haar gewrichten. Met al haar kracht beukte ze op hem in. Eerst lachte Frenkie nog, maar al snel kromp hij onder haar korte slagen ineen, tot ze hem alleen nog hoorde grommen en zuchten. Opgekruld als een egel lag hij op de natte aarde, zwart van de modder, zijn armen en benen opgetrokken om haar klappen af te weren, maar dat maakte haar alleen maar nog bozer. Het was alsof alle nietgebruikte stroom van de afgelopen weken zich ontlaadde, al die nachten dat ze ieder geluid rond het huisje volgde, iedere schaduw die afweek, de uren dat ze wachtte op haar moeder, de honger, de eentonigheid, de angst. Ze sloeg hem als een bokser, de ene vuist na de andere, tot haar knokkels bot raakten en Frenkie niet meer bewoog. Een waterstraaltje droop van haar voorhoofd naar het zijne.

Lach nog maar eens, zei ze. Haar stem klonk krachteloos.

VI

Met opgetrokken knieën zaten ze naast elkaar te roken. Draadjes shag hingen aan haar onderlip. Frenkie nam een hijs en begon te kuchen. Kluiten modder vielen van zijn broek. Het kuchen werd blaffen en hij boog zich voorover. Hij hoestte tot de snotdraden uit zijn neus kwamen. Toen ze grinnikte lachte hij opgelucht. De regen bleef maar op het dakraam van de verlaten caravan kletteren.

Toen ze wegrenden van het huisje had ze snel aan de autodeur gevoeld, die bleek open te zijn. Ze wist niet waarom ze de buil shag had gepakt, maar de gedachte dat de man na zijn daad zin had om te roken en met groeiende ergernis de auto zou doorzoeken, gaf haar een beetje voldoening. Het ding dat ze hadden gedraaid was veel te dik, ergens tussen een sigaar en een frietzak. Ze inhaleerde diep, slikte de prikkelhoest door, kneep de opkomende tranen uit haar ogen en voelde hoe de spanning in haar spieren met het knetterende schroeien van de tabakssnippers langzaam verdampte. Alles in haar werd langer. Haar voeten gleden weg van haar knieën en haar schouders van haar oren. Nog eens, over de grenzen van haar longen, als een te ver opgerekte ballon die van kleur verschiet. De herrie in de kamers in haar hoofd werd minder, het kippenvel loste op. En nog eens. Ze perste haar lippen op elkaar, hield de rook vast tot er rotjes in haar hoofd begonnen te knallen en haar benen loom voor haar uitschoven. Frenkie zakte lichtjes tegen haar aan. Snel trok ze haar schouder weg. Toen ze zijn verschrikte blik zag zei ze niets en schoot het stompje van de sigaret als een katapult de caravan in. Het doofde meteen op het vochtige zeil. De kou in haar was weg.

Hoe is je moeder?

Frenkie reageerde niet. Ze draaide haar gezicht naar hem toe om hem aan te kijken, terwijl ze de gebarsten lip en het gezwollen ooglid probeerde te negeren.

Geen idee. Ik zie haar niet. We hebben geen wagen om ernaartoe te gaan.

De manier waarop hij het zei irriteerde haar. Ze kon er niet tegen als hij zo zielig deed.

Dat heb je al honderd keer gezegd, snauwde ze. Regel het gewoon.

Terwijl ze het zei hoorde ze de stem van haar moeder. Ze zag haar afkeurende blik, hoorde het ijzeren puntje in de hakken van haar pumps op de tegels tikken.

Frenkie sloeg zijn ogen neer.

We zijn niet allemaal zo slim als jij.

De woorden klonken Brabantser dan ooit, als bonken in een knikkernet.

Ik zou het inderdaad wel weten als mijn moeder in het ziekenhuis lag.

M. snoof en stak haar kin omhoog. Ze voelde dat Frenkie naast haar ineenkromp, maar dat maakte haar alleen maar bozer.

Neem godverdomme de bus, ga liften, jat een auto, ga desnoods op de fiets. Doe iets. Misschien is ze wel dood.

Zodra ze het laatste woord had uitgesproken trok haar maag naar binnen, maar het was al te laat. Frenkie sprong overeind en boog zich met een trillende vinger naar haar toe.

Gij... gij. Spuugblaasjes borrelden op in zijn mondhoeken. Schuimkoppen. Ze dacht weer aan het vakantiepark onder water, de vrouw zonder benen in de branding. Boven haar ging Frenkies mond open en dicht, de zwarte diepte kwam dichterbij. Ze sloot haar ogen, ging kopje-onder. Toen ze haar ogen weer opendeed, stond hij nog steeds tegen haar te schreeuwen. Brokjes vuil dwarrelden over haar heen. Er gebeurde iets met haar als iemand tegen haar begon te gillen. Een stalen plaat schoof omhoog in haar voorhoofd terwijl vlinders met hun tere vleugels tegen haar buikwand fladderden. De triomf als de ander zich niet kon beheersen en zij wel.

Jullie denkt dat je zoveel beter bent, met die rare kleren en die moeilijke woorden. Maar ons pap zegt dat jullie erger zijn als ons, dat jullie mam een snol met spatjes is en je broertje debiel.

Een steek vlamde door haar hoofd. Ze knarste zo hard met haar kiezen op elkaar dat ze dacht dat het glazuur ervanaf zou springen, als staalsplinters onder een slijptol. Met haar duim wreef ze over het lemmet van het stanleymes in haar jaszak. Terwijl ze naar een punt boven zijn hoofd staarde, duwde ze het schuifje van het mes naar voren – klik.

Frenkie ging maar door. De woorden buitelden uit zijn mond, een voor een kletterden ze op haar neer.

Klik, nog een schuifje. Klik, en nog een. Een warme gloed langs haar dij.

Jullie pap is blij dat-ie van jullie af is.

Frenkie draaide zich om, rukte de deur van de caravan open en sprintte weg tussen de bomen. Ze zou hem makkelijk kunnen inhalen. Ze kon iedereen inhalen als ze wilde, maar met het bloed uit haar bovenbeen stroomde de elektriciteit uit haar lichaam.

VII

Misschien had ze de sirenes in de verte wel gehoord, maar toch schrok ze toen ze de ambulance tussen de huisjes zag staan. Het water viel nog steeds met bakken uit de hemel. Ze zag alles door de sluier van een waterval en daarom dacht ze even dat de gele auto in het midden van het park een waanidee was. Een flits uit het verleden, het decor van een kamer in haar hoofd dat per ongeluk aan de verkeerde kant van haar ogen was beland. (Een ingeslagen voordeur, gebroken glas, bloed dat uit de slagader van haar vader spoot. Gegil, politie, een ambulance. Mensen met slaperige gezichten op straat, de overbuurvrouw in haar nachtjapon met borsten op buikhoogte.) Maar op het suizen van het vallende water na was het stil. De zwaailichten maakten pirouettes in het schemerdonker en lichtten de gezichten op van Rinus, tante Betty en van een jonge man met teerzwart haar die ze herkende van de schimmenoptocht op avonden dat er soep was. Voorzichtig ging ze van boom naar boom, met benen die van rubber leken. Een ijzige wind sneed langs haar voorhoofd. Plotseling verscheen haar moeder in beeld. Ze stond gebogen over een brancard, losgeschoten haren plakten tegen haar gezicht. Haar mond stond open, maar M. hoorde geen geluid. Ze staarde naar het hoofd van haar broertje op de brancard, zijn bolle wangen die boven het aluminiumfolie uitstaken. Vreemden klapten de poten van de brancard in en schoven hem soepel de ambulance in. Haar moeder nam een uitgestoken hand aan en klom erachteraan. De deuren waren nog niet dicht of de wielen zetten zich al schrap in de zompige aarde.

Ze wist dat ze slecht was, maar als niemand het zag was het toch minder erg. Daarom wilde ze ook niet dat haar ouders naar activiteiten op school kwamen kijken. Of eigenlijk: haar moeder, want haar vader kwam toch niet. Een toneelstuk, de insectententoonstelling, het kerstkoor in de aula. Zorgvuldig hield ze haar moeder bij dat leven vandaan. Niet alleen omdat ze zich schaamde als ze te laat en met veel kabaal kwam binnenvallen – het was haar blik, het lachje om haar mondhoeken waaruit zowel walging als triomf sprak. Walging vanwege de motieven van haar dochter, triomf omdat zij de enige was die ze doorzag. Had M. een grote rol, dan was het omdat ze de aandacht wilde. Had ze een kleine rol, dan was ze weer eens te laf geweest haar mond open te doen. Als de juf haar complimenteerde met haar inzet, was ze een slijmbal. Als ze geen energie had om op een nieuwe school haar best te doen en vriendjes te maken, was ze een sukkel of een grijze muis. Als ze haar vader op Vaderdag een kleiwerkje gaf, was ze een overloper. Negeerde ze hem, dan was ze een stoker. In de blik van haar moeder werd ze ontmaskerd als het kind dat ze werkelijk was. En nu wist de hele wereld het.

Terwijl het water langs haar ijskoude wangen stroomde, haar jas in, langs de knobbels van haar ruggengraat, reed haar hart weg in een gele ambulance over de lange bosweg richting het dorp. De stemmen van Rinus en tante Betty kwamen maar net boven de regen uit.

...maar goed dat jij hem vond.

Ze spraken tegen de man met het zwarte haar. Hij staarde naar de grond, streek met zijn hand over zijn gezicht en liet zijn vingers samenkomen onder zijn kin. Zijn lippen bewogen, maar M. verstond niet wat hij zei. Rinus legde zijn hand even op zijn schouder. Zijn zware stem golfde tussen de bomen.

Zo'n ondiepe vijver... hoop dat hij het redt.

Toen gingen ze uit elkaar. Rinus en tante Betty liepen naar de regenbooglichtjes in de groene oase, de man door de modder naar zijn eigen blokhut. M. draaide zich om en verdween terug het bos in.

VIII

Ze staarde, plat op haar rug, door het dakraam naar de hemel. Groene aanslag belemmerde het zicht, maar hoe langer ze keek hoe meer sterren ze zag, als uitgestrooide glassplinters op het zwart. Haar kleren waren nat en zwaar, de stof schuurde bij iedere beweging over haar huid. De kou was tot in haar stuitje getrokken, maar toch gloeide ze. Ze hield haar ogen wijd open. Als er een ster viel was hij dood. Zelfs nu had ze foute gedachten. Als Boelie doodging kon ze weglopen, de brug over om niet meer terug te keren. Dan hoefde ze niet meer te bewijzen dat ze geen slecht mens was.

Water sijpelde langs de wanden van de caravan. Af en toe legde ze haar hand tegen het vochtige oppervlak om wakker te blijven. De ruimte vervaagde, behalve de sterren, die ze met haar stalen wil in de lucht had gebeiteld, een voor een. Met priemende ogen hield ze ze op hun plaats. Toen ze gerommel hoorde bij de deur van de caravan, was ze niet bang. Er klonk gesnuif, toen een vloek. Frenkie was in het donker over het opstapje gestruikeld. De deken die hij over haar heen legde stonk naar hond, maar ze was te moe om te bewegen. Hij schoof naar haar toe, niet te dichtbij, en draaide de dop van een thermosfles. Toen ze de zilte soep van tante Betty rook, dacht ze aan haar moeder in het ziekenhuis, naast het bed van haar broertje. Ze draaide haar hoofd weg zonder de sterren uit het oog te verliezen.

IX

De pick-up rook naar het gestolde bloed van de tros slappe hazen die oom Frans voor vertrek aan hun oren van haar stoel had gegrist en in de achterbak had gegooid. Een nieuw bontje voor Jeannette, dacht ze, maar ze zei het niet want ze was haar tong al een paar dagen kwijt. Elke tien minuten draaide ze een sjekkie voor haar oom, waarna hij de cabine met een paar trekjes blauw zette. De nevel vermengde zich met die in haar hoofd. De ruitenwissers deden tevergeefs hun best de regen bij te houden. Ondanks het slechte zicht ramde haar oom de wagen met genadeloze vaart over het asfalt. Toen ze de grens over waren begonnen de pluchen biggetjes aan de spiegel onregelmatig te dansen.

Ze had alle losse velletjes van haar onderlip opgegeten en begon nu aan de vaste. Een halfuur geleden hadden ze de snelweg verlaten en bij de eerste rotonde getankt. Toen haar oom vroeg of ze nog iets wilde hebben schudde ze haar hoofd. Niet alleen haar tong voelde als een lap dood vlees, ook de rest van haar lichaam was afgesloten, alsof iemand de hoofdkraan had dichtgedraaid. Toen ze naar haar opgezwollen knokkels keek, duurde het even voor ze zich Frenkie herinnerde, de hut in het bos. Het leek een droom. Ze bestond alleen nog uit ogen en een loodzware schedel, een bouwwerk van uit rots gehouwen kamers, trappen en gangen waarin haar gedachten in een eindeloos parcours heen en weer raceten.

Ze reden op een verder verlaten weg die aan weerskanten werd ingeklemd door een donker woud met bomen die tot aan de hemel leken te reiken. Het was of ze de aarde zelf binnenreden.

Naaldbomen, baste haar oom toen hij haar zag staren naar de kaarsrechte stammen. Korte takken staken als treden van een ladder uit de basten.

Ze willen bomen met zo min mogelijk knoesten, vervolgde hij zonder de sigaret uit zijn mond te halen. Dus worden de jonkies expres zo dicht op elkaar gezet dat ze meteen de hoogte in groeien, naar het licht. De boomtoppen voorkomen dat de zon er nog onder komt, daardoor groeien hun takken niet. Zo blijven het bonenstaken met wat misvormde kwasten rondom de stam. Het vloei hing aan zijn onderlip terwijl hij sprak.

M. staarde weer naar de voorbijglijdende masten. In de vroege ochtend na het incident waarover niemand sprak was Frenkies vader hen komen halen uit de caravan. Rillende zonnestralen schenen op het natte bladerdek toen ze voor hen uit een spoor trok, terug naar het park. Zwijgend waren ze uit elkaar gegaan. Met haar neus steeds dichter bij haar voeten liep M. door naar hun huisje. Het was zo verpletterend leeg dat ze de aandrang moest weerstaan de schaar uit de keukenla te pakken en stukjes van zichzelf af te knippen om de ruimte mee te vullen. In plaats daarvan sloot ze zichzelf op in de slaapkamer, stroopte haar doorweekte kleren af, verdween onder de dekens en viel in een woelige slaap die pas werd onderbroken toen ze een auto hoorde. Door een kier tussen de gordijnen zag ze de koplampen in het donker, hoger dan die van de Mercedes. Ze zoog alle zuurstof uit de blokhut. Dit was het dan. Hij had hen ontdekt, de strijd was voorbij. Terwijl haar schouders steeds verder zakten ademde ze uit tegen het raam, tot de koplampen verdwenen achter de condens. Ze wilde alleen nog ademen en onzichtbaar blijven – voor Frenkie, zijn vader, Rinus, tante Betty, de man met het zwarte haar, haar vader, haar moeder. Haar broertje. De schaamte drukte haar fijn.

Toen de condens oploste staarde haar oom haar vanachter het stuur van zijn truck aan. Oma had opdracht gegeven haar op te halen. De volgende ochtend belde haar moeder vanuit het ziekenhuis en deelde op vlakke toon mee dat ze een tijdje op kamp ging, in de Ardennen.

De man die boven haar uittorende had een hoofd als een kindertekening: een enorme schedel waarop een gezicht was gepriegeld, met bovenop een toef haar die omhoogpiekte. Zijn ogen, neus en mond zaten zo dicht tegen elkaar aan dat het leek alsof hij net in een citroen had gebeten. Ze moest zich concentreren om te begrijpen wat hij zei. Hij sprak een allegaartje van Frans en Vlaams dat klonk als een tollende bromvlieg. Alleen de laatste woorden begreep ze.

Gij, een stompe vinger tegen haar borstkas, valies daar.

Hij wees naar de overkant van de weg, in de richting van een gebouw dat wat lager op de helling stond. Hoge muren van zandgele blokken, dichte luiken, een muisgrijs dak. Aarzelend keek ze weer naar de man.

Allez. Met zijn kin spoorde hij haar aan. Ze pakte haar rugtas van het grind. Haar benen voelden warm en slap, alsof ze haar gewicht niet konden dragen. Ze dacht aan de kerstmankaars op het bureau van een juf, een paar scholen geleden, die na een dag branden tot een drol was ingezakt. Voorzichtig zette ze een eerste stap. Het asfalt was donker van de regen. De smalle weg waarop haar oom was weggereden nam een duik tussen de heuvels. Het laatste wat ze had gezien waren de rode remlichten. Toen was hij verdwenen, de bocht om. In de berm stond een bord met een steigerend paard, eronder een pijl in de richting van de manege waar ze de man had achtergelaten. Ze draaide zich om en liep verder, de diepte in naar het enorme gebouw.

De eerste deur die ze probeerde zat op slot. Ze liep om de muur heen, die de rug van een U bleek te vormen. De poten bestonden uit identieke gebouwen met ertussen een binnenplaats. Het leek een fort, waarvan één kant was uitgegumd. De ramen zaten hoog en nergens was een voordeur te bekennen. Uiteindelijk vond ze op de binnenplaats een dubbele houten poort met een balk ervoor, die ze omhoog kon schuiven. Ze duwde een van de deuren open. Haar schaduw rekte zich uit op de stoffige vloer tot ze een reus was. Achter de deur was een lichtschakelaar die ze met moeite omhoog kreeg. Na een paar seconden begon er aan het plafond iets te brommen en te knipperen. tl-buizen schoten aan, de een na de ander. Langzaam vormde zich een flikkerende snelweg in de lucht. Met open mond staarde ze omhoog, er leek geen einde aan te komen. Toen de laatste buis uitgeknipperd was stond ze in een bad van licht. De hele ruimte was gevuld met eindeloze rijen stapelbedden. Een magazijn voor slapende mensen.

Twee, vier, zes, acht, tien…

Ze raakte de tel kwijt bij veertig en begon opnieuw. Met haar wijsvinger in de lucht liep ze tussen de rijen door, maar achter de bedden aan weerskanten van het middenpad stonden nog veel meer bedden. Het waren er zeker honderd. Tweehonderd kinderen die er niet waren. Of eigenlijk: honderdnegenennegentig kinderen die er niet waren.

X

Iedere ochtend werd ze om zes uur gewekt door de man met het mismaakte hoofd. Ze was op het eerste bed van de zaal gaan liggen, maar omdat ze zich daar te onbeschut voelde had ze zich verplaatst naar het bed erachter. Nooit eerder was ze ergens geweest waar het zo stil was en zo donker. De bossen, de stallen bij oma, het vakantiepark, zelfs de meeste kasten waarin ze zich had verstopt: altijd was er een kiertje licht geweest, het geritsel van dieren. Zodra ze hier de lampen uitdeed en de laatste flikkering in de nok was gedoofd, werd ze bedekt door een zwart dat zwarter was dan wanneer ze haar ogen dichtdeed. De eerste avond werd er een band rond haar borst gespannen waardoor ze bijna niet meer kon ademen. Ze had het ook niet gedurfd omdat het te veel lawaai maakte. Met kleine pufjes blies ze uit, zo stil mogelijk, en wachtte tot ze ergens een herkenningspunt vond. Een lichtspikkel, een tikkende afvoerbuis, rattenpootjes. Niets. De douchehokken en toiletten bevonden zich in een van de andere gebouwen, verwarming was er niet. De muren waren massief en lieten niets door. Toen het licht nog aan was had ze het aantal stappen van de muur naar het bed gemeten. Nadat ze de schakelaar naar beneden had geduwd was ze voorzichtig naar het bed geschuifeld, met haar armen tastend voor zich uit. Toen ze eenmaal op haar rug lag telde ze de seconden, minuten en uren tot de ochtend, zoals ze zo vaak had gedaan, olifant na olifant, maar dit keer wist ze niet of de tijd wel verschoof. Ze zweefde in een bodemloze kloof. Telkens opende en sloot ze haar oogleden in de hoop kleine variaties in het zwart te ontdekken. Ze reikte met haar vingers naar de spiraalbodem boven haar om zich ervan te verzekeren dat ze nog bestond. Hallo, fluisterde ze terwijl ze langs het koude staal streek. Hallo, hier ben ik. Het was niet meer dan een windvlaag die haar mond verliet. Toen haar volle blaas pijnlijk tegen haar kruis begon te duwen raakte ze de tel kwijt en kon ze alleen nog maar bidden dat de dag bijna begon. De buitendeur die krakend openging, de leren rijlaarzen op de tegelvloer, de lichtknop die omsloeg en de eerste flikkeringen die als messen door het donker sneden: ze moest zich beheersen niet uit bed te springen en de man met het misvormde hoofd in de armen te vliegen.

Hij was de zoon van de eigenaar van de manege. Samen met een paar stalknechten die ook buiten het seizoen bleven verzorgden ze de paarden. De hele zomervakantie waren er kampen geweest, naast paardrijden ook andere activiteiten, zoals klimmen, raften en wandelen, die op kleurige folders werden verbeeld en waarvan ze zich afvroeg waartoe ze dienden. Toen de herfst begon was het meeste personeel verdwenen. Niemand repte met een woord over Franse taalles gecombineerd met een ponykamp, zoals haar moeder het haar had verkocht. In de ochtend moesten ze de paarden van de stallen naar de wei brengen. Bij oma was ze gewend om een of twee paarden aan halsters naar een paar meter verderop te begeleiden, hier werden er tientallen tegelijk verplaatst naar een lap grond aan de andere kant van de berg.

De eerste keer probeerde de zoon het haar uit te leggen met lompe gebaren en bevelen die ze niet begreep. Zijn vierkante romp en gespierde benen in de nauwsluitende paardrijbroek, zijn handen zo groot als mattenkloppers, de stierennek met plooien vol vuil en de onverstaanbare woorden die hij uitstootte: hij leek op een trekpaard dat maar twee standen kende, ho en gaan. Zijn ogen keken bovendien twee verschillende kanten op, waardoor ze nog minder snapte wat hij van haar wilde. Uiteindelijk gebaarde hij haar bij hem te komen, vouwde zijn plompe vingers in elkaar en hielp haar met een voetje op een prachtige schimmel, zonder zadel maar met een hoofdstel om. Hij reikte haar de teugels en een longeerzweep aan en wees naar rechts, het grindpad af, de berg op. Toen een knecht achter hen de paddock opende barstten tot haar schrik de eerste paarden al de poort uit. De kudde stoof haar kant op.

Allez! brulde de man.

Met twee vingers gestrekt en zijn duim omhoog vormde hij een pistool en maakte een schietgebaar richting de heuvel. Het geluid van roffelende hoeven zwol aan. M. duwde haar kuiten in de vacht van de schimmel en zette zich schrap. In galop overbrugde ze de binnenplaats en sloeg rechtsaf, de smalle weg op die in het glooiende landschap verdween. Af en toe keek ze over haar schouder. De paarden schoten een voor een vanaf het erf de hoek om en zwermden aan weerskanten uit over de weg, tot in de bermen. De achterste rijen gingen op in een wolk van opstuivend zand en gruis. Ze spoorde de schimmel aan zodat ze haar voorsprong behield en boog zich over zijn hals. Verder omhoog ging ze, door de gang tussen de bomen die naar een onbekend eindpunt leidde, met achter zich een donderwolk aan klossende hoeven. Ze hoopte maar dat er geen tegenliggers waren.

Na een paar minuten werd haar hartslag rustiger en ging ze over in draf. De weg had zich verbreed en tussen de begroeiing links van haar strekte een weidelandschap zich uit, de diepte in. Een flets zonnetje bescheen het groen. Regendruppels vielen van de overhellende takken op haar gezicht. Ook de kudde was bedaard en draafde rustig achter haar aan. Af en toe hield een paard even in om een paar bladeren van een boom te ritsen om vervolgens met geheven staart weer naar voren te schieten. Als er eentje te ver oprukte en haar dreigde in te halen, sloeg ze de zweep uit als een slagboom.

Ze draafde nog een laatste bocht om. De bomen verdwenen en toen zag ze het. Zo ver ze kon kijken glooiden de velden aan haar voeten. Als hoogpolig tapijt lag het gras uitgerold over de heuvels en in de diepte zette de ochtendzon alles in een oranje gloed. Vóór haar was een zandpad met een houten poort, achter haar de kudde die op de weg tot stilstand was gekomen. Rookpluimen stegen op uit tientallen neusgaten. Ze was de lange nacht vergeten, de man met het kindergezicht, de kou in haar botten. De schimmel voelde warm onder haar. Ze sloot haar ogen en drukte haar gezicht tegen zijn hals. Toen zwaaide ze haar been over zijn rug en sprong op de grond.

Met één hand opende ze de poort, gespte het hoofdstel van de schimmel los en liet hem vooropgaan. Met geheven hoofd ging hij in galop de berg af, met de kudde achter zich aan richting het vuur in het dal. Toen de zoon de berg op kwam rijden in zijn pick-up sloten ze samen het hek. Op de terugweg in de auto gloeiden haar wangen.

XI

De baas van de manege had opdracht gegeven alles winterklaar te maken: de hooischuur moest bevoorraad worden, het leer ingevet, de speeltoestellen afgedekt en het geitenhok gerepareerd. De hoeven van de actieve manegepaarden werden gekapt en de jaarlingen geselecteerd voor de verkoop. Een dagelijks terugkerend ritueel was het mesten van de stallen. Het waren er zoveel dat ze dacht dat ze in cirkels werkte, maar het bleken steeds weer nieuwe, vol stront en pis en vastgekoekt stro. De ammoniak trok in haar kleren, haren en huid. Ze durfde zich niet te douchen in het andere lege gebouw. Het was niet erg; de geur deed haar denken aan oma en Meggy.

Een paar keer per dag kwam de zoon langs, wenkte haar met een van zijn kolenschoppen en slofte voor haar uit naar de bijgebouwen. In een ervan zaten de knechten onderuitgezakt op plastic stoelen in een kring, rond schalen vol brood en thermoskannen koffie. Zodra ze haar zagen begonnen ze te lachen en zeiden dingen tegen elkaar die ze niet verstond. Hun taal klonk anders, niet zoals het Franse gebrom maar hoger en lichter, smakkend met veel t's. Ze zat erbij als een van de erfhonden: stil en in afwachting van wat er voor haar zou overblijven. De zoon zat al even roerloos naast haar, maar niemand durfde hem uit te lachen. Hij was zo groot dat de stoel een kinderkruk leek. Aan weerskanten golfden zijn bovenbenen over de randen terwijl de poten bijna onder zijn gewicht bezweken. Met zijn knuisten propte hij hompen brood in zijn mond die hij zonder kauwen met koffie wegspoelde. Na tien minuten kwam hij weer omhoog en vertrok, waarna de knechten de stoelen stapelden en iedereen zich over het terrein verspreidde.

Vlak voor zonsondergang kregen ze een broodpakket en een fles frisdrank. De knechten verdwenen naar het terrein achter het overdekte deel van de manege, waar een paar oude caravans en huifkarren stonden opgesteld in een halve cirkel. M. liep de andere kant op, over het stoffige grind het erf af, de weg over naar het lagergelegen fort. Een wolkendek hing boven het dal en miezerregen glinsterde op het wegdek. Met iedere stap die ze zette werden de geluiden van de paarden in haar rug vager. Tegen de tijd dat ze om de gebouwen heen was gelopen, in de armen van de U, was het gehinnik verstomd. Het laatste stuk naar de dubbele deuren werd ze alleen nog vergezeld door het ritmisch klokken van haar te grote rijlaarzen.

In de lege slaapzaal pakte ze het schriftje dat ze van de informatiebalie van de manege had meegenomen en waarop ze in sierlijke krulletters 'Frans' had geschreven. Voorovergebogen op een van de bedden zette ze voorzichtig de woorden onder elkaar die ze die dag had onthouden.

Cheval.

Chien.

Pain.

Café.

Cigarette.

Sperme.

Het laatste woord had ze opgepikt toen een van de knechten naar de ijskast in de zadelkamer had gewezen, waar het kostbare zaad van de prijshengsten werd bewaard. Ze vouwde het folie rond het brood open en nam een stukje.

Lekker, zei ze hardop. Het brood was niet te eten, zo taai, maar ze wilde haar stem horen om te zien of die het nog deed. Lekker, zei ze nog een paar keer, wat harder en overdreven articulerend om haar tong los te krijgen, terwijl ze naar de helverlichte balken in de nok staarde, alsof het woord tot daar zou komen, in stukjes uiteen zou vallen en in een andere vorm terug zou kaatsen, als een gesprek.

Ze zwoegde. Tijdens de korte pauzes dronk ze inmiddels gretig van de bittere koffie, waarvan op de eerste dag de geur alleen al haar had doen kokhalzen. Het zware brood met salami schrokte ze even snel weg als de knechten. Als de zoon niet keek lieten de knechten razendsnel zelfgerolde sigaretten rondgaan die M. ook niet meer afsloeg. Ze wist niet precies wat erin zat, maar ze werd er licht van in haar hoofd. Het mesten van de stallen ging daarna veel sneller. Maar haar favoriete moment was als ze alleen op de schimmel weg mocht. Als ze bij zonsopgang de paarden naar de wei bracht en op het hoogste punt van de berg stond, boven de mistlakens die over het dorp in de vallei lagen, boven de bomen die hun bladeren lieten afglijden in hoopjes rond hun voeten, staarde ze net zo lang voor zich uit tot de kudde achter haar begon te stampen. Altijd duwde ze even haar gezicht tegen de hals van de schimmel voor ze van zijn rug sprong.

Op een middag gebaarde een knecht haar mee te komen naar een van de stallen. Toen hij grijnsde leek hij op een paard, met vergeelde stompen en donkere grotten achter de snijtanden. In het midden van de stal stond een houten bok bedekt met leer, zoals bij gymles. Als ze nu de overslag zou doen was ze bang dat ze zichzelf door de stal zou katapulteren, zo sterk was ze hier geworden. De andere knechten stonden eromheen, met hun armen over elkaar geslagen tegen de tralies van de boxen geleund. De paarden waren onrustig. Sommige draaiden rondjes in het stro, andere hinnikten en bonkten tegen de deuren. Toen de knecht met het paardengebit verscheen met een draver aan de hand draaiden alle hoofden in zijn richting. Het was een van de prijshengsten. Parmantig liep het dier de stal binnen, met wijd open neusvleugels. Zijn knieën en staart waren hoog opgetrokken. Opeens greep een knecht met een rubberachtig, geel gezicht M. in haar nek en duwde haar richting de bok. Zijn smalle vingers drukten stevig in haar hals. De jongen blafte haar iets toe, maar ze begreep hem niet. De andere knechten begonnen te lachen en te joelen, sommigen klapten in hun handen. De hengst werd briesend langs de boxen geleid. Met iedere dribbelende stap die hij dichterbij kwam juichten de knechten harder. De man naast haar kneep nu ruw in haar schouders, duwde haar op haar knieën op de stalvloer, onder de bok. Zijn ogen glinsterden. Zonder haar los te laten drukte hij haar een koker in handen. De knecht met de draver brulde iets onverstaanbaars waarna de man opzij sprong, net op tijd voordat de hengst met zijn hoeven maaide op de plek waar zo-even zijn gezicht was geweest. Met een doffe klap landde het dier recht boven haar hoofd op de bok. De knechten juichten en klapten nu alsof ze naar een voetbalwedstrijd keken. Het geluid weerkaatste tegen de tralies van de boxen en versmolt met het gegil van de merries en het steunen van de hengst boven haar. Haar greep rond de koker verstrakte. De eerste keer dat de paarse slurf haar bijna in het gezicht sloeg dook ze weg, maar daarna klauwde ze naar de schacht en propte hem in de koker. De hengst zuchtte met diepe keelgeluiden, ten slotte rilde hij een laatste keer. Zijn staart knakte als een gebroken tak. Het beest viel slap over de bok, zijn hoeven bungelden links en rechts langs haar hoofd. Soepel schoof ze onder de bok vandaan en gooide de koker naar de man met het gele gezicht, die hem geschrokken ving. Met samengeknepen ogen liep ze door de muisstille haag van knechten naar de uitgang. Toen pas zag ze de zoon in de deuropening staan. Ze knikte kort en liep toen verder terwijl ze haar voeten uit elkaar plaatste, als een man. Nadat ze de hoek om was geslagen en het daglicht de vlekken van haar netvlies had gespoeld, trokken haar nagels langzaam uit haar handpalmen.

De rest van de middag stortte de regen uit de hemel. Toen ze de paarden van de wei ging halen hingen de druppels aan hun wimpers. In stap reed ze op de rug van de schimmel voor de kudde uit, de berg af. Het wegdek was glad, de bermen waren drassig; ze wilde geen valpartijen. Ze genoot van het geluid van de klossende hoeven op het asfalt in haar rug. Ze hoefde de schimmel maar aan te sporen en de kudde zou losbarsten, een stormloop die zij aanvoerde. Alles in hun baan zouden de paarden slopen, voorbijgangers zouden door hun hoeven worden vertrapt, gebroken oogkassen, verbrijzelde enkels, tanden die afbraken als luciferhoutjes. Ze sloot haar ogen en vertrouwde op de schimmel, die reageerde op haar benen. Hier ben ik, fluisterde ze. Snot vermengd met water stroomde haar mond binnen. Ze wierp haar hoofd in haar nek en zei het nog eens, harder tegen de regen, hier ben ik, tot ze het uitschreeuwde en verschrikt haar ogen opende. De schimmel trok even met zijn oren maar liep onverstoorbaar verder.

Die nacht drukte de stilte in de lege slaapzaal weer op haar hersenen. Ze hield zich vast aan de randen van het bed om niet in het zwarte ravijn te vallen. Vanaf grote hoogte zag ze zichzelf liggen, haar gekromde silhouet onder de dekens, waardoor het even leek alsof ze niet alleen was. Opeens hoorde ze een geluid, hoewel ze haar zintuigen inmiddels niet meer vertrouwde. Een vuurvliegje danste door de ruimte. Ze hield haar adem in en knipperde een paar keer om zichzelf ervan te verzekeren dat het lichtje niet aan de binnenkant van haar ooglid zat. Het vuurvliegje naderde langzaam haar bed om toen ineens op te lossen. Een zucht. Een lichaam schoof achter haar onder de dekens waardoor ze met haar rug tegen de figuur aan kantelde. Warme adem in haar nek, de geur van nicotine.

Ze verdronk bijna in zijn gestalte. Opeens dacht ze aan Boelie, zijn kleine lichaam tegen het hare. Een hete golf sloeg in haar gezicht. Ze had nog niet één keer aan hem gedacht. *Egoïst*, hoorde ze haar moeders stem terwijl een hand onhandig tussen haar benen bewoog. Egoïst, dacht ze toen potige vingers bij haar naar binnen werden geduwd - eerst een, daarna met moeite een tweede. Verstijfd bleef ze liggen. In de uren die volgden wist ze niet of ze wakker was of droomde, maar voor het eerst had ze het de hele nacht niet koud.

Vanaf dat moment wist ze precies wanneer het zes uur was en de dag begon. Niet omdat de zoon haar dan kwam halen, maar omdat hij wegging.

XII

De dagen waren voorspelbaar, alles werd lichter. De kruiwagens met mest reed ze makkelijker weg, het verslepen van de hooibalen deed haar niet meer naar adem happen en de hoon van de knechten ging langs haar heen. Spreken deed ze nauwelijks. Als ze 's ochtends de paarden naar de wei had gebracht wandelde ze even door de kudde, die zich geleidelijk aan uitspreidde over de golvende grond van de vallei. Slierten nevel hingen als suikerspinnen boven het gras waardoor het leek alsof de paarden zweefden. Als de zoon in zijn pick-up toeterde liep ze terug naar de top van de heuvel, stapte in en reed zwijgend mee terug naar de manege.

Als alle taken voor de dag sneller waren afgerond dan verwacht, hadden ze een paar uur vrij. De knechten verdwenen naar hun caravans achter de manege, waar ze grote blikken bier dronken, vuur stookten en rookten tot het donker was.

M. stopte haar pakketje brood onder haar trui en verdween in de bossen. Het werd iedere dag sneller donker dus ze moest oppassen dat ze niet te ver van de manege afdwaalde. Meestal ging ze bergopwaarts om weg te duiken in de wolkachtige begroeiing. Op een paar minuten klimmen was haar eerste oriëntatiepunt: een bergbeekje waarvan het water steenkoud was. Toen ze haar hand er voor de eerste keer in stak versteende ze, maar ze dwong zichzelf tot zestig te tellen. De keer daarop het dubbele. Soms zat ze op de heuvel tegen een boom en at het smakeloze brood uit haar schoot, soms liet ze schelle kreten uit haar keel door het woud echoën. Dan schoten vogels omhoog uit haar mond alsof ze daar al die tijd een nestje hadden gebouwd, en klapwiekten weg naar de boomtoppen. Terwijl het dal verder wegzakte in het schemerdonker, trok zij omhoog, naar het licht, tegen de stroom van het water in. Onderweg zag ze reeën, konijnen, everzwijnen en soms een vos, die van het ijskoude water dronk zonder haar een seconde uit het oog te verliezen. Op een gegeven moment kwam ze in een deel van het woud dat haar deed denken aan het dennenbos op weg naar het kamp, en aan de uithoek op het vakantiepark (*de blokhut met de bouwlamp, Boelie op de brancard, de caravan in de nacht*). Ook hier hadden de bomen lange, smalle basten en helemaal bovenin wat begroeiing die het laatste beetje daglicht tegenhield: reuzenvogels op stoppelige poten waar zij als een kat tussendoor liep. Ze omzeilde de uitstekende wortels zodat ze niet op hun tenen stond. Als de wind aantrok dwarrelden de naalden uit de boomtoppen.

In het donkere woud kwam ze de vreemdste dingen tegen: halfvergane tuinsets, een autowrak zonder wielen, een walkman, een My Little Pony, lege gasflessen, een wieg, een vrieskist die zo stonk dat ze moest kokhalzen en een paspop met een bloemetjesjurk die rond haar middel was geschoven. De natuur vrat de spullen langzaam op. Uit het oog van de pop kropen wormen en spinnen, die ze voorzichtig liet overstappen op haar hand. Als de schemering viel draaide ze om en stoof ze door het dennenwoud terug naar de bergbeek, van daaruit via het groene bos naar beneden, tot de daken van de manege en de bijgebouwen als grote vlakken in de diepte opdoemden.

Op een late middag was ze verder gedwaald dan anders. Het geluid van het stromende water in het beekje was al lang geleden verstomd. In een uitsparing hoog op de helling stuitte ze op een rotswand die boven haar uittorende, dwars door het wolkendek heen. Hij was te steil en glad om te beklimmen, dus volgde ze de basis dieper het bos in. Naarmate ze verder kwam dunden de grijze bomen uit om plaats te maken voor lage struiken en planten. Nergens was een pad te bekennen. Achter haar was het donkere woud, vóór haar een groene zee. Ergens in de verte schemerde licht. Ze waadde door het bladerdek dat tot haar middel kwam, terwijl ze de rotswand aan haar linkerhand niet uit het oog verloor. De struiken werden steeds hoger, takken grepen naar haar gezicht. Behendig ontweek ze het gezwiep en zigzagde tussen de magere basten door, terwijl ze dacht aan de zoon, zijn enorme, haarloze lichaam, zijn lompe motoriek en zijn gewicht dat haar verdrukte – hier zou hij hulpeloos zijn. In dit woud zou hij verstrikt raken in de planten die zich als lianen om hem heen zouden wikkelen, steeds strakker. Hij zou naar haar graaien, de struiken met wortel en al uit de aarde rukken, maar zij was sneller. Steeds soepeler schoot ze door het groen, haar kruin nog nauwelijks zichtbaar boven het struikgewas. Ze dook onder, dicht bij de grond. De zoon ploegde achter haar voort maar kon haar niet bijhouden. Uitlopers knelden rond zijn polsen, enkels en nek en steeds wanneer hij dacht dat hij haar bijna had, grepen zijn worstenvingers mis. Toen ze achteromkeek loeide hij als een gewonde stier. Op veilige afstand hurkte ze neer, onzichtbaar in de plantenzee, en wachtte tot de bladeren om haar heen tot rust waren gekomen. Toen liet ze zich achteroverzakken, met haar achterhoofd in het zand, en tuurde naar de bladeren boven haar. Een slak gleed ondersteboven boven haar langs, een rups gleed over een steel en rechts van haar roetsjte een spin naar beneden. Ze liet ze begaan, sloot haar ogen en liet zich dieper vallen, de aarde in. Plotseling schoof een schaduw over haar heen die snel groeide. De zoon viel sneller dan zij, zijn gewicht was onontkoombaar. Ze kwam overeind en keek om zich heen. De rots torende nog steeds boven haar uit maar het licht dat eerst in de verte had gegloord kwam al dichterbij.

Wijdbeens stampte ze verder door de planten, tot ze een open plek bereikte die eindigde in het luchtledige. Toen ze de rand bereikte vulde haar buik zich met lucht. De diepte die honderden meters onder haar voeten eindigde in een zwarte kloof vol bomen, trok. Ze dwong zichzelf weg te lopen van de rand. In de rotswand achter haar gaapte een opening. Ze stapte erin, met haar hand tegen het graniet. Toen haar ogen aan de duisternis waren gewend zag ze nissen in het plafond, waaruit grillige punten staken. Uit de gewelven klonk een zacht, monotoon geknaag. De rots klappertandde. Langzaam werd haar zicht scherper. Het plafond van de grot was bedekt met vleermuizen. Als zwartleren schoenen bungelden ze boven haar hoofd, hun vleugels dichtgeklapt over hun hoofden. Ze hield haar adem in. Het ruisen van de talloze vleugels was als het zoemen van testbeeld. Ze lachte in zichzelf. Dit was het. De zoon zou haar volgen door het woud met reuzenvogels, dwars door de groene zee van planten hiernaartoe, naar het licht, naar de afgrond. Verbaasd zou hij naar de rand lopen. Niemand zou het weten, ze zou niet eens haar sporen hoeven uitwissen.

Ze klauterde de grot uit, greep een tak van de grond en ging weer naar binnen. Het was alsof duizenden kraalogen haar in de zwarte hemel aanstaarden. De vleermuizen wisten wat hen te doen stond, wachtten haar bevel af. Nog even, fluisterde ze, op mijn teken. Ze sloot haar ogen. De zoon waadt voorovergebogen door de struiken, met handen als peddels. Rood en bezweet is hij op zoek naar haar, om haar te pletten. Wacht, zegt ze tegen de vleermuizen, en ze steekt haar hand omhoog. Het geruis in de grot zwelt aan, vleugels huiveren. Pluizige hoofden komen tevoorschijn uit het zwarte leer. De zoon maakt zich los uit de laatste strengen en struikelt het plateau op, zijn arm geheven tegen het felle licht. Na een paar passen stopt hij abrupt en rekt zijn nek om in de diepte te kijken. Het plafond boven haar hoofd begint te golven. M. houdt haar hand nog steeds omhoog, wacht tot de zoon achteromkijkt en aarzelend nog een stap naar voren zet.

Nu!

Gillend begint ze met de stok tegen de wanden te slaan. De rots implodeert. Een zwarte wolk jaagt langs haar heen naar buiten om te versplinteren in het zonlicht. Razendsnel is ze bij de rand van het ravijn. De zoon tuimelt geluidloos door de lucht, stuitert langs uitstekende rotsen de afgrond in en valt dan honderden meters lager op een boomkruin. Even blijft hij roerloos liggen, daarna glijdt hij weg in de diepte. Het is weer doodstil. M. kijkt omhoog, naar de zwerm die boven haar in de lucht cirkelt. Een paar laatste vleermuizen zeilen achter haar de grot uit en grijpen zich vast aan het struikgewas. Hun spitse gezichten draaien zich naar haar toe.

Dank je wel, fluistert ze en ze duikt het gebladerte in.

XIII

Het ging niet om de pijn. Pijn was niet erg, zeker niet als hij voorspelbaar was. Het ging om het binnendringen. Van je huis, je slaapkamer, je lichaam, je hoofd, je gedachten.

De laatste nacht besloot ze buiten te blijven. Daar was ze ongrijpbaar, daarom wilde haar vader altijd voorkomen dat ze het huis verliet. De buitendeuren op slot, de sleutels verstopt, de autosleutels van haar moeder in zijn zak. Soms legde hij een geladen jachtgeweer in haar bed, zodat ze niet zou bewegen. Maar als het haar lukte te ontsnappen, was ze vrij. Dan stond ze buiten de muren en keek naar binnen, zag de donkere huizen aan de grijze straten, een lantaarnpaal bij het kruispunt, koplampen die de bochtige weg voor zich uit schoven. Een enkele keer rende haar moeder met haar mee, maar ze was onhandig, struikelde vaak en huilde. Dat huilen. Haar moeder was niet gemaakt voor buiten. M. verdacht haar er soms van dat ze ontdekt wilde worden. (*Je doet 't erom.*) Op een nacht keken ze plat op hun buik in het natte gras vanaf een heuveltje uit op hun huis. De stof van haar pyjama plakte tegen haar lichaam. Zwijgend volgden ze het geschreeuw, de slaande deuren, de lichten in de garage, haar vader die wijdbeens voor de auto stond. Ze verstijfde toen hij hen recht aankeek. Minutenlang, zo leek het. Haar hartslag zakte naar het diepste punt van de aarde. Precies op het moment dat hij zich wilde omdraaien slaakte haar moeder een kreet en sprong overeind, als een spook in haar witsatijnen nachtjapon. Een slang, gilde ze, terwijl ze wild met haar armen op zichzelf sloeg, een slang! Wat volgde was een achtervolging die de naam niet waard was omdat haar moeder meteen opgaf. Toen haar moeders gegil en de ritmische klappen uit het huis klonken, kwam ook M. uit haar schuilplaats tevoorschijn.

Ze was om het U-vormige gebouw heen geslopen en de weg overgestoken naar het erf van de manege en de stal van de schimmel. Daarachter zocht ze op een hoger gelegen punt een plekje tussen de bomen, van waar ze zicht had op zowel de stal als het erf. Ze doezelde al een beetje toen de deur met een klap dichtsloeg. De zoon kwam de woning uit en stak het erf over. In het licht van de stallampen die een voor een aansprongen, gleed het silhouet van zijn reusachtige lichaam voorbij. Ze volgde zijn rug die steeds kleiner werd.

Uit de stal klonk het geschuifel van hoeven. De schimmel had haar allang geroken. Morgen ga ik weg, zei ze, ik zal je missen. Ze leunde met haar achterhoofd tegen een boom en keek omhoog, langs de bast die een schaduw vanaf haar kruin naar de sterrenhemel trok. Het was een heldere nacht, paarsblauw met witte spikkels. Een van de stipjes gleed een paar centimeter opzij, stopte even en zakte nog iets verder af. Ze probeerde patronen in de sterren te zien – een eend, een kat, een pelikaan, een vleermuis. Ze grinnikte. Precies dezelfde sterrenhemel hing nu boven het vakantiepark, de caravan, het ziekenhuis, boven haar moeder en Boelie. Toch was het hier anders. Er was een leven op de grond en een leven in de lucht. Het ene was chaotisch en onvoorspelbaar, het andere vredig. Misschien leefden er ook wezens op andere planeten en zagen zij het andersom. Was zij een stip in het zwart die maar een beetje was verschoven – vredig.

Achter haar klonk geritsel. Toen ze opkeek zag ze goudgele ogen onder een grijze frons, de bek licht geopend in een glimlach. Als vanzelf opende ze haar hand. De wolf sloot zijn kaken en spitste zijn oren. Hoi, zei ze. Hallo. Ben je verdwaald? Ze dacht aan de buks van de zoon in de zadelkamer, en gluurde snel naar het erf en de weg. Niemand. Toen ze weer opzij keek lagen de oren van de wolf achterovergeklapt, zijn oogleden hingen laag. Hij hijgde zachtjes. Ga maar snel, zei ze, het is hier niet veilig. Knarsend grind in de verte, een echo van voetstappen. Uit de stallen klonk gehinnik en gesnuif. Nu sloegen ook de honden aan. Vlak bij haar stond de zoon stil in het licht van de stal. Behoedzaam keek hij om zich heen, zijn samengeknepen gezicht leek te verdrinken in zijn enorme schedel. Beestjes onder de lamp vlogen in een krans rond zijn hoofd. Vanuit de bosjes op de heuvel keken de wolf en M. op hem neer, op slechts een paar meter afstand. In de kalkmuur naast een van de staldeuren stak een stalen pin waarmee je de luiken kon sluiten, vlak naast zijn nek. Ze zou hem kunnen bespringen. Het zou pas tot hem doordringen op het moment dat de pin naast zijn adamsappel naar buiten kwam.

De zoon haalde mompelend zijn schouders op en liep toen terug naar de boerderij. Ze wist dat hij geen alarm zou slaan.

Toen ze opzij keek was de wolf verdwenen.

XIV

Zodra de oude Mercedes de volgende ochtend het terrein op draaide trokken haar schouders omhoog. De stroomdraden in haar lichaam knetterden. Ze greep haar rugzak, stapte in en keek niet meer om.

Onderweg tikte haar moeder nerveus met haar ringen tegen het stuur. Ze vertelde alleen het hoognodige over Boelie, die uit het ziekenhuis was ontslagen – enorm geluk gehad, zei de dokter, het had ook heel anders kunnen aflopen – en ging toen over op de orde van de dag. Ze had nieuwe kleren voor M. gekocht en was iemand tegengekomen bij de supermarkt, die vrouw met die knappe dochters, weet je wel, wat hebben die meiden toch een goed figuur, en god, wat stink je naar paard en waarom staat dat haar nog steeds overeind als een wc-borstel, je ziet er niet uit. M. hoorde nauwelijks wat ze zei. Op de vraag of ze veel had gereden antwoordde ze ja, op de vraag of ze Frans had geleerd ook (*Cheval. Cigarette. Sperme*). Haar moeder zei dat ze haar nog zou overhoren.

Het vakantiepark zag er nog precies hetzelfde uit. Na de weidsheid van de groene velden en heuvels voelde het terrein klein en armoedig. Een verkoolde krater in een kleuterbos. In hun huisje was het koud, ballonnen vocht welden op onder de vensterbank. Het leek alsof er al die tijd niemand was geweest.

Haar moeder haalde Boelie op bij Rinus en tante Betty. Onmiddellijk kroop hij bij M. op schoot, drukte met zijn warme handen brandplekken van schuld op haar huid. Ze sloeg haar armen om hem heen en stak haar neus in zijn kruin. Ze voelde zich zwaar als een steen. De ruitjesstof van de bank, de stapels reclamefolders, het metalen aanrecht in het keukentje: ze herkende het allemaal maar het leek alsof ze er niet was. Alsof haar geest de hele weg naar huis vlak boven de auto was meegevlogen en bij het uitstappen een steile vlucht omhoog had genomen, naar de wolken boven het park.

Niet veel later zag ze Frenkie buiten met zijn stok heen en weer scharrelen door de bladeren. Af en toe keek hij met grote ogen richting hun huisje. Hij droeg een strak ski-jack dat ze niet kende. De rits was kapot waardoor de onderpanden uiteenvielen als een tentdoek. Hij leek opeens veel jonger dan zij, een klein kind nog. Ze keek weg.

Haar moeder zat aan het barretje. Vóór haar stond een potje waarin ze twee vingers had gestoken.

Kijk, zei ze terwijl ze haar vingers eruit trok en in de lucht hield. Haar nagels waren bedekt met rode lak, behalve de twee die in het potje hadden gezeten. De scherpe geur van aceton krulde langs M.'s neus. Ze sloot kort haar ogen terwijl ze inhaleerde.

Hartstikke handig, je steekt je vingers erin en ze worden schoon.

M. knikte. Toen duwde ze Boelie van zich af, ging de slaapkamer in en trok zachtjes de deur achter zich dicht.

Verkrampt staarde ze naar het paarsblauwe schijnsel dat door een kier in de gordijnen naar binnen viel. Maanlicht trok een streep over haar lichaam. Door het werk op de manege waren haar spieren groter en sterker geworden waardoor ze haar binnenste nog harder fijnknepen. Ze had zich moeten douchen, net zo lang tot de stank van de stallen uit haar poriën was gespoeld, zei haar moeder terwijl ze erbij kwam zitten, op de wc-pot. Haar knieën raakten bijna de douchecabine. De plastic deuren rammelden toen M. tijdens het wassen haar elleboog ertegenaan stootte. Wat ben je toch mager, zei haar moeder tegen haar gekromde rug. Je hebt zeker weer niks gegeten daar. Afkeurend klakte ze met haar tong. Bruine drab cirkelde rond het afvoerputje, werd langzaam pisgeel en pas toen het water helder door de gaatjes wegstroomde mocht ze eruit. Nu lag ze schoongeschrobd onder de dekens, als een dier zonder vacht. Even had ze gedacht dat het leven alleen, buiten in de natuur met de dieren, haar een beschermlaag had gegeven. Een dunne maar ondoordringbare pels zoals de paarden die hadden, waar alles gladjes vanaf stroomde. Ze had zichzelf voor de gek gehouden. De angst had zich binnenin opgehoopt, in haar spieren.

Cheval. Cigarette. Sperme.

De woorden ijsbeerden door haar hoofd.

Ze luisterde naar elk geluid dat door de dunne wanden naar binnen kwam en haar ademhaling afkapte. Waren dat voetstappen? Rammelde er iemand aan het raam van de woonkamer? Wat was die schaduw die door het maanlicht gleed?

Ze probeerde het beeld van de paarden terug te halen, de zwevende kudde op de wolken en de glooiende heuvels om haar heen. Ze dacht aan de schimmel, haar wang tegen de zijne, de weeë geur van zijn vochtige hals. Toen ze aan haar handen en armen snuffelde rook ze niets. Eigenlijk wist ze al niet meer hoe hij eruitzag, alsof het water ook haar herinneringen had weggespoeld.

Toen ze wakker werd en de houten schrootjes van het plafond zag, wist ze meteen weer waar ze was. Slaperig tastte ze met haar hand naast zich. Toen ze een leeg, koud vlak voelde schoot de angst langs haar rug. Eenmaal overeind gekomen wist ze het weer: Boelie was niet dood. Hij lag bij haar moeder. Voor de gezelligheid, had haar moeder gezegd. Voor straf, wist ze.

Vanaf nu moesten ze mee op pad. Ze mochten niet meer alleen thuisblijven, dus gingen ze met z'n allen boodschappen doen en *dingen regelen*, zoals haar moeder zei. Thuiszitten was niets voor haar, zei ze ook altijd, dan vloog ze tegen de muren op. M. had het tellen van praatpalen opgegeven omdat er geen andere eindbestemming denkbaar was dan het vakantiepark, maar onbewust tekende ze de route van hun dagelijkse lus in een landkaart achter haar voorhoofd. Ze had verschillende kleuren voor hoofdwegen, zijwegen en landwegen, symbolen voor plekken met een specifieke functie (tankstations, politiebureaus, parkeergarages, scholen), en een geschat aantal meters (per honderd) voor de stukken ertussen.

Langs het raam van de auto schoten de polders en dorpen voorbij. Soms staarde ze naar haar eigen gezicht in het raam om te zien hoe ze daar in de auto zat en naar zichzelf staarde. Als haar moeder in een goede bui was zette ze de radio aan en zong ze hard mee met Barbra Streisand, terwijl Boelie klappend van de pret op de achterbank op en neer veerde. Als haar moeder meezong, schitterde ze als een filmster.

Maybe I'm wrong to hold you in my hand
I believed you when you lied
I tried to understand
All my life, I've been that way
It happened long ago
Make it like a memory

De eerste pianoklanken waren als muizenvoetjes, de stem van de zangeres even vol als verfijnd. Na het eerste couplet vielen de drums in en sneed de elektrische gitaar door de auto. Terwijl haar moeders wangen steeds natter werden, brulden ze samen mee met de muziek.

Make it like a memory
Make it like a dream unreal
Make it like we never met
But I can't forget

De minutenlange toegift van het orkest op het eind vond M. het mooiste. Aangekondigd door het roffelend onweer van de pauken denderde een mars van blazers de auto binnen, die na precies zesentwintig tellen plotseling werd afgesneden door woedende strijkers, aangemoedigd door bekkens die overal doorheen pletsten alsof ze in de stromende regen stampten. Haar moeder draaide het volume nu helemaal open. Ze drumden met hun handen mee in de lucht, bewogen hun ellebogen op en neer met de violen en hun hoofden op de maat van de trom, tot het hele orkest samenviel en haar moeder haar rechtervoet tot op de bodem van de auto indrukte. Op die momenten hoopte M. dat ze nooit meer zou afslaan, plankgas rechtdoor, tot de praatpalen, het vakantiepark, de weilanden, de greppels en haar vader voorgoed in de achteruitkijkspiegel waren opgelost.

Deze namiddag zaten ze al zo lang in de auto dat M. steeds ongeruster de trillende benzinemeter in de gaten hield. Die was onbetrouwbaar, maar aan de hevigheid van het trillen kon ze zien hoe lang ze nog ongeveer hadden. Haar moeder vroeg geërgerd mee te zoeken en noemde aanwijzingen die zouden moeten leiden naar een specifiek winkelcentrum, maar M. kende de weg niet en wist niet waar ze waren. Toen ze eindelijk een parkeerterrein op draaiden zakte het laatste daglicht achter het platte gebouw. Een late bezoeker verdween nog snel tussen de schuifdeuren, de helverlichte galerij binnen. Haar moeder zette de auto overdwars in twee parkeervakken en trok de handrem aan.

Zo terug, zei ze. Ze sloeg de deur achter zich dicht, greep haar kraag stevig vast en haastte zich met kleine passen naar de ingang. Boelie had al de hele dag vlammende wolken op zijn wangen. Zodra haar moeder uit het zicht verdween begon hij te jengelen. M. was te moe om hem te troosten. Ze sliep slecht. Zodra ze 's avonds haar ogen dichtdeed was het alsof ze in een voortrazende nachttrein zat: vlakken zwart werden afgewisseld met lichtflitsen, beelden, het geluid van piepend staal tegen een achtergrond van radioruis. Haar broertje voorover in een vijver, zijn truitje bol. Haar vader grijnzend in een deurpost met zijn handen in zijn zij. Zwarte weilanden. Het bloedeloze gezicht van haar vader opeens vlak bij haar, neus tegen neus, zijn zweet tegen haar huid, zijn bittere adem. Zwarte weilanden. Haar moeder, schreeuwend, smekend, uitzinnig lachend, zingend, dansend, langzaam vervagend. Altijd buiten bereik. Zwarte weilanden.

Haar broertje begon harder te jammeren nu, terwijl er kwijl uit zijn mond liep. Toen ze aan zijn voorhoofd voelde schrok ze van de schrale gloed tegen haar koude hand. Met een ruk trok ze de autosleutels uit het contact en gaf ze aan hem.

Hier, zei ze, ga maar lekker liggen, ik ga mama halen.

Ze wilde de handgreep van de autodeur al naar zich toe trekken toen haar borst verkrampte.

Nee, nee. Natuurlijk niet. Ik laat je niet alleen. Kom.

M. stapte uit, trok het achterportier open en spreidde haar armen. Boelie bleef achterover op de bank liggen.

Kom, zei ze nog eens, ga je mee mama zoeken?

Geen reactie. Ze pakte zijn enkels en sleepte hem in een vloeiende beweging naar zich toe. Hij wrikte zich als een worm uit haar handen. Ze dook de auto in, greep zijn trui en trok hem weer naar zich toe, maar hij bleef spartelen. De autosleutels vlogen door de lucht, ketsten tegen haar voorhoofd en vielen op het asfalt.

Au! Ze keek hem verontwaardigd aan. Boelie staarde met donkere ogen terug. M. deinsde achteruit. De blik van haar vader. Nog nooit had hij zo naar haar gekeken, zo tegen haar gedaan. Ze dacht terug aan de brancard, het koude water, zijn zoektocht door het huisje, naar haar, misschien wel urenlang. Haar knieën zakten weg waardoor haar schenen langs de rand van de auto schaafden. De huid rulde onder de stof van haar broek. Het deerde haar niet.

Kom nou, zei ze zachtjes. Kom. Ze herhaalde het alsof ze een kat lokte, net zo lang tot hij een lege zucht slaakte en naar haar toe kroop.

Het parkeerterrein was inmiddels met een grauwe wolkensluier bedekt. De overgang naar de tl-verlichting in de winkelgalerij was groot. Het geratel van rolluiken echode door de lege gangen. Ze hees Boelie hoger op haar heup en snelde verder, tot ze op een T-splitsing kwam waar een slungelige jongen een polonaise van winkelwagens voortduwde. Als dronkenmannen zwabberden de wagentjes alle kanten op, hij kreeg ze niet onder controle. Toen hij merkte dat ze naar hem keek, rolde hij even met zijn ogen. Ze glimlachte en liep door. Rechts van haar waren de winkels al gesloten. Ze sloeg links af en volgde een lange balustrade. In de diepte was een tweede gangenstelsel zichtbaar, met dezelfde vloeren van okergeel zeil. De laatste deuren werden dichtgetrokken, aan de andere kant van het glas deden de winkelmedewerkers het slot erop. De uren hadden aan hun mondhoeken getrokken. Wat was haar moeder aan het doen? Waar zou ze kunnen zijn? Boelie werd te zwaar. Toen ze hem neerzette liet hij zich meteen achterovervallen, op zijn billen. Zijn wangen waren vuurrood, zijn ogen waterig. Ze keek achterom, maar ze kon de ingang vanuit hier niet zien. Wat als ze werden ingesloten? Ze zuchtte, greep haar broertje onder zijn oksels, plantte hem weer op haar heup en haastte zich verder.

Ze liep de galerij af tot ze in de uiterste hoek op een donker trappenhuis stuitte. Via de glazen wanden kon ze op het parkeerterrein kijken, waar precies op dat moment de lantaarns aanfloepten. Ze twijfelde. Was er misschien een andere uitgang? Paniek kriebelde onder haar shirt. Ze liep terug naar de balustrade en tuurde de winkels af. Niets. Net toen ze wilde teruglopen schoot een stroomstoot door haar heen. Beneden haar klonk een monotoon gebrom, een mannenstem die ze uit duizenden herkende. Ze sloot haar ogen om zich te concentreren, maar het geluid was alweer weg.

Nadat ze Boelie weer op de grond had gezet leunde ze met haar buik zo ver mogelijk over de balustrade. In de verste uithoek bewoog iets. Ze boog nog wat verder voorover, tot haar tenen boven de grond zweefden, en zag toen een stukje van de lammyjas. Gezicht en lichaam gingen schuil onder het beton van de verdieping waarop zij zelf stond, maar ze herkende de slip van de jas. Ze wilde haar roepen, maar iets hield haar tegen. Boelie begon weer zachtjes te jengelen. Het geluid weerkaatste door de galerij.

Sst! M. duwde haar hand tegen zijn mond, te hard. Verschrikt hield hij zijn adem in.

Toen ze zichzelf weer als een krant over de reling had gevouwen en haar ogen aan de jas van haar moeder haakten, dacht ze een schaduw op het zeil te zien groeien, breder en hoekiger dan het ronde silhouet van haar moeder. Een nagel trok een streep over haar rug. Ze richtte haar volle aandacht op de geluiden in de uithoek onder haar. Schuifelende voeten, waarna de twee schaduwen in elkaar overvloeiden.

Precies op dat moment begon Boelie te brullen, een dierlijke uithaal die uit zijn tenen kwam. Het loeide door de ruimte als de aanzet van een luchtalarm. Razendsnel knielde ze naast hem neer, haar hand als een demper tegen zijn gezicht gedrukt. Wild schudde hij met zijn hoofd en klauwde naar haar armen. Een hete gloed straalde van hem af als een kacheltje. Hij hield niet op, ze drukte harder, duwde zijn neus en lippen naar binnen terwijl haar andere hand de achterkant van zijn schedel tegenhield. Toen hij haar beet trok ze haar hand terug en haalde uit, met volle kracht. Een deur die dichtsloeg.

Daarna was het stil. Strepen van haar vingers werden langzaam zichtbaar op zijn wang. Hij maakte geen geluid meer, staarde haar alleen nog aan terwijl in de diepte de schuifdeuren zich openden en weer sloten. Getik van hakken op het zeil.

M. greep haar broertje en zette het op een rennen, zo dicht langs de etalages dat ze er af en toe tegenaan schampte, de lange balustrade af, langs de geparkeerde polonaise van winkelwagens in de hoek. Boelies brandende hoofdje schokte tegen haar gezicht, maar ze rende door, rechtsaf, het laatste stuk naar de uitgang. Buiten zoog ze haar longen vol. Een laatste sprint. Ze gooide Boelie op de achterbank, trok het voorportier open en ging met een stalen gezicht zitten.

Het lege contact naast het stuur. De autosleutels.

Ze dook weer naar buiten en tastte onder de auto. Haar vingers stuitten op het leer van de sleutelhanger. Net toen ze de sleutel weer in het contact had gestoken ging de verlichte bek van het winkelcentrum open en verscheen haar moeder. Haar smalle enkels onder de lange jas kwamen gehaast richting de auto.

Toen ze het portier dichttrok huiverde ze even.

Koud, jongens. Hoe gaat het hier?

Het lukte M. niet haar aan te kijken. De woede knetterde onder haar huid. Ze was bang dat als ze nu haar mond opendeed, een steekvlam de auto in lichterlaaie zou zetten.

Haar moeder lachte hoofdschuddend.

Ze hadden niet wat ik nodig heb.

De volgende ochtend zat M. slaperig aan het kleine tafeltje bij het raam terwijl ze probeerde Boelie stukjes banaan te voeren. Toen ze opkeek herkende ze de auto in de verte onmiddellijk. Stapvoets reed hij over het terrein, zoekend als een roofdier. Haar arm hing roerloos in de lucht. Boelie maaide ongeduldig de banaan uit haar hand, waarna die met een boog op de vloer kwakte. Even schoot het door haar hoofd dat, als ze maar niet bewoog, hij hen niet zou vinden. Dat als ze maar lang genoeg haar adem inhield en niet met haar ogen knipperde, hun huisje geruisloos zou worden opgenomen door het bos, als wrakhout in zee. Maar eenmaal voorbij de regenbooglichtjes van Rinus en tante Betty draaide de auto het smalle pad op. De zilveren grille sloop recht op hun blokhut af, als een monster met opgetrokken lippen. Ze hoorde haar moeder uit de slaapkamer komen, maar ze kon zich nog steeds niet bewegen. Daarom zag ze niet dat op het bed de tassen klaarstonden en haar moeder hun jassen omhooghield.

Haar vader parkeerde de auto achter de oude Mercedes. Het bloed suisde in haar oren. Hij stapte uit, stak een poot van zijn zonnebril in een mondhoek en hief zijn hand op naar M. Haar ledematen waren verbonden met een koord waarvan hij het uiteinde vasthield. Ze schoten omhoog, waardoor de stoel achterover klaterde op de tegels.

Kom, zei haar moeder. We gaan.

WINTER

I

Op een drafje ging ze over de stoeptegels door het dorp, schuin over het plein langs de supermarkt, de friettent en de kapsalon, door de grauwe straat met aan weerskanten rijtjeshuizen, voorbij de benzinepomp, de schroothandel, het bord dat de gemeentegrens aangaf en van daaruit verder in de berm naast de slingerweg, de dijk op. De bleke lucht was gewichtloos en haar benen schoten vooruit. Ze was het wachten beu. Steeds vaker wanneer haar moeder haar niet van school kwam halen en ze voor het hek stond te blauwbekken, zette ze het zelf maar op een lopen. Ze liep in een vast tempo, met lauwwarme wangen in de ijzige wind, en telde onderweg de boerderijen die links en rechts in de weilanden lagen. Ze keek weg bij passerende fietsers en tractoren, ontweek kadavers onder omgekeerde badkuipen of wapperend zeil, en als er een auto aankwam sprong ze in de sloot, waar ze zich klein maakte en vasthield aan de halmen vlak boven de drek tot de bestuurder voorbij was. Eén keer zag ze haar vader voorbijrijden, op hoge snelheid, in zijn mond een sigaret. Ze keek hem na vanuit de sloot. Het duurde een eeuwigheid voor hij ver genoeg weg was en ze omhoog durfde te komen. Ze vervloekte de platte aarde. De eindeloze weilanden, waar je je nergens kon verstoppen behalve in de sloten. De heuvels waren tenminste onoverzichtelijk, boden bescherming of een uitkijkpost, met plateaus in het bos waar niemand haar kon zien of vinden. Toen hij bij de laatste bochten voor de dorpsgrens was klauterde ze eruit en keek hem na, wijdbeens op het wegdek, tot hij een stip was en zij niet meer dan een oneffenheid in zijn achteruitkijkspiegel.

Op de nieuwe school had ze voor het eerst een leraar. Vanonder zijn snor als een kokosmat heette meester Brummelhuis haar welkom. In tegenstelling tot de juffen die ze altijd had gehad deed hij dat niet op de zenuwslopende manier die haar meteen op achterstand bij haar klasgenoten zette: ze lieten haar voor het schoolbord vertellen wie ze was, waar ze vandaan kwam en waarom ze hier was komen wonen. Vragen waarvan ze niet wist wat ze erop mocht antwoorden, waardoor ze naar lucht hapte als een stervende vis tot de klas in lachen uitbarstte en de juf haar geërgerd weer het gangpad in duwde. Meester Brummelhuis liet haar achter haar tafeltje zitten terwijl hij haar introduceerde, zonder te benoemen dat het schooljaar allang begonnen was. Toen ze hem dankbaar aankeek knipoogde hij kort.

Er was nog iets veranderd, iets wezenlijks. Voor het eerst kon ze de energie niet meer opbrengen om zich te voegen naar de nieuwe groep. Misschien was de rek eruit, zat ze klem in haar gespannen lichaam of was ze inderdaad niet flexibel, zoals haar moeder vaak zei, maar het lukte haar niet op de juiste momenten te lachen, mee te doen of een grap te maken. Hoewel haar klasgenoten fluisterden dat ze zo mager was dat ze de luxaflex nog als stapelbed kon gebruiken, voelde ze zich lomp en groot als een hamster in een luciferdoosje. De hele dag bleef ze achter haar tafeltje zitten, bang dat als ze zou opstaan ze alles omver zou gooien. Soms opende ze even haar mond in een poging aan het gesprek deel te nemen, maar ze was te moe om iets te verzinnen en te bang dat ze het lokale accent niet vlekkeloos zou uitspreken. Alles wat ze overwoog te zeggen voelde plompverloren, alsof ze een wild dier was dat de groep benaderde en iedereen terugdeinsde. Maar ook de kinderen waren veranderd. Ze waren ouder geworden, hun speelsheid was gestold in iets onverzoenlijks, de nieuwsgierigheid die ze eerder nog wel had bemerkt in een nieuwe klas was omgeslagen in onverschilligheid. Voor het eerst werd iets anders van belang: ze hadden geen gedeeld verleden. De meisjes in haar klas zaten al zolang ze zich konden heugen met elkaar op turnen (ze zeiden hier 'onder turnen' en in eerste instantie had ze daaruit de conclusie getrokken dat deze mensen oerdom moesten zijn, tot ze zich realiseerde dat onder turnen eigenlijk niet zoveel raarder was dan op turnen) en de jongens op voetbal (onder voetbal). Als Jeffrey een driftbui kreeg haalde iedereen de schouders op want zijn vader was vroeger ook zo en die werkte nu bij de politie, en dat Mara nog steeds las alsof ze op de kleuterschool zat, met een vinger onder ieder woord terwijl ze de letters spelde, vond niemand een probleem omdat ze over een paar jaar in de familiebakkerij zou gaan werken. Alle ouders vierden carnaval met elkaar sinds ze zelf op school zaten, en de roedel hulpmoeders die permanent door het schoolgebouw zwierf leek alles van iedere klasgenoot te weten en te wíllen weten. Als ze naar het knutsellokaal of de gymzaal liepen stortten ze zich op de kinderen. Hoe ging de wedstrijd zaterdag, Roel? Hoe gaat het nu met tante Natas, Sylvia? Jouw moeder bakt vrijdag toch de taarten voor 6A, Danny? Als M. voorbijkwam liep ze door een haag van stilte. Achter haar rug smoesden ze over haar vreemde haar – ze mocht het niet meer knippen van haar moeder zodat het nu inderdaad als een pleeborstel recht omhoog groeide – en haar nette kleren. Ze realiseerde zich dat de achterstand niet meer in te halen was.

Toch was ze graag op school, omdat er een bepaalde voorspelbaarheid heerste. De vorige, met het bloemencorso, was daarop een uitzondering geweest: omdat ze de regels niet begreep en de regels ook steeds veranderden, had ze niet geweten wat de beste strategie was. In de boerendorpen leek alles op elkaar: de mensen, de dagindeling, de klaslokalen. De tafeltjes waren altijd hetzelfde, met versteende kauwgom onder het tafelblad, op de vensterbank stonden papieren poppen met armen van gevouwen muizentrappen stof te vangen, aan de muren kleefden dezelfde landkaarten en boven de deur hing een grote klok. Het liefst zat ze linksachter in de klas, een muur in haar rug en een muur naast haar, met zicht op de anderen. Het klaslokaal voelde als de pauzeknop.

Meester Brummelhuis was niet alleen de eerste dag aardig, maar ook alle dagen erna. Hij zei er niets van dat ze iedere ochtend te laat de klas binnenglipte, buiten adem en ineengedoken, alsof ze haar dan niet zouden zien. Opgewekt liep hij tussen de tafels door, deelde taken uit en zei haar vriendelijk goedemorgen zonder een verklaring te eisen. Na verloop van tijd begon hij haar extra leerstof te geven en soms trok hij zijn stoel bij haar tafeltje om geduldig naar haar vragen te luisteren – meestal over rekenen. Toen ze voorzichtig naar kansberekening vroeg nam hij een dag later een paar rekenboeken uit zijn eigen collectie voor haar mee. Hij drukte haar een paar keer op het hart lid te worden van de bibliotheek om leesboeken te lenen. Ze durfde hem niet te vertellen dat dat niet kon. Ze moest al blij zijn als ze van school werd opgehaald vóór het schoolplein helemaal in de schaduw van de grote kerk was verdwenen.

Op een ochtend lag er een geplastificeerd boek op de hoek van haar tafel: *Old Shatterhand en zijn vriend Winnetou*. Vanaf het moment dat ze het opensloeg en de eerste pagina las verdween het klaslokaal. Ze galoppeerde over de Amerikaanse prairie met Apache-opperhoofd Winnetou, ontweek een aanstormende kudde buffels en liet een op maat gemaakt jachtgeweer maken bij mister Henry, de wapensmid. De vriendschap tussen Winnetou en Old Shatterhand fascineerde haar. Ze zouden vijanden moeten zijn, maar in plaats daarvan werden ze bloedbroeders en spanden ze samen om hun tegenstanders te slim af te zijn, met een broekriem vol rafelige scalpen als bewijs van hun overwinningen. Maar wat haar echt betoverde waren hun zwarte hengsten. Iltschi, de wind, was het paard van Winnetou. Als M. haar ogen dichtdeed stond hij voor haar, de fluweelzachte huid gespannen over zijn flanken, neusgaten die trilden bij de minste dreiging. De broer van deze hengst, de snelste uit de wijde omgeving, onverschrokken tegenover beren en bizons, gaf Winnetou aan zijn vriend Old Shatterhand: Hatatitla, de bliksem. *Hatatitla*, fluisterde ze terwijl ze met haar vingertoppen over de letters op het papier streek. *Hatatitla*. Een naam als een zucht bij windstilte. Ze dacht aan Meggy, aan de schimmel op de heuveltop en de kudde paarden achter haar. Als ze las galoppeerde ze weer door de heuvels in de regen, haar gezicht tegen de manen gedrukt, de hoeven drummend op de ondergrond.

Vanaf dat moment verslond ze de serie: meester Brummelhuis legde steeds zwijgend een nieuw boek op de hoek van haar tafeltje. Tijdens lange nachten telde ze niet langer olifanten, maar fluisterde ze voortaan uren achter elkaar de naam van het paard: *Hatatitla*.

II

Het nieuwe huis was een voormalige langgevelboerderij aan een lange polderweg tussen varkenshouders en boomkwekerijen, ver buiten de bebouwde kom, voor een prikkie gekocht van een paardenfokker die failliet was gegaan. Vanuit het woongedeelte op de kop leidden twee zware klapdeuren naar een gang die deed denken aan een ondergrondse tunnel: lang en donker, met zware ankerbalken die ze herkende van oma's boerderij. Als gekromde reuzen ondersteunden ze het dak, en iedere keer dat ze er onderdoor liep dacht ze: vandaag begeven ze het. Vandaag blaast een van de vermolmde balken zijn laatste adem uit en verpulvert een dwarsligger, waardoor de hele constructie naar beneden stort. Haar moeder, Boelie en zijzelf zouden worden verbrijzeld onder een lawine van bakstenen en als het stof optrok zou haar vader daar nog staan, ongeschonden. Ze daagde de balken uit zoals ze dat ook altijd deed als ze onder steigers door liep. Kom dan, als je durft. Heen en weer kuierde ze, door de hal, alert op het kraken en tikken van het hout, maar er gebeurde niets.

Als haar vader weg was rolschaatste ze er lange banen, met haar handen op haar rug terwijl ze tafels opdreunde op de maat van de richels die onder haar wieltjes doorgleden. Voor het einde van de tunnel moest ze steeds één tafel zonder hapering afronden, anders volgde er een lange nacht. Aan beide kanten van de gang zaten donkere deuren. Slaapkamers, een waskamer, een naaikamer, een speelkamer, een rommelkamer, een toilet dat dieper was dan de keuken van oma Flat, en helemaal op het einde een eikenhouten trap die naar het kantoor op de eerste verdieping leidde, dat zich als een kippenschuur over de lengte van het gebouw uitstrekte. De schuine kap bestond uit muurplaten waarachter ze zich kon verschuilen. Soms was er genoeg ruimte om een stukje achterlangs te kruipen om via een andere smalle doorgang weer tevoorschijn te komen.

Sinds hun terugkeer had haar vader het nog meer op haar gemunt dan vroeger. Haar moeder leek blij en opgelucht dat ze weer samen waren, of dat ze het vakantiepark hadden verlaten en te eten hadden – een van de twee. Ze maakte minder opmerkingen die bij haar vader de verkeerde knoppen indrukten, en in het openbaar maakte haar vader luidruchtige grappen waar haar moeder nadrukkelijk om lachte. Op een keer had haar vader Boelie zelfs op schoot genomen. Lomp stuiterde hij hem op en neer op zijn knieën alsof hij aan het paardrijden was om hem toen, zo plotseling dat haar broertje een geluidloze kreet slaakte, achterover te laten vallen. Op een haar na raakte zijn hoofdje de grond. Gat in de weg! bulderde haar vader, terwijl M.'s hart een maat oversloeg.

Haar ouders vormden een kringetje met elkaar en met Boelie, zoals ze vroeger in de klas moesten doen, hand in hand – *we maken een kringetje, van jongens en van meisjes* – en het enige wat M. dan wilde was de handen van haar klasgenoten fijnknijpen tot alle vingerkootjes slap in de huid bungelden als dobbelstenen in een yahtzee-zak. M. stond erbij en keek ernaar. Ze waren veel weg met zijn drieën maar soms mocht ze mee, naar de grote stad, waar haar vader voor iedereen een blikje frisdrank kocht, maar haar vergat, en Boelie nieuwe kleren en speelgoed kreeg terwijl zij buiten de winkel moest blijven wachten. Een leren voetbal, die haar vader in de tuin drie keer naar hem toe schopte zonder dat haar broertje reageerde, zodat haar vader hem uiteindelijk hard tegen hem aan smeet en weer naar binnen ging, het kind op zijn gat in de kou achterlatend. Een step, waar haar moeder hem op zette met haar handen over zijn knuistjes rond het stuur geklemd, zo stevig dat haar vingers wit wegtrokken, terwijl zijn vrije voet levenloos over het tuinpad sleepte.

Het opgespaarde gif richtte zich op haar. Als hij thuis was probeerde ze zo veel mogelijk buiten te zijn, of op haar kamer. Het leek of ze boos op haar waren dat ze niet gezellig meedeed, maar ze deed het niet expres. Ze dacht dat het een valstrik was, een test misschien. Dat iedere reactie de verkeerde zou zijn en een afstraffing zou opleveren. Dus observeerde ze hen en probeerde zo ver mogelijk van ze weg te blijven – letterlijk. Ze kon niet turnen en niet voetballen, maar er was één ding waarin ze nog steeds beter was dan wie dan ook: rennen. Ze rende rond de geschakelde vergadertafels op de eerste verdieping, waar haar vader haar achternazat zonder dat het leuk was. Ze rende door de enorme hal waar Boelie aan het begin een kamer had en ze hem uit bed probeerde te halen zonder dat haar vader het doorhad (hij legde vaak het jachtgeweer overdwars op het spijlenbed, wat haar deed denken aan de veiligheidsbeugel van de rups op de kermis waar ze zich onderuit wurmde om de kwast te kunnen pakken, maar ook aan Dokter Bibber, want ze moest haar broertje uit bed zien te krijgen zonder het geweer te raken. Ze was onverslaanbaar in het spel en snapte niet hoe andere kinderen de pincet soms achteloos tegen de rand stootten waardoor het alarm afging, terwijl ze het, als ze het serieus namen, ook feilloos zouden kunnen, maar het viel haar sowieso steeds vaker op dat andere kinderen weinig dingen serieus namen). Ze rende buiten, onder de overkapping naast de verlaten stallen terwijl ze pijlsnel moest beslissen in welke ze zich zou verstoppen, en ze rende door de weilanden achter de stallen, waar het hoge, natte gras haar broek doorweekte maar de lege sloten 's nachts als loopgraven dienden. In een oogwenk kon ze versnellen, van stilstand naar vliegende vaart, laag bij de grond en met grote stappen, wendbaar als een kat. Ze sprong over bankstellen, tijgerde onder stoelen, tafels en bedden door, vloog van traptreden af, zag uitwegen in doodlopende routes en had een uithoudingsvermogen dat eindeloos leek. Pas als ze stilstond voelde ze de vermoeidheid aan haar botten trekken. Rennen was al zo lang haar natuurlijke staat, dat normaal lopen of wandelen niet meer mogelijk was, alsof haar batterij verkeerd stond afgesteld. Jij hebt een te hoog toerental, had oom Ad wel eens gezegd, daarom bende ook zo mager. Bij de race zouden we je in een Variomatic zetten, zodat je de motor niet over de zeik jaagt.

Hij had gelijk. Als ze in een lange sliert met de klas naar buiten gingen, twee aan twee in ganzenpas, trok ze haar wandelmaatje dwars door de rijen heen tot ze vooraan op meester Brummelhuis stuitte. Die duwde haar met zachte hand terug naar haar plaats terwijl hij gebaarde dat ze rustig aan moest doen. Haar vlugheid was een kwaliteit die haar op het schoolplein een klein stukje optilde uit het verdomhoekje waartoe ze als nieuwkomer automatisch was verbannen – naast een meisje met een lispelprobleem vanwege een hazenlip en een jongen met een aangeboren beenlengteverschil. Met tikkertje dreef ze de jongens tot razernij en tijdens gym verbrak ze met sprinten het schoolrecord. Terug in de klas hing meester Brummelhuis haar een zelfgemaakte medaille om, die de rest van de dag tegen haar hals brandde terwijl ze deed alsof ze een boek las.

Het was tijdens het rennen dat ze Tony jr. voor het eerst zag. Op een druilerige woensdagmiddag stoof ze doelloos door de velden achter de lege stallen, met gespreide armen als een stuurloze vlieger, toen ze de jongen achter een bruine pony in spantuig zag hollen. Boven hen zwol de wolkenhemel rommelend op, klaar om open te barsten. Met de teugels in zijn handen draafde de jongen als een menselijke ploeg op een paar meter achter het dier aan, een slank paardje met de wipneus van een arabier. Zijn spieren stonden duidelijk afgetekend onder de huid en harige flossen onttrokken zijn hoeven deels aan het zicht. M. twijfelde. Ze keek naar de donkere boerderij achter zich en toen weer naar de open weilanden waarin de jongen en de pony draafden, en zette een sprint in.

Toen ze hem had ingehaald gluurde hij even opzij en trok een wenkbrauw op, maar hij zei niets en vertraagde niet. Samen renden ze verder, met de pony op een paar meter voor ze. Ze zag dat hij een zachte hand had. Hij hield zijn onderarmen kaarsrecht voor zich, de duimen boven op het leer van de teugels. Af en toe klakte hij met zijn tong of bromde wat, maar alles even beheerst. Op hun regenlaarzen renden ze een paar grote voltes en gebroken lijnen, om te eindigen met een halt-oefening. Het dier voltooide het allemaal perfect. De schemering had de wereld buiten de weilanden inmiddels opgeslokt. Onbeweeglijk stonden ze onder het mopperende wolkendek. Een blauwe reiger aan de rand van de sloot trok zijn hoofd tussen zijn schouders. De jongen legde de teugels op de bolle kont van de pony en liep toen naar zijn neus, waar hij hem met platte hand een brokje voerde. Hij was ongeveer even oud maar een kop groter dan M., vlezig en met ronde schouders maar niet dik - moeiteloos had hij achter het dravende beest door het veld gerend. Hij hijgde niet. De ademwolkjes kwamen uit de snuit van het dier. De jongen leunde voorover en drukte een hand tegen zijn bles. Goed zo, Drikus, mompelde hij. Het stalen bit ratelde even tussen de tanden. Toen barstte de hemel met een knetterende lichtflits open. Water plensde in rechte banen naar beneden. De grond rond hun laarzen kwam langzaam omhoog. Binnen een paar tellen plakten hun haren tegen hun wangen en de kleren aan hun lichaam, maar ze bewogen niet. Drikus knipperde de druppels van zijn wimpers. Onrustig dribbelde hij op de plaats, zijn hoeven zakten steeds verder weg in de drassige aarde. M. telde na iedere bliksem tot de donder kwam. Drie seconden per kilometer. *Eén olifant, twee olifant* - nog voor ze bij drie was klonk tromgeroffel en vervolgens een knal die de aarde deed trillen. Ze gilde van opwinding. Drikus trok zijn hoeven uit het slijk en gooide zijn hoofd omhoog. Lichtflitsen klauwden door de paarse lucht, gevolgd door een nieuwe dreun. Vlakbij nu. De jongen keek al net zo opgewonden als zij. Met open mond en grote ogen speurde hij de hemel af. Op dat moment zette Drikus het op een lopen, in volle galop door het weiland met zijn oren in zijn nek en de lange teugels fladderend achter hem aan. Zonder na te denken zetten ze samen de achtervolging in. In de stromende regen renden ze over de velden, vlogen over een loopbrug en staken via een donkere parkeerplaats over naar een terrein vol verlichte blokkendozen, waar Drikus braaf in zijn spantuig onder een afdak stond te dampen. Even hield ze in, maar bij de volgende donderslag rende ze achter de jongen aan een trappetje op dat naar een van de blokkendozen leidde. Binnen hijgden ze met hun handen op hun knieën na, terwijl poeltjes water zich rond hun laarzen vormden.

Ze had altijd gedacht dat woonwagens stonken naar de bungalows op de vakantieparken: een mengeling van rioollucht en doorgekookte bloemkool. In de vochtige blokhutten zaten de schimmeldraden soms 's ochtends al in de schoenen die ze de avond ervoor had uitgetrokken. Als spinnenpoten groeiden ze uit de kieren tussen de schrootjes, waar het lekkende regenwater glinsterde. Maar dit was een paleis dat rook naar een rozentuin. De woonkamer leek groter dan de wagen zelf, met een hoog plafond vol kristallen hanglampen. Er stonden leren bankstellen en glazen bijzettafels op messing koetswielen. Een manshoge vitrine was gevuld met porseleinen herderinnetjes. Aan een lange tafel in de keuken zaten mensen te praten en te roken, en toch stond de kamer niet blauw zoals bij oma wanneer alle ooms er waren.

Toen ze de kamer binnenliep zonken haar kousenvoeten weg in de vloerbedekking met een patroon van stofzuigerstrepen. De warmte in de wagen maakte haar spieren week. Uit het niets vloog een vrouw op hen af. Ze greep hen allebei bij een bovenarm en plantte hen in één vloeiende beweging terug in de bijkeuken. Daar beval ze hun de kletsnatte sokken, broek en trui uit te trekken, waarna ze hun haren droogwreef met een handdoek en hun lichamen in kuikenzachte badjassen wikkelde. Bij M. bleef dubbel zoveel van de riem over als bij de jongen. Vervolgens stuurde de vrouw hen naar een kleine tafel in een nis aan het raam. Niet bewegen, zei ze, ik ben zo weer terug. M. keek de jongen aan, die zijn schouders ophaalde en schaapachtig lachte.

Boven een bord aardappelen met draadjesvlees en verse appelmoes staarde ze door het raam, over het parkeerterrein en de zwarte velden met in de verte de streep vierkante lichtjes van de langgevelboerderij. Een zwevende treinwagon in de nacht. Ze besloot dat het weiland haar geheugen was dat door de regen werd gewist. Tussen daar en hier was een wasstraat waar ze doorheen kon rennen. Als het stopte met regenen en de zon weer tevoorschijn kwam, waren haar hersenen en haar lichaam schoongespoeld en zou ook zij iemand zijn die lachte als het alarm van Dokter Bibber afging.

Ze at haar bord leeg, daarna nog een, en wandelde in het donker terug naar huis, zonder aandrang om te rennen.

III

Tony jr. trainde met Drikus voor een illegale straatrace die zou worden gehouden op een verlaten industrieterrein onder de rook van Geleen. Uit de hele Benelux kwamen kampers samen voor het evenement van het jaar, waar Tony jr. zijn debuut zou maken in de voetsporen van zijn vader, Tony sr., en zijn overleden grootvader Armando – beiden jockeylegendes. De race werd niet meer op, maar áchter de paarden gereden, op traditionele sulky's: tweewielige karretjes die achter de paarden werden gespannen. Eigenlijk was het niet meer dan een vederlicht frame waarop een fietszadel was gemonteerd. Iedere keer dat ze Tony erop zag zitten, moest ze lachen. Wijdbeens op het zadel, zijn benen gestrekt en zijn voeten schrap tegen de buizen, met als enige houvast de teugels (leidsels! corrigeerde hij haar steeds). Omdat de politie het kamp in de gaten hield moest Tony van zijn vader droogoefenen in het weiland.

De sulky stond uit het zicht, in een schuur.

M. kreeg van Tony's ouders toestemming te helpen met de voorbereidingen, maar alleen als ze plechtig zwoer nooit meer het woord kampers te gebruiken. Ze waren reizigers – Sinti, nakomelingen van een enorme familie die in de Tweede Wereldoorlog was vermoord. Tony's oma, La Sonrisa, was de enige overlevende uit een gezin met zestien kinderen dat in zijn geheel met het zigeunertransport van mei 1944 via Westerbork naar Auschwitz was gedeporteerd, vertelde Tony's moeder Joyce monter op een koude winterdag. Ze hadden de hele middag getraind. De vorst zat in de grond en er hing sneeuw in de lucht. Toen Tony zijn vingers niet meer voelde hielden ze het voor gezien en liepen naar de woonwagen om op te warmen. Waar het in de boerderij altijd kil was en de wind onder de balken door floot, was het in de wagen bijna tropisch heet. M.'s vingers tintelden terwijl ze haar hand boven een dampende mok hield. Met een vork in de andere hand schoof ze een hap slagroomtaart naar binnen. Tony had zijn stuk al op en vroeg een tweede. Toen Joyce het voor hem had neergezet bleef ze naast hem staan zodat ze een doekje over de tafel kon halen als er een kruimel uit zijn mond viel. M. deed haar best om afgemeten hapjes op haar vork te schuiven en ze zonder te knoeien naar haar mond te brengen.

Eet jij maar lekker, meisje. Cake redt mensenlevens. Vraag maar aan oma. Tony's moeder lachte schor terwijl ze een liefdevolle blik op de hoek van de woonkamer wierp, waar La Sonrisa lag. Een zwevend hoofd op een kussen, zo leek het. Uit de opengesperde mond stak een pijp die naar een zuchtende machine leidde. De eerste keer dat M. haar zag dacht ze dat er iemand opgebaard lag.

Op de dag dat haar familie werd vergast, ging Joyce verder, serveerde La Sonrisa verse Poolse cake aan de kampcommandant, zijn vrouw en vijf kinderen, in hun villa naast het concentratiekamp.

M. stopte met kauwen en keek Tony geschrokken aan. Die rolde verveeld met zijn ogen en nam een grote hap.

Op een mooie ochtend in de zomer van 1944 kwamen massa's Hongaarse joden het kamp binnen, en die moesten ergens slapen. Snap je?

M. knikte terwijl ze met haar tong een stukje cake plat tegen haar verhemelte drukte.

Om ruimte te maken stuurden de moffen drieduizend Roma en Sinti via de gaskamers de verbrandingsoven in. Met haar hand naast haar gezicht maakte Joyce een gebaar van iets wat in rook opgaat. Maar La Sonrisa bediende op dat moment het gezin van de commandant. Toen was ze nog een knap meiske, hè mam? Ze keek even over haar schouder naar de hoek. Vervolgens boog ze zich voorover naar M. en ging op fluistertoon verder.

Terwijl de geur van brandende lichamen de dienstwoning binnendrong en het roet uit de schoorstenen een zwart laagje op het porseleinen servies achterliet, serveerde La Sonrisa het gezin cake, handgemaakte marmelade uit Tsjechoslowakije en andere lekkernijen uit de voedselpakketten die waren bestemd voor gevangenen in het kamp.

M. keek naar haar laatste hapje slagroomtaart met ontvelde mandarijnpartjes en zette het bordje voorzichtig terug op tafel.

Toen La Sonrisa die avond terugkwam in het kamp zag ze dat de overvolle barak waar ze 's ochtends haar moeder en negen zussen gedag had gekust, verlaten was. Zonder aarzeling liep ze door naar de volgende barak, wrong zich tussen de lichamen van twee zieke, joodse vrouwen op een brits, en gaf een van hen een zetje over de rand. Zo, alsof het niets was.

Joyce sloeg met haar handen tegen elkaar. M. veerde op.

Trots keek de vrouw naar Tony en gaf hem een aai over zijn bol die hij maar deels kon ontwijken. Beter een levende hond dan een dode leeuw, zei Joyce zachtjes. Toen ze die woorden uitsprak werd M. achterovergetrokken, haar hoofd in, via de voorkamer en het nauwe gangenstelsel langs kamers met open deuren en hermetisch afgesloten nissen, razendsnel de bocht om als een DAF in een achteruitrace, tot ze werd uitgespuugd in een kerker met wanden van glibberig gesteente, waar ze haar vader in kleermakerszit zag zitten, naast haar moeder die met haar wang plat op de koude vloer lag, met glazige ogen en haar mond halfopen, als een dode vis op een ijsplateau in de vitrine, de zijden nachtjapon gescheurd en bevlekt. M. zat in elkaar geperst op de schoot van haar vader terwijl hij haar versteende lichaam streelde en fluisterde: beter een levende hond dan een dode leeuw.

En de rest is bekend, zei Joyce terwijl ze opstond. Ze pakte het lege bord van Tony en schoof dat van haar verder naar haar toe – hier, eet op.

Nee. Hoe ging het verder? M. bloosde terwijl ze het zei, maar ze wilde het einde horen.

Eerst opeten, zei Joyce.

Snel stopte ze het laatste stukje cake in haar mond en slikte het zonder te kauwen door. De mandarijntjes waren mierzoet. Joyce knikte goedkeurend.

Na de oorlog liep La Sonrisa vanuit Polen terug naar Brabant, trouwde met Armando, wierp vijftien kinderen die ze naar haar vermoorde broers en zussen vernoemde, plus Tony sr. – een nakomertje, fluisterde ze met een grijns. Inmiddels heeft ze zevenentachtig kleinkinderen die de Brabantse ambtenarij goed bezighouden. Ze dachten dat ze van ons af waren, maar mooi niet, hè mam? Joyce schaterde het uit, griste het bordje onder haar neus vandaan en liep op haar sloffen over het hoogpolige tapijt naar de keuken.

Mooi niet.

IV

De sneeuw bleef maar vallen. Geruisloos dwarrelden vlokken op het witte dek van de achtertuin, de stallen en de weilanden. De bomen hielden met hun magere armen een klein laagje tegen, maar het was niet genoeg. De aarde kwam omhoog, bedekte stoepen, auto's en huizen, tot ook de snelwegen waren ingenomen en de scholen dichtgingen. Buiten was het doodstil, alsof het huis onder water stond. Binnen begon het te broeien. De ruiten waren beslagen, vocht droop langs de houten kozijnen. Zelfs de geluiden binnenshuis drongen alleen nog gedempt tot haar door, alsof de muren vanbinnen waren geïsoleerd. M. was onrustig, kortademig. De stilte knelde om haar hoofd, haar schouders verkrampten en het bonken van haar hart verplaatste zich steeds naar een ander deel van haar lichaam. Ze hoorde haar eigen ademhaling. In de nacht staarde ze naar de sneeuwsluier in het donker en zag hoe de boerderij verder naar beneden zakte in een gat in de grond. De eindeloze gang met de donkere balken was een ondergrondse tunnel geworden. Ze werden levend begraven.

Een paar keer per dag sloop ze naar de badkamer om de fles aceton van haar moeder te pakken. Dop eraf, neus erin en diep inhaleren, tot de druk op haar oren afnam, haar vingertoppen begonnen te tintelen en de bubbels in haar hersenen knapten: een milder spiegelbeeld staarde haar aan. Ze jatte sigaretten uit de pakjes van haar vader als hij niet keek. Niet omdat het lekker was maar om hem te slim af te zijn en omdat het haar deed denken aan het werk op de manege, buiten, in de heuvels boven de wereld. Nu zat ze midden in de wereld en verdronk langzaam in de sneeuw. Ze rookte met haar bovenlichaam zo ver mogelijk uit het raam van haar slaapkamer, aan het einde van de tunnel, ver verwijderd van de woonkamer, de slaapkamers van haar ouders en broertje, en staarde over de witte zee naar de blokkendozen in de verte, naar de keuken met de familie van Tony en La Sonrisa in de hoek met de schoorsteen in haar mond. Ze rookte in de ijzige kou tot ze over haar hele lichaam beefde en duizelig achterover op bed viel.

Haar vader beende heen en weer door de tunnel. Zware voetstappen op de trap naar boven, naar de zaak. Het plafond trilde terwijl ze hem volgde in de lucht. Terug naar beneden, een kleine aarzeling voor haar slaapkamerdeur. Ze hield haar adem in, maar haar hart bleef lawaai maken. In de verte, aan het andere eind van de tunnel, flarden van een kraaiend kind, de sussende stem van haar moeder. Hij liep door. Ze mocht niet meer uit haar kamer komen. Ik doe 'r wat áán! had hij gezegd. Hij kon M. er niet bij hebben. Deals gingen niet door, afspraken werden afgezegd, het geld droogde op. De stress werd vloeibaar en sijpelde als bijtend zuur langs de rode bakstenen. Piepend en krakend kwam de wereld tot stilstand, tot er niets anders bestond dan zij vieren binnen de muren van het huis dat begon te gisten als een kadaver onder een badkuip.

’s Nachts lag ze op haar bed naar het plafond te staren. Of naar een punt waarvan ze dacht dat daar het plafond was. In de kamer hing een vreemde gloed – het deed haar denken aan de slaapzaal op het paardenkamp. Een eentonig zwart, zodat ze iedere oriëntatie kwijt was. Destijds voelde het als een vrije val in de oneindige ruimte, terwijl ze hier het gevoel kreeg dat de muren steeds dichter naar haar toe kropen. Ze durfde te zweren dat het plafond langzaam naar beneden kwam, als de deksel van een doodskist. Vanaf het moment dat hij dichtging had je voor zestien minuten zuurstof, had ze eens gehoord. Haar ademhaling werd oppervlakkig. Ze tastte met haar vingertoppen boven zich, verwachtte ieder moment het dak te voelen.

Niets.

Ze strekte haar armen.

Niets.

Doorademen.

Ze knakte haar kaken een paar keer wijd open en probeerde diep te inhaleren door haar mond. Toen kneep ze haar ogen dicht en draaide zich om, het huis van haar hoofd in, door de lichte voorkamer en via de hal de steile trap op, steeds dieper het gangenstelsel in, waar de wereld vervaagde tot een mistwolk. De uren tot aan de ochtend liep ze cirkels door de kamers van haar geheugen, maar geen muur, gezicht of meubelstuk wilde scherpte krijgen. Toen de zon bevend opkwam en de vreemde gloed in haar kamer verdreef, zat ook het plafond niet op de plek waar ze het had verwacht.

Als ze zeker wist dat hij sliep sloop ze door het huis, op strooptocht. Een citroensnoepje onder een keukenkastje. Een oude krentenbol waarvan ze de verdroogde rozijnen eruit pulkte en weggooide. Een folder voor tuingereedschap met daarop een lachende man op een zitmaaier, ernaast een blonde vrouw die een dienblad met twee limonadeglazen tilde. Een *Telegraaf* met voorop een foto van sleeënde kinderen in een volkswijk: 'Nederland ligt op zijn gat.' Een aangekoekt doekje van Boelie waar ze haar neus in stak. Op een van de tochten vond ze pillenstrips. Ze verkruimelde de inhoud ervan op haar kamer met de zilver beslagen knop van een zweep, dipte een natte wijsvinger in het gruis en likte. Het smaakte naar karton. Dezelfde vinger stak ze in een oud potje salmiak dat in een niet-uitgepakte verhuisdoos in de hoek lag. Daarna weer in het pillengruis, om en om, tot een van de strippen op was, het zout van de salmiak haar tong krom trok, de muren van haar schedel openklapten en ze onder een sterrenhemel lag waaruit eindeloze rijen vlokken op haar werden neergebezemd als in de muntenschuiver op de kermis.

Terwijl de sneeuw tot boven haar vensterbank begon te stijgen vroeg ze zich steeds vaker af of de wereld nog bestond. De bomen en struiken, de stallen, het hek naar de wei, de blokkendozen van Tony's familie in de verte: alles was bedekt met een laag sneeuw. Ze bekeek de vormloze wattenfiguren door het vierkant van haar raam, alsof ze in een kijkdoos zat opgesloten. Af en toe zette haar moeder een plank met eten neer voor de deur. Ze liet het altijd staan. Diep in de nacht ging ze plassen en zwierf door het huis. Muntgeld, een pen, een aansteker, hoestsiroop in een plakkerig flesje, geen hele sigaretten meer nu de pakjes overal leeg begonnen te raken maar peuken uit asbakken of de vuilnisemmer, die ze openscheurde en tot nieuwe sigaretten ombouwde. Hangend uit het raam inhaleerde ze tot ze het verschil tussen de rook en de vrieskou niet meer proefde. Ze was flauw van de honger. Af en toe leek het of haar hoofd omklapte en haar benen het begaven. Ze zag niemand en sprak niemand, begon zich af te vragen of ze zelf nog wel bestond. Wie wist er van haar bestaan? In gedachten zocht ze naar bekende gezichten. Ze rommelde in de verhuisdozen op haar kamer, op zoek naar houvast, vond een paar oude *Penny*'s die ze had bewaard vanwege de uitklapposters van paarden die ze van haar moeder niet aan de muur mocht hangen, maar verder niks. Ze stond niet op foto's, schreef geen brieven aan andere kinderen, had geen herinneringen die ze met een vriendin kon ophalen, over logeerpartijtjes of stomme klasgenoten, over hun juffen of grappige dingen die op school waren gebeurd. (*Amanda.* Ze sloot haar ogen en probeerde haar terug te halen: zwart haar, grote ogen; ze somde de verschillende delen op maar het wilde geen samenhangend geheel worden.) Herinneringen waren onbetrouwbaar. En ogen, ogen waren ook onbetrouwbaar – je wist nooit zeker of iets zich aan de binnen- of buitenkant ervan had afgespeeld. Pas als er iemand anders was die het kon bevestigen, was het waar. Als ze zich vroeger wel eens iets hardop durfde te herinneren werd het door haar moeder tegengesproken. Hoe kóm je erbij? Je kletst uit je nek, je moet je laten nakijken, soms denk ik echt dat je niet lekker bent, je overdrijft altijd zo. Tegelijkertijd waren de meeste herinneringen waarover ze haar moeder hoorde spreken haar onbekend. Maar soms was er iets wat hen verbond. Dan reden ze langs een huis waar ze hadden gewoond, een plek waar haar vader hen zomaar uit de auto had gezet, een pension waar ze 's nachts tevergeefs hadden aangebeld – en hapten ze tegelijkertijd naar adem. Dan keken ze snel de andere kant op of zette haar moeder de radio aan. M. twijfelde aan haar geheugen. In gedachten liep ze scholen, huizen en gebeurtenissen langs, maar de vage contouren werden steeds opnieuw verstoord door flitsen van beelden die bleven terugkomen, als een vuurtoren die tegen wil en dank dingen blootlegt die beter verborgen kunnen blijven – beelden die ze wegduwde. Als dat eindelijk was gelukt bleef er niets over, een oneindig donker landschap in haar geest waarin ze geen stap durfde te zetten. Misschien, als ze ook in andermans geheugen bestond, kon ze een herinnering scherpstellen zonder dat die door haar eigen geheugen werd bezoedeld. Misschien was er ergens een klassenfoto waarop ze per ongeluk was beland – dat meisje, ja, dat zat hier op school, hoe heette ze ook alweer? Ik weet niet waar ze is gebleven.

In een kijkdoos, bedolven onder de sneeuw.

Nog een sigaret uit het raam, een dop hoestdrank voor de smaak, diep inademen door haar neus tot de haartjes bevroren waren en haar longen gevoelloos, alsof ze met scheppen sneeuw waren gevuld. Als ze haar neus aanraakte voelde ze niets, een hard stuk, als een wortel. Langzaam veranderde ze in een sneeuwpop, maar de zwartheid in haar hoofd loste niet op.

Misschien had ze alles wel verzonnen. Had ze zichzelf

verzonnen. Ze probeerde zich meester Brummelhuis voor de geest te halen, thuis, in zijn rijtjeshuis om de hoek van school, op de bank naast zijn vrouw, met haar mollige knieën. Al haar hoekjes even zacht en afgevijld. Als M. na schooltijd op het plein stond te wachten, zag ze haar wel eens met een kinderwagen naar de ingang lopen. De meester had het de laatste weken alleen maar over de Elfstedentocht gehad, een schaatstocht voor mannen die met een stempelkaart langs een reeks dorpen gingen, via slootjes en open water. De mannen die hem ooit hadden gewonnen werden voor eeuwig door iedereen herinnerd. Het gonsde onder haar klasgenoten: zou de tocht deze winter worden gereden of niet?

Ze dacht aan Meggy in de stal bij oma (nu vast in het rode winterdek met de zwarte banden), die zich haar wel kon herinneren, ook al was ze maanden niet op de boerderij geweest. Hoe langer de ruzies tussen haar moeder en oma duurden, hoe groter haar angst dat Meggy haar was vergeten. Het zachte gehinnik zodra ze haar aanwezigheid rook, nog voor ze de staldeur had geopend. Ze dacht aan Tony en aan Drikus, die hij nu in zijn eentje verzorgde in de stal. Roskammen, hoeven krabben, leer invetten, manen vlechten. Maar als ze uit het raam keek was het woonwagenkamp opgelost in het wit.

Het werd niet langer nacht. Maanlicht weerkaatste op de smetteloze sneeuw, alsof ook de dieren hun sporen achterwaarts uitwisten, om haar te sarren. Een roze gloed vulde haar kamer, trok grillige schaduwen op de muren om haar heen en opeens lag ze in een berglandschap met hoge, puntige ijsrotsen. Het begon weer te sneeuwen, nu vanuit de muren van haar slaapkamer, pluizige kristallen die op haar neus en armen vielen. Misschien bestond de sneeuw alleen aan de binnenkant van haar ogen, waren dit de dansende eiwitten waarover de gastleraar ooit had verteld. Lang genoeg schudden met de glazen bol, dan kwamen de vlokken vanzelf. Ze zat opgesloten in een kijkdoos vol bergen en iemand rammelde de doos heen en weer. Een experiment voor biologie. De kinderen uit de klas stonden eromheen en tuurden naar binnen, naar haar, languit op de grond in het midden van de doos.

Ze kwam overeind, deed het raam open en stak haar arm naar buiten. Windstille vrieskou trok haar huid strak. In het hoekje van de vensterbank lag een halve sigaret. Ze stak hem aan, inhaleerde en haar hoofd klapte open. Meer ruimte voor sneeuw. De witte sluier tussen hemel en aarde strekte zich voor haar uit. Het salmiakpotje was leeg, het pillengruis had ze meegerold in de sigaret. Toen ze weer inhaleerde smaakte het naar roest, maar het effect was goed. Vanaf de vensterbank van haar slaapkamerraam leidde een ongerept sneeuwdek naar het hek. Ze hoefde alleen maar uit te stappen. De stilte leek nu in haar hoofd te zitten, niet langer in de wereld. Misschien was ze wel doof geworden, maar dat wist ze pas zeker als er weer iemand tegen haar sprak. De nevel en de sneeuw maakten vage silhouetten in het maanlicht. Bevroren mannen strekten hun armen naar haar uit. Ze wilden naar binnen. Snel nam ze nog een trek van de sigaret. De kou stroomde haar bloedbaan binnen, maar de rook duwde hem weer terug. De mannen in het veld kwamen dichterbij. Ze kneep haar oogleden samen, probeerde hun gezichten te zien. De zoon, met zijn mismaakte hoofd. Haar ooms, breed en vormeloos. Meester Brummelhuis met zijn snor. Haar vader. Ze ploegden naar haar toe. Voor de zekerheid trok ze het raam dicht.

Even was het of ze weer in de vrouwenopvang zat. Een rilling trok langs haar rug als ze aan het gebouw terugdacht – alles was er zo schraal dat ze het nu nog op haar huid kon voelen, van het stucwerk op de muur dat in haar achterhoofd prikte, de vloerbedekking die schaafwonden op je knieën en handpalmen achterliet, de tl-verlichting aan het systeemplafond tot de lakens van bordkarton waaronder ze 's nachts lag te huiveren. Ze had het nooit begrepen: zij hadden niets gedaan en werden gevangengezet. Het schuiladres was onderdeel van een betonnen stadsblok dat zich uitstrekte over de lengte van een drukke straat en zichzelf tussen de buurwoningen op alle mogelijke manieren onzichtbaar probeerde te maken: geen verf op de gevel, geen brievenbus, geen naambordjes, geen bel, gesloten jaloezieën. De vrouwen en kinderen die er verbleven wilden van de aardbodem verdwijnen, wegzakken in een diep en donker wak, maar het probleem met wakken was dat het altijd het eerste was waar je naar keek. Ze mocht nergens heen, er was geen tuin of bos in de omgeving; haar lichaam was opgesloten in die geluiddichte bunker terwijl het in haar hoofd leek op een ontplofte vleermuizengrot. Zodra de loodzware voordeur achter haar was dichtgevallen was haar ademhaling gestokt. Ze hijgde er continu terwijl ze verplicht stil moest zitten, op de piepkleine slaapkamer die ze met haar moeder en Boelie deelde, of beneden, in de gezamenlijke ruimte, waar een blik kleine kinderen was opengetrokken dat zoveel lawaai maakte dat ze vreesde dat ze er een vreselijk pijn zou doen. De herrie stopte nooit. Overal in het hoge gebouw klonken kreten, dag en nacht; schor gegil alsof ze in een apenkooi zat. Huilende baby's, kleuters die niet wilden slapen, kinderen die hun eigen moeder de huid vol scholden en moeders die hun geduld verloren.

Ook toen wilde ze het liefst rennen, uren achter elkaar, de hele dag en nacht door, zichzelf afjakkeren en haar longen oprekken tot het pijn deed, rennen tot de huid onder haar voeten begon te rullen en de spanning in haar spieren was opgelost. In plaats daarvan wreef ze met haar voeten over elkaar en trok de velletjes van haar nagelriemen tot haar vingertoppen waren verdoofd.

Ze probeerde een slok hoestdrank te nemen maar het lukte haar niet haar verkleumde vingers rond de dop te vouwen. Een laatste hijs, toen schoot ze de peuk weg. Onmiddellijk herstelde verse sneeuw het witte laken.

Dag en nacht waren nu één. In het huis hing een voortdurende schemer. Ze was gestopt met ademen, maar de boerderij zuchtte en kreunde. De houten skeletten onder het plafond kraakten en als ze door de tunnel liep werd hij iedere keer kleiner, lager, smaller, tot ze uiteindelijk voorovergebogen naar de keuken sloop, als een dier. De tunnel zou niet instorten – ze had het verkeerd gezien. De sneeuw zou het huis fijnknijpen, als een hand rond een luchtpijp. Ze voelde het aan de groeiende onrust van haar vader, die zich steeds gejaagder door het huis bewoog. Ze moest de tijd uitzitten, tot de tunnel voor hem te klein werd maar niet voor haar, zoals de kruipruimtes achter de muurplaten op de eerste verdieping. Als hij achter haar aan kwam zou hij klem komen te zitten, zijn handen doelloos graaiend, zoals de bevroren mannen in de tuin. Maar toen ze op een ochtend naar buiten keek, zag ze dat de basten van de bomen zich uitzetten. Ze richtten zich op, de ruwe schubben van de schors duwden de sneeuw van zich af waardoor bruine takken tevoorschijn kwamen. Duizenden druppels drukten muizenpootjes in het sneeuwdek. Het dooide.

Toen hij die nacht kwam was het een opluchting. Hij raasde en tierde, eiste dat ze hem vertelde waar haar moeder zich verstopte, het hoerenmens dat nooit aan zijn kant stond maar heulde met de vijand, net als zijn eigen moeder, hij zag het aan haar ogen en ook aan die van M., het hoerenkind, kijk me niet zo aan, ik weet wat je probeert te doen maar het is niet mijn schuld, en hij tilde haar aan haar strot heen en weer door de tunnel terwijl hij haar beval de schuilplaats aan te wijzen en al die tijd dacht ze alleen maar: zou het weer gaan sneeuwen? Op de bovenverdieping ontsnapte ze even aan zijn greep en dook door een opening achter de muurplaten, rende er op handen en voeten achterlangs maar hij trok de platen een voor een van de wand en gooide haar als een strandbal over de vergadertafels, waar ze alles omverkegelde. Ze keek naar zichzelf in de kijkdoos, hoe ze van de ene naar de andere kant werd gesmeten, zonder een geluid te maken. De stilte van de sneeuw was naar binnen geslagen.

Hij sleurde haar mee naar haar kamer en brak een poot van haar bureaustoel. Dreigend hield hij hem boven zijn hoofd.

Zit ze daarin? schreeuwde hij, en hij wees met de poot naar de kledingkast.

Ze schudde kalm haar hoofd. Hij stak de poot op ooghoogte door de deur, de ondiepe kast in.

Zit ze daarin? vroeg hij nog een keer.

Ze keek hem aan, zag de rode slangetjes in het oogwit, de korstjes in zijn mondhoeken, het uitgesmeerde bloed op zijn bovenlichaam.

Nee, schudde ze weer, en opnieuw ging de poot dwars door de deur heen.

Toen het eerste licht haar kamer binnenviel lag ze op haar zij in bed, boven op de dekens, haar lichaam verkrampt alsof ze de hele nacht buiten had gestaan. Zonder te knipperen staarde ze naar de kastdeur. Over de lengte prijkte de Mega-XXL-uitklapposter uit de *Penny* met daarop een galopperende pony met wapperende manen die op Meggy leek. Kraters omringden het dier, alsof een gestoorde kleuter met een prikkaart aan de slag was geweest. De rest van haar spullen lag in puin op de vloer. Buiten kletterde de gesmolten sneeuw van het dak. Aan de overkant van het weiland was het wagenpark van Tony en zijn familie weer tevoorschijn gekomen.

V

Een miezerig zonnetje had van de sneeuw dikke pap gemaakt die bumpers vormde rond de wegen en gebouwen. De hemel was grijs en de wind had vrij spel in de kale bomen langs de weg naar school. Daar leken de andere kinderen te zijn vergeten dat ze bij hen in de klas zat. Wanneer ze iets vroeg, keken ze haar aan alsof ze haar voor het eerst zagen. Ze wisten haar naam niet of vergaten haar na de pauze bij de overblijf op te halen voor gym. Ze bevond zich in een van de donkerste kamers diep in het gangenstelsel van haar hoofd, waar de geluiden van buiten vertraagd doordrongen, alsof ze nog steeds was ingesneeuwd. Zelfs het nieuwe boek van Old Shatterhand dat meester Brummelhuis voor haar uit de bieb had gehaald, bleef ongelezen op de hoek van haar tafeltje liggen. Ze zat in haar kijkdoos en had zichzelf op de vensterbank van het klaslokaal gezet waar ze alles goed in de gaten kon houden.

Er was een spelletjesdag georganiseerd. Hoewel ze wist dat ze alle onderdelen moeiteloos kon winnen, liep ze met tegenzin het plein op. Ze had het gevoel dat haar benen honderd kilo wogen. Al een tijdje had ze een droge hoest. Haar borst gloeide. Haar vader werd gek van haar gekef en had haar een potje gegeven met kleine ronde pilletjes. Ze zorgden ervoor dat de stekels in haar keel voor even gingen liggen. Ze mocht er maar een paar per dag, maar nadat de pil op haar tong was gesmolten had ze nog geen halfuur rust in haar lichaam – ze moest zich bedwingen ze niet in één keer op te eten.

Het klaslokaal was versierd, Kinderen voor Kinderenmuziek schalde uit een luidspreker. Met linten en bordjes hadden de leraren een hindernisbaan door de school gemaakt. De kinderen moesten zich per klas rond de juffen verzamelen, behalve haar klas, die een tikkeltje arrogant rond meester Brummelhuis zwermde. Met schmink tekende hij harten en sterren op hun wangen, in zijn snor bleef een beetje witte wax hangen. Toen ze hem erop wees, door op haar eigen bovenlip te wijzen, lachte hij dankbaar en veegde zich schoon met een zakdoek. Daarna loodste hij hen naar een hoek van het gebouw om ze uit te leggen wat de bedoeling was. Het parcours leidde hen langs de spellen, die ze konden aftekenen op een kaart rond hun nek. M. was ingedeeld in een groepje met drie meisjes die nog nooit iets tegen haar hadden gezegd. De meisjes zaten met elkaar op synchroonzwemmen, maar blijkbaar had niemand hun verteld dat ze buiten het zwembad weer hun eigen weg konden gaan. Zelfs plassen deden ze gezamenlijk. Haar negeren ook. Het parcours liep via zaklopen, spijkerpoepen, koekhappen en snoepzoeken in een bak ijskoud water, naar de finale: een estafetteloop op het veldje naast de school. Zonder op haar te wachten liepen haar teamgenoten naar het eerste spel. Hun steile haren waren zo strak in paardenstaarten getrokken dat ze er scheel van keken. Identieke roze clips klemden losse plukken haar tegen hun schedels. Ze smoesden en giechelden terwijl ze even naar haar keken, maar het raakte haar niet. Haar hoofd zat vol watten. Ze concentreerde zich maar op een ding en dat was winnen. Zeker bij de estafette moest ze de beste zijn.

Foutloos deed ze de eerste spelletjes, maar de synchroonmeisjes namen het niet serieus en verziekten hun groepsuitslag. Bij het spijkerpoepen concentreerden ze zich niet, bij het koekhappen gebruikten ze hun handen, wat een aantal aftrekpunten opleverde, en uitgerekend bij het snoepzoeken in water hapte een van hen zo wild als een labrador in een tuinslang, waardoor de andere twee gilden dat ze niet met hun hoofd in haar kwijl wilden. M. voelde een brandend gevoel in haar borst opkomen, van haat of misschien waren de pillen alweer uitgewerkt. Ze nam er nog een paar en hield verder haar mond, omdat ze de waterbak koste wat kost wilde vermijden. De synchroonmeisjes moesten het doen om een goede eindscore te halen, maar die wezen nog steeds walgend naar de slijmslierten in de bak.

In dat zwembad van jullie zit gemiddeld vijfenzeventig liter pis, zei M. De meiden lieten synchroon hun onderkaak vallen en gilden het uit. In gelijke pas en met gestrekte tenen liepen ze richting de limonadetafel.

Bij de estafetteloop die na de lunch zou plaatsvinden, mochten ook de ouders komen kijken. Haar moeder zou er niet zijn, of pas als het al afgelopen was.

M. liep naar het volgende spel, in de aula, en stapte alvast in een jutezak die ze tot haar borst omhoogtrok. Als zij als eerste ging, kon ze de meisjes laten zien hoe je fanatiek aan een wedstrijd begon. Haar borst stond nog steeds in brand. Het leek alsof de pillen niet meer werkten, de kriebel in haar keel werd alleen maar erger. Ze verstopte haar gezicht achter haar arm en hoestte tot ze dacht dat haar longen naar buiten kwamen. Nog een paar pilletjes. Haar zicht was wazig, het liefst legde ze haar hoofd even op een tafel. Waar bleven ze nou? Het volgende groepje stond al te wachten. Vooraan stond een bonkige jongen uit een van de andere klassen. Zijn wangen waren zo bol dat ze zijn ogen tot spleetjes knepen.

Hé! schreeuwde hij naar haar. Ze deed of ze doof was. De andere jongens uit zijn groepje begonnen te grinniken.

Doe eens lopen, zei hij. Hij zette een stap naar voren, zodat hij bijna tegen haar aan stond. Aan het einde van de hal verschenen eindelijk de drie meisjes. Ze stak haar hand op. Geen reactie.

Doe dan, zei de jongen nog eens. Hij gaf haar een zet. Ze wilde haar voet naar voren plaatsen maar de jutezak zat in de weg. Met een doffe bons viel ze op haar gezicht. De jongens gierden het uit. Andere kinderen kwamen nu om hen heen staan, waaronder de synchroonmeisjes. De vloerbedekking was hard en prikkelig, als de binnenkant van haar longen.

Jij bent van het kamp, zei de jongen. Iedereen viel stil. M. draaide haar hoofd een beetje en keek omhoog. Een PSV-shirt spande rond zijn blubberige middel.

Ze is van het kamp, zei hij, harder nu. Ik zie haar daar altijd naar binnen gaan. Zijn mondhoeken trokken zijn hamsterwangen naar beneden. De kinderen deinsden terug in een halve cirkel.

Tuig. Hij spuugde het uit, letterlijk. De fluim landde in haar haren, vlak naast haar oor. Zijn vrienden joelden. Ze zag zichzelf liggen, op de vloer van de kijkdoos, en keek toe hoe ze naar haar keken. Meer fluimen, in haar haren, op haar gezicht, in haar nek, op haar oor. De missers trokken in tussen de stekels van de vloerbedekking. Ze zag hoe de drie meisjes zich omdraaiden en wegliepen, in gelijke pas. Haar adem schuurde. Een laatste fluim. Ze draaide haar hoofd weg, voelde hoe ze geschopt werd. Daarna waren ze weg. Ze kwam overeind en stroopte de zak af. Zo rustig mogelijk liep ze naar het overblijfgebouw om zich te wassen in de wc's.

Het gebouw lag in de schaduw van de kerk, tegenover de school. Een massief pand met stalen trappen en ramen die beefden in de winterkou. Op de begane grond was de muziekschool en op de eerste verdieping een overblijfruimte voor boerenkinderen die te ver uit de bebouwde kom woonden. Boven in het trappenhuis wachtte ze. Ze had moeite zich helemaal stil te houden. Haar vingers boenden langs haar handpalmen terwijl de kriebel in haar keel schreeuwde om verlossing. Het potje was leeg, de laatste pil allang uitgewerkt. Haar hoofd smeulde als vochtig stro. Plotseling hoorde ze in de diepte het zuigende geluid van de deur die met moeite werd opengetrokken. Even later een klik, gevolgd door zijn sloffende tred, de trap op. Het ijzer galmde onder zijn voeten. M. knikte mee met iedere stap die door het trappenhuis echode. Tweeëndertig treden, wist ze - ze telde alle trappen, ook in het donker moest je de weg naar buiten kunnen vinden. De jongen was nu halverwege. Bij iedere voetstap zakte ze wat verder door haar knieën. Langzaam liet ze het stanleymes uit de mouw van haar trui naar beneden zakken tot ze het heft tegen haar handpalm voelde. Ze duwde haar duim zachtjes tegen de knop. Vijf klikjes.

Haar lichaam paste precies naast de brandkast in de uitsparing op de overloop; zelfs als hij bijna boven was zou hij haar niet kunnen zien. Een meter vijftig, tweeëndertig kilo, had de zoveelste maatschappelijk werkster genoteerd in het zoveelste rapport – een maand, een jaar, een eeuw geleden? 'Dossier M.' stond voor op de map, in dikke zwarte letters, met haar dossiernummer eronder. Ze kwamen via school, de politie of het opvanghuis en steeds opnieuw begonnen ze met een blanco vel voor zich. Ze droegen kleurrijke sjaaltjes en vreemde oorbellen, lachten te veel en stelden vragen die ze inmiddels kon uittekenen. Het werd een sport ze met veel woorden niets te vertellen. Haar moeder hoefde het haar niet eens meer op het hart te drukken – ze dacht aan de dikke vrouw aan de picknicktafel met de gebrandmerkte kinderen en de glimlach kwam vanzelf. Ze vroeg zich af hoeveel Dossier M.'s er inmiddels bestonden, netjes opgeborgen in archiefkasten tussen al die andere verhalen. Voordat iemand er iets mee deed, waren zij alweer verdwenen.

Ze zette zich schrap. Nog vijf stappen, nog vier, drie, twee... M. draaide een kwartslag en hield hem tegen op de laatste trede, met de punt van haar mes tegen zijn vadsige buik. Even leek het of hij in de ruimte zweefde en achterover in het trapgat zou vallen, maar hij hervond zijn balans.

Hé.

Het wolkje uit haar mond verdampte in zijn gezicht. De punt van het mes drukte tegen het strakke shirt. Een draadje schoot los uit het polyester. Toen hij ernaar keek plooide zijn kin. Ze duwde het mes verder naar voren waardoor zijn hoofd weer omhoogschoot, zijn ogen wijd opengesperd. Hij deed zijn mond open, dicht en weer open, maar er kwam geen geluid uit. Eén stap naar achteren en hij zou te pletter vallen, één stap naar voren en hij werd gespietst. In de vouwtjes van zijn lippen glinsterden oranje kruimels. Kaaschips. Ze proefde gal. De zwaarte was uit haar botten verdwenen, haar spieren duwden tegen haar huid.

Hé, zei hij uiteindelijk. Zijn stem klonk hoger dan normaal. Een bang lachje verscheen op zijn opgeblazen wangen.

Ik ben niet van het kamp, zei ze. Ze probeerde luchtig te klinken. Toen ze de greep rond het lemmet verstrakte, voelde ze de weerstand van zijn vlees. Een hoog geluid uit zijn keel weerkaatste in het trapgat. M. beet op haar onderlip om niet te gaan lachen. In plaats daarvan klonk een lage grom in haar borst. Licht van buiten scheen op zijn schouder, ze zag hoe hij trilde. De smaak van zijn fluim lag nog op haar tong. Ze klemde haar tanden op elkaar. De weerstand van zijn huid werd minder en ze realiseerde zich dat ze het mes erdoorheen had geduwd, als boter. Zo makkelijk was het dus. Ze durfden allebei niet naar beneden te kijken. Een vlies voor zijn ogen bolde op, werd groter en groter, tot het uiteenspatte en kleurloos vocht over zijn wangen liep. Hij schudde met zijn hoofd, het was eerder een huivering. Haar arm voelde opeens zwaar. Ze liet hem langs haar lichaam vallen. *Lafaard*, hoorde ze de stem van haar moeder. Ze zuchtte en stapte opzij, terug de nis in alsof er niets was gebeurd. De jongen dook naar voren, maar zijn voet haakte achter de laatste trede waardoor hij vooroverklapte, met zijn handen en knieën op de borstelmat. Zijn rug was vlak onder haar. Met een snelheid die haar verraste kwam hij overeind, trok de deur open en spurtte weg.

M. slofte naar de vensterbank. Op het veldje achter de kerk werden linten gespannen voor de wedstrijd. Een paar moeders hadden zich al rond meester Brummelhuis verzameld. Hij draaide zich om en keek omhoog. M. stak haar hand op, maar hij leek haar niet te zien.

Ze zat op de stoep en probeerde te lachen. Niks aan de hand! Waar wachten we op? Haar gezicht vertrok in een vreemde grijns. De linten op het lege veldje trilden in de wind. Ze droeg geen jas, maar ze gloeide zo dat ze het niet koud had.

Natuurlijk had ze het rumoer wel gehoord, het paniekerige geschreeuw. Natuurlijk had ze gezien hoe de moeders waren gaan rennen, hoe de juffen de kinderen naar binnen joegen en een auto met gierende banden van school wegreed, met het PSV-shirt jankend op de achterbank. Ze kwam omhoog en omdat haar benen zo trilden begon ze maar te lopen, korte, onvaste stappen in de richting van de school. Het plein was verlaten. Vanachter de ramen van de klassen staarden de kinderen haar aan. Uitgelopen schmink op hun bolle wangen. Juffen met streeplippen volgden haar met hun ogen. Nu zaten zij in een kijkdoos. Ze liep langs een tafel met een megafoon, een paar fluitjes en een stapeltje rugnummers. Bij de ingang van school hing een poster: WINTERSPULLEN VOOR HET GOEDE DOEL KUNNEN TOT MAANDAG WORDEN INGELEVERD. Achter de glazen deur stond een gestalte, zijn bleke gezicht viel bijna weg achter de rosse snor. Zijn hand lag op de klink. M. zocht zijn blik en toen hij eindelijk zijn oogleden naar haar opsloeg probeerde ze nog een keer te lachen, met ontblote tanden. Hij keek terug en schudde heel even met zijn hoofd. Daarna zette hij de klem op de deur en verdween in de donkere hal van de school.

VI

In afwachting van de verdere stappen die de ouders van de jongen wilden nemen, was ze geschorst. Haar moeder was woedend. Wat moeten mensen wel niet denken, ik heb al zoveel aan mijn hoofd, wil je soms dat ze je komen halen? Maar M. zag ook een fonkeling in haar ogen. Terwijl haar moeder haar tirade afstak, gedempt, in een hoek van de keuken, omdat haar vader ieder moment onder de douche vandaan kon komen, staarde M. naar haar broertje dat onverstoorbaar naar buiten keek, de zon op zijn gezicht, zijn haar met lotion in een zijscheiding geboetseerd en zijn armen in een te strak wollen truitje geperst. Zeg iets, dacht ze. Kijk me aan, trek een wenkbrauw op, rol met je ogen. Val me bij. Maar het leek alsof zich onder zijn haardos een glazen kas bevond, een holle ruimte waarin niets bleef plakken terwijl haar hoofd bijna bezweek onder de rotzooi. Er bestond zoiets als parasitaire tweelingen, waarbij de ene foetus in de buik zich ontwikkelde ten koste van de andere. Zo voelde het ook bij hen, hoewel ze niet wist wie van hun tweeën er dan met de buit vandoor ging. Ze miste het samen slapen, zijn trage zuchten en warme lichaam tegen haar aan. Zijn zwijgen had vroeger nog als een pact gevoeld, maar nu was het alsof hij voorgoed hun kant had gekozen.

Haar vader mocht niet weten dat ze thuiszat, dus vertrok M. iedere ochtend naar het kamp. Daar draalde ze rond tot Tony uit school kwam. Ze borstelde Drikus en mestte zijn stal uit, raapte eieren bij de kippen, reed een paar rondjes op de bokkige shetlander die los tussen de wagens liep en sleet de rest van de tijd bij Drikus in de stal op het stro, terwijl ze hem verhalen vertelde over Winnetou en Hatatitla. Tegen het middaguur sloeg de deur van de schoolwagen op het terrein open en stormden de kinderen de trap af. Geruisloos sloot ze zich bij Tony aan, parkeerde haar laarzen in de bijkeuken, trok de sloffen aan die Joyce voor haar had neergezet en schoof aan tafel. Na het eten tuigden ze Drikus op en gingen aan de slag. De eer van de familie, eigenlijk die van het hele kamp, rustte op Tony's schouders, maar zij voelde zich minstens zo verantwoordelijk. Bruine Drikus was een nakomeling van de bekende prijsdraver David Henrikus Lux. Tony sr. had het dier ooit met een deel van de inboedel van een wanbetaler bedongen; een bekende stalhouder die dravers fokte. Het was een van de vele verhalen die ze de rokende mannen aan tafel aan elkaar hoorde vertellen. M. zat na de trainingen graag in een hoek van de woonwagen naar ze te luisteren.

Tony was geduldig en had een zachte hand, maar soms werd ze daar wrevelig van. Het was een race waarvoor ze oefenden, geen schoonheidswedstrijd. In wat een ander leven leek had ze meester Brummelhuis gevraagd een boek over dravers voor haar uit de bibliotheek te lenen en in drie nachten wist ze alles. Ze hielp met het materiaal, maakte de lange leidsels aan het hoofdstel vast en rende naast het paard mee door de wei. Tony liep achter het dier terwijl hij instructies gaf, zij corrigeerde als dat nodig was. Om hem te laten wennen aan lawaai en afleiding, sloegen ze met pollepels op emmers of probeerden hem onverwacht te laten schrikken, tot Drikus stoïcijns reageerde op elk geluid en onverstoorbaar doordraafde. Tweemaal per week deden ze een tempotraining. Als het donker was en een van Tony's oudere broers thuis was om op de uitkijk te staan, mochten ze hem voor de sulky spannen. Tony zat dan wijdbeens op de kar terwijl zij naast Drikus liep en Tony sr. hen coachte vanaf de zijlijn.

Tijdens de trainingen draafde M. mee op de maat van Drikus' hoeven, uren achter elkaar door het natte gras zonder moe te worden of een stap te missen. Als zij struikelde of uit de maat stapte, zou het dier voor straf in galop vliegen, dat wist ze zeker. Aangalopperen tijdens de koers leidde tot diskwalificatie – dan was het meteen afgelopen. Het doel was dan ook het omslagpunt van draf naar galop steeds verder te verleggen, tot ze Drikus' snelste punt hadden bereikt. Tony was te voorzichtig, of misschien zelfs een beetje bang. Als ze tijdens het droogoefenen door de wei raceten merkte ze dat hij Drikus met de leidsels wat probeerde in te houden, zogenaamd om te voorkomen dat hij in galop vloog, terwijl zij dacht dat ze nog harder konden. Dus klikte ze met haar tong en zette een tandje bij, want ze wist dat Drikus naar haar luisterde. Dat Tony tegelijkertijd tegendruk leverde was niet erg. Ze had gelezen dat druk op het bit voor dravers juist een teken was om harder te gaan. Terwijl Drikus' hoeven over de graspollen zweefden en bijna loskwamen van de grond, voelde ze in haar rug hoe Tony rennend naar adem hapte en bochten moest afsnijden om bij te blijven.

———

Op de dag dat ze hun kleding voor de wedstrijd te zien kregen, mocht ze voor één keer op de sulky. Als troost.

De dag was niet eens zo slecht begonnen. Nadat Tony die middag uit school kwam hadden ze uren door de weilanden tussen het kamp en de boerderij gerend. De winter liep ten einde, het gras zoog niet meer aan hun laarzen. De aarde veerde waardoor het leek of Drikus sneller draafde dan ooit. Dampend van de inspanning kwamen ze na de training de wagen binnen, waar het rook naar wasverzachter. Tony's moeder zette hen aan de tafel. De glasplaat was altijd smetteloos, M. durfde haar vingers alleen op de messing rand te leggen. Haar kousenvoeten bungelden boven het kleed. Tony bukte om aan zijn hiel te kriebelen en toen hij overeind kwam knalde hij met zijn hoofd tegen de punt van de tafel. De tranen sprongen in zijn ogen. Joyce snelde toe om hem te troosten terwijl een van Tony's zussen een bordje Fruittella's voor hem maakte. Een voor een haalde ze de snoepjes uit hun wikkels en legde ze in een hartvorm op het porselein. Tony leek zich niet te schamen. Terwijl zijn moeder zijn tranen afveegde stak hij ze allemaal in zijn mond. Hij verbaasde haar elke keer weer. M. had verwacht dat kampers, pardon: reizigers, een hard volk waren. Waarom wist ze eigenlijk niet. Misschien omdat haar vader zei dat het tuig van de richel was. Zoiets had haar moeder ook over Frenkie gezegd en Frenkie was hard als staal. (Als ze aan hem dacht begon haar buik te golven.) Maar Tony was niet zo. Als er een steentje in zijn laars zat, moesten ze stoppen zodat hij het eruit kon kloppen. Rustig leunde hij dan met een hand op haar schouder terwijl hij zijn laars uittrok – van verbazing kon ze geen woord uitbrengen. Als er een steentje onder je voet zat, liep je door tot het moment dat je je schoenen uittrok omdat je naar bed moest, of omdat je ergens naar binnen ging. Tot die tijd deed je alsof het er niet was, al prikte het ding tot bloedens toe in je voetzool. Dat was de regel. Zo had ze een heleboel regels in haar hoofd, die Tony blijkbaar niet kende. Ongegeneerd snikte hij na terwijl zijn moeder over zijn bult wreef. Huilen deed je niet. Huilen was erger dan pijn. Iedereen die je pijn deed werd uiteindelijk moe, en als je niet huilde had je alsnog gewonnen.

Wacht, zei Joyce. Ik heb iets om je op te beuren. Niet bewegen tot ik terug ben. Ze wees met een lange, roze nagel naar hen en liep naar de bijkeuken. La Sonrisa lag in de hoek aan de machine te puffen en twee zussen van Tony zaten op de hagelwitte bank. Even later riep ze: ogen dicht! Onder tafel greep Tony haar hand. Toen M. haar ogen opendeed zakte het bloed naar haar schenen. Trots hield Joyce twee kledinghangers omhoog. Een met een zwart pak, en een met een knalroze jurk. Tony's zussen veerden op van de bank, sloegen tegelijk hun hand voor hun mond en slaakten kreten van bewondering. Naast haar kwam Tony van zijn stoel om aan de zwarte stof van zijn kostuum te voelen.

Kijk, richtte Joyce zich tot haar met de jurk, we hebben er vulling in laten zetten omdat je zo plat bent. Teder streek ze over de bulten onder het hartvormige decolleté. Aan de nek van de kledinghanger hing een tros glinsterende kettingen. Voorzichtig hield ze de jurk tegen het lichaam van een van de zussen, die begon te kirren als een poes.

Zo'n klein maatje heb ik nog nooit gezien, zei ze vol ongeloof. Joyce liep weer naar de bijkeuken en kwam terug met twee roze hakschoenen. Stralend hield ze ze omhoog.

Deze horen erbij.

M. wilde niet ondankbaar zijn, maar ze weigerde de jurk te passen. Een hoerenjurk, was wat ze dacht, een hoerenjurk voor een hoerenkind. Met neptieten en hakken waardoor ze niet meer kon rennen. Een taille zo strak dat ze geen adem kon halen. Een gekortwiekte parkiet voor de honden. Er viel een zwaarte over haar die ze niet kon verklaren. Ze kon niet meer bewegen.

Joyce en de zussen probeerden van alles om haar het ding te laten passen en toen Tony sr. thuiskwam bemoeide zelfs hij zich ermee, maar ze zat op slot. Ze moesten haar letterlijk van de stoel af tillen.

Weet je wat, zei Tony's vader op een gegeven moment, als jij die jurk past, mag je van mij een rondje op de kar.

Het was als autorijden wanneer haar vader dronken was. Plankgas en vertrouwen op je instinct, misschien een beetje op geluk. Rakelings door de bochten, balanceren op de rand tussen het wegdek en de berm, soms erover, glibberend over de onvaste ondergrond en hopend dat een van de wielen voldoende grip vond voordat ze op een boom knalden. Het toerental gierend over de klink jagen, als de angst te groot werd je ogen dichtknijpen en bidden dat er geen tegenligger achter de volgende bocht tevoorschijn kwam. Ieder moment kon de klap komen en zolang die niet kwam werd je geluk verdubbeld. Obstakels en andere auto's werden vage vormen terwijl de lichtstralen van hun wagen door een smalle strook van zwart sneden. Links en rechts vielen tegenliggers van de weg, de diepte in. Haar vader schreeuwde tegen iedereen die hem dwarsboomde in het leven – M., haar moeder, de oma's, mensen met wie hij zakendeed, automobilisten die het waagden naar hun voorhoofd te wijzen en te toeteren. Daaroverheen denderde de muziek zo hard uit de boxen dat het leek alsof er in de bovenwereld geen uitweg meer voor haar was. Ze wilde verdwijnen tussen de naden van de autobank, naar een plek diep in de aarde waar rust was – geen gevaar, geen geluid, geen beweging. Gewoon het gevoel van muren in haar rug, overzicht en stilte. Maar de muziek, het schreeuwen, het gevaar was overal. Jankende gitaren als ze net op tijd over de spoorweg jakkerden, terwijl de slagbomen op een haar na het dak van de auto misten. Opzwepend slagwerk als een tegenligger op hoge snelheid op ze afkwam en bij de bestuurder langzaam het besef indaalde dat er iets vreselijk mis dreigde te gaan. Soms was ze zo bang dat ze over de rand van haar angst viel en begon ze te schaterlachen, alsof er een net kraaien in haar buik zat die zichzelf probeerden te bevrijden. Ze pikten in haar buik, deden haar pijn. M. probeerde ze vrij baan te geven, maar tegelijkertijd was ze bang voor wat er zou gebeuren als ze via haar mond naar buiten zouden komen. Als ze zo lachte, als een maniak, keek haar vader even over zijn schouder met een blik waarin bewondering glansde. Haar moeder huilde en smeekte hem te stoppen, maar M. snapte wat hij deed. Je moest doorduwen tot je losliet.

Tony sr. gaf haar precies één ronde instructies. Daarna keek hij verbaasd toe hoe ze met Drikus over het inktzwarte weiland stoof, vlak langs de droge sloten en het prikkeldraad in de hoek. Ze moest even haar balans vinden op het frame, haar voeten op de juiste plek zetten en de zachte mond van Drikus in de leidsels voelen, maar toen draaiden de wielen van de sulky steeds sneller, veerden op bij de kleinste hobbel in het gras, tot ze de grond nog nauwelijks raakten. De wind sneed langs haar wangen terwijl ze de spanning op het bit steeds verder opvoerde. Haar ademhaling versnelde tegelijk met die van het dier, tot ze een punt bereikten waarop ze samenvielen. Zo hard waren ze in een training nog nooit gegaan. De benen van Drikus hakten door de lucht als een marcherende soldaat, op weg naar een steeds langer zweefmoment. Ze stegen op. In de bocht hield ze iets in, haar mouw bleef een seconde aan een streng prikkeldraad hangen. Eén verkeerde beweging met een vinger of een verschuiving van haar balans, één struikelstap van Drikus en het was gedaan.

Aan de rand van het veld stond Tony sr. zwijgend met zijn arm rond de schouders van zijn zoon. Achter het raam van de woonwagen keken de vrouwen toe.

Toen ze weer binnenkwamen zei Tony's vader tegen zijn vrouw: laat maar zo'n zwart pak bijmaken.

VII

Naast haar lag een vrouw te slapen met haar wang tegen het raam. Haar mond was een beetje opengezakt. Iemand zou een breinaald door haar strottenhoofd kunnen steken zonder dat ze het zag aankomen.

Haar vader gaf gas waardoor de vrouw tegen het raam naar achteren schoot. De trein raakte steeds verder achterop, tot ze alle coupés hadden ingehaald en er tot aan de horizon niets te zien was dan akkers.

Zit stil, zei hij. Ze wist niet dat ze had bewogen.

Hij nam de afslag, scherp, waardoor de deur hard in haar zij drukte. Achterin rolde Boelie over de bank. Toen ze bij het stoplicht tot stilstand kwamen schoot hij voorover tegen de rug van haar stoel.

Oef, klonk het.

Een benzinepomp. Rijtjeshuizen en betegelde voortuinen. Een verlaten plein met een dierenwinkel, een fietsenmaker, een kerk. Gekleurde slingers en vlinders op de ruiten van een school. Een kruispunt met stoplichten. In de stilstaande auto aan de overkant zaten een moeder en een kind. Ze kletsten en lachten, schuin over hun buik de autogordel. Haar vader gaf gas op het moment dat de moeder naar de pook reikte om te schakelen. Ze waren er al voorbij.

Ze hadden de bebouwde kom verlaten en reden nu door de polder, tussen langgerekte boerenbedrijven en tuinkassen. Het was te koud voor het vee. De weg slingerde tussen de landerijen, tegen een boom stond een kruis naast een uitgedroogd bloemstuk. Haar vader minderde vaart om vervolgens een groot, rommelig terrein op te draaien. Overal stonden auto's geparkeerd, zij aan zij, in schuine rijen. Achter iedere voorruit prijkte een bord met informatie. In het midden van de rijen blik en staal was een laag gebouw met een golfplaten dak. Autowrakken stonden in de aangrenzende weilanden, op en naast elkaar in het gras als spelende pups.

Toen haar vader uitstapte bromde hij iets naar haar wat ze niet verstond. Na een paar passen draaide hij zich om en gebaarde ongeduldig naar haar. Snel gleed ze uit de auto, greep Boelie van de achterbank, zette hem op haar zij en rende achter hem aan.

De man achter het bureau schoot overeind. Om zijn pols hing een gouden schakelketting, onder de boord van zijn overhemd schitterde een kopie. Toen hij haar vader de hand schudde verschenen blosjes op zijn wangen terwijl zijn mondhoeken nerveus omhoogtrokken. In een asbak op het bureau lag een brandende sigaret. De man lachte een verkleurd gebit bloot. Achter hem stond een loeiende blower, die zijn best deed zijn hoekje in de loods te verwarmen.

Ik weet zeker dat ik jullie blij kan maken, zei de man, iets te hard, terwijl hij naar haar knipoogde. Haar vader hield nog steeds zijn hand vast en trok een wenkbrauw op.

We gaan het zien, antwoordde hij, en hij liet de man los.

Terwijl de verkoper haar vader door de showroom leidde, glipte zij met Boelie weg om ze niet tot last te zijn. Haar broertje was al een paar dagen warm en jengelig, wat haar vader tot waanzin dreef. Zelf had ze nog steeds een naar kuchje, alsof haar luchtpijp werd fijngeknepen. Ze verslikte zich vaak, ook als ze niets aan het eten was. Dan schoot een klep in haar keel dicht en hapte ze naar adem tot haar ogen bijna uit hun kassen kwamen. Net als ze dacht dat ze stikte, en deze keer echt, kreeg ze weer een beetje zuurstof. Ze zocht naar manieren om meer ruimte te maken in haar luchtpijp – aceton, benzine, lijm, markeerstiften, sigaretten. Telkens hielp het maar even.

Toen ze de deur van de showroom openduwde sloeg de kou haar in het gezicht. De weilanden waren inmiddels ondergedompeld in mistbanken, alleen de daken van de gestapelde autowrakken waren nog zichtbaar. Ze wandelde over het erf richting het hoge gras en dook de nevel in. Elke paar passen werd een nieuwe cirkel met gestapelde auto's zichtbaar, alsof ze doorklikte met een diakijker. Na twaalf plaatjes was de schijf rond en begon het van voren af aan. Blauwe auto's, rode, zwarte, vierkante neuzen met een buts, ingedeukte billen, gebarsten ruiten met ruitenwissers die als voelsprieten omhoog stonden. Toen ze achteromkeek was het gebouw verdwenen in de mist. Met grote passen liep ze verder tussen de rijen auto's door en begon te tellen – ook om straks de weg terug te vinden. Het gewicht van haar broertje drukte op haar heup. Bij tweehonderd stond ze stil. In welke richting ze ook keek, overal zag ze dezelfde gesneuvelde wagens. Haar benen waren stijf en gevoelloos. Voorzichtig trok ze aan het portier van een roestbruine stationwagon die op vier kale velgen stond. Krakend ging hij open. Ze liet Boelie op de leren stoel glijden, waarvan een pluk gele vulling omhoogkwam tussen de stiknaden. Ze liep om de wagen heen en nam plaats op de bestuurdersstoel. Het stuur was zo groot dat het leek alsof ze een boot bestuurde, dwars door een zee van autowrakken. Ze kon maar net over het dashboard heen kijken. Links en rechts van hen deinden de gewonde auto's met hen mee, de vloot was op weg naar huis na de strijd. Haar broertje begon weer zachtjes te jammeren, een spoor kwijl liep over zijn kin naar zijn jas, een vochtplek groeide op zijn raspende borst. Snel veegde ze zijn gezicht schoon, maakte haar hand droog met de bekleding en gaf hem de sleutelhanger die ze van het bureau van de autoverkoper had gegrist. Het tinkelende geluid en het flitsende metaal voor zijn ogen hadden meteen effect. Zoemend trok hij zich terug in zichzelf. M. zakte onderuit en drukte met haar tenen het gaspedaal in. Richtingaanwijzer uit, het schuifje van de mistlampen omhoog en daar gingen ze weer, in volle vaart over de witte schuimkoppen. Ze drukte de knoppen van de radio in – als de ene naar binnen ging schoot de andere eruit, van een naar tien en weer terug, tot plotseling een cassettebandje werd uitgespuugd. Ze stak het ding in haar zak. Terwijl hun boot verder dobberde over de mistige golven, boog ze zich voorover naar het handschoenenkastje. Ze vond snoepwikkels, een bril met één poot, een lege portemonnee met schimmel tussen de vakken en een boek waarvan de randen waren omgekruld. Ze liet haar vingers over de bladzijden glijden, langs de inhoudsopgave, de vetgedrukte koppen en de foutloze zinnen, en voelde hoe ze langzaam rustig werd.

> Laat nooit, zelfs niet eventjes, een kind, een afhankelijke volwassene of een dier in de auto achter als u deze verlaat. Het kan zichzelf of anderen in gevaar brengen door bijvoorbeeld de motor te starten, door organen te bedienen zoals de ruitbediening, of de portieren te vergrendelen. Bovendien kan bij warm en/of zonnig weer de temperatuur in het interieur heel erg snel oplopen met **LEVENSGEVAAR OF GEVAAR VAN ERNSTIG LETSEL.**
> **VEILIGHEID VAN DE KINDEREN.** Een achterportier kan niet van binnenuit worden geopend als u het knopje **3** omzet. Controleer of het portier inderdaad niet van binnenuit geopend kan worden. Herhaal dit bij het andere achterportier.

Ooit had dit boekje, waarin alle woorden in precies de juiste volgorde stonden, instructies gegeven aan een bestuurder die precies deed wat er stond. Een vergeten komma of een woord op de verkeerde plaats en het ging mis. Misschien was het zo ook met mensen. Dat als je sprak, alle woorden op de juiste plek moesten staan en alle zinnen in de juiste volgorde, anders begreep de ander niet wat de bedoeling was, of, erger nog, zei je iets wat vreselijke gevolgen had. Toen haar vader een tijdje geleden aan het einde van een lange nacht huilend in haar schoot lag en zei dat het hem speet, had ze hem gevraagd of hij kon beloven het nu echt nooit meer te doen. Ja, zei hij, dat kan ik. Als jij kunt beloven me nooit meer een reden te geven om het te doen.

Dagenlang had ze gewerkt aan een contract. Alle woorden die ze kende liet ze als bingoballen door haar hoofd buitelen tot de beste eruit kwamen. Ze dacht na over de zinnen en de volgorde ervan, hoe ze de boodschap zo kon formuleren dat hij niet boos zou worden. Eerst haar belofte, met daarbij een uitgebreide omschrijving van alles wat ze fout deed en nooit meer zou doen, daarna pas die van hem, kort, omfloerst, zo geformuleerd dat er geen discussie zou ontstaan – dat doe ik helemaal niet (haar vader, opzwellend); hoe haal je het in je hoofd zoiets op te schrijven (haar moeder, met een puntige vinger in haar gezicht) – want dan was haar kans verkeken. Ze zocht iets vrolijks om mee af te sluiten. Zo gaan we een fijne toekomst tegemoet – die was gesneuveld, omdat het suggereerde dat ze anders geen fijne toekomst tegemoet gingen. Zo zijn we allemaal blij – dat kon ook niet omdat haar vader het altijd had over alle mensen die hem achter zijn rug om naaiden, maar als blije huichelaars in zijn gezicht stonden te lachen. Uiteindelijk kwam ze tot een simpel 'Dat beloof ik'. In die drie woorden zat alles. Een zin zo zuiver dat hij geluid maakte in haar hoofd, een melodie waarvan ze zeker wist dat hij onmogelijk vals kon klinken. Het was de zin die hen verbond.

De mist was inmiddels naar binnen gekropen, de wereld buiten de auto verdwenen. Alleen zij en haar broertje waren nog over, deinend op de oceaan. Ze keek opzij. Als ze nu wegglipte, zou Boelie dan in zijn eentje de weg terugvinden? Natuurlijk, hoorde ze haar moeder zeggen. Hij kan het allemaal prima, hij is gewoon lui. Nu hij ouder werd hoopte M. steeds vaker dat hij haar verhaal zou bevestigen op de momenten dat haar ouders deden alsof ze gek was. Dat hij zou opspringen en roepen: wél, stelletje klootzakken, het is wél zo gegaan. Ze verzint het niet. Een blik zou al voldoende zijn – een knikje desnoods. Maar hij stelde geen vragen, hij klaagde niet, hij huilde niet, hij kromp niet in elkaar als een arm werd opgeheven. Hoewel ze bijna altijd samen waren, hadden ze geen gedeelde herinneringen die ze konden bespreken, beelden die ze samen konden scherpstellen waardoor ze haar misschien eindelijk met rust lieten, in plaats van haar na te jagen als flarden in elke etalageruit, achter iedere schaduw. Bij hem verdwenen alle lange nachten, alle huizen, alle angsten in een zwarte put. Het was alsof zijn geheugen voortdurend door de wasstraat ging, heen en weer, heen en weer. Zachte borstels in zijn hoofd.

Boelie nam een hap adem en zoemde zachtjes verder als een motorboot, de sleutelhanger op tien centimeter voor zijn ogen, een stip op de horizon.

Zonder getuigen was je nergens. Zonder foutloos verhaal ook niet. Ze dacht aan de politie, de maatschappelijk werksters, haar juffen en meester, aan Vrouwtje Plooi. Ze wilden helemaal niet dat M. zou praten, ze praatten vooral zelf. Kom maar met me praten als je wilt, zeiden ze. Kom het maar vertellen. Je moet het wel vertellen. Had je het maar verteld.

Vertel maar.

Vertel.

Tel.

Tellen.

Er moest een manier zijn waarop je woorden als sommen kon gebruiken, zodat de betekenis ervan voor iedereen hetzelfde was. Misschien was dat wel de reden waarom Boelie nooit iets zei. Omdat hij wist dat het toch nooit goed was. Maar zij gaf het niet op. Het contract met haar vader was een goede eerste poging geweest. Toen hij de definitieve versie ervan ondertekende, ontstak er een klein vuurwerk achter haar ogen. Onoverwinnelijk had ze zich gevoeld. Hoe was het mogelijk dat ze hier niet eerder aan had gedacht? Het was zo simpel en zo slim – *Dat beloof ik.*

Het duurde nog geen week. Maar de papieren in haar kistje waren in ieder geval bewijs dat ze het niet had verzonnen.

Toen ze opschrok wist ze meteen dat de claxon al heel lang klonk. Korte kefjes afgewisseld met een lange, woedende hoorn. Als een sirene waaide het geluid over de weilanden, maar nu pas registreerde ze het. Een korte pauze, en opnieuw.

Ze dook uit de wagen, pakte haar broertje en rende met hem tegen zich aan gedrukt tussen de rijen auto's door, terug naar het gebouw. Door de dichte mist zag ze nauwelijks waar ze liep, maar naarmate ze dichterbij kwam klaarde het op. Haar vader stond op de rand van het stenen erf naast een tweedehandsauto, met de passagiersdeur open en zijn hand op de toeter. Zodra hij haar zag sloeg hij de deur dicht en beende weg. Ze haalde hem in terwijl ze haar gehijg doorslikte.

Weet je hoe lang ik hier godverdomme sta te wachten?

IJzige kalmte. De wind trok een rilling van het kuiltje in haar nek naar haar billen.

Het spijt me, zei ze. Hij maakte een wegwerpgebaar.

Flikker op, man.

In de warme loods begon ze meteen te kuchen. Zodra haar vader haar aankeek stopte ze. De autoverkoper achter zijn bureau stak joviaal een pen in de lucht.

Dan alleen nog even dit en dan is de mooie meid van u, meneer.

Haar vader schoof de papieren naar zich toe en zette de handtekening die ze kon dromen.

Adres klopt, meneer? Een kalknagel tikte op het papier. Haar vader knikte.

Dan rest mij alleen nog een felicitatie, meneer.

De knuist van de man schoof in de hand van haar vader, die kneep tot de brede glimlach van de verkoper versmalde. De man trok zijn hand weg.

Ik ga dat meisje voor jullie naar buiten rijden.

De mist op het erf was dikker geworden. Opnieuw klonk er getoeter, maar nu kort en vrolijk. Vanachter het gebouw kwam de verkoper aanrijden in een Mercedes die dwars door de nevel heen schitterde. Toen het slagschip voor hen tot stilstand was gekomen wisselde de man van plaats met haar vader.

Mooier dan dit komen ze niet, meneer, zei hij terwijl hij zijn hand liefdevol op het dak liet rusten. Vervolgens trok hij het portier voor M. open zodat ze Boelie op de achterbank kon zetten. Ze voelde in haar zak naar de twee sleutelhangers, de pepermuntjes en de pen die ze van het bureau van de autoverkoper had gepakt en stapte toen voorin, naast haar vader.

Toen ze wilden wegrijden klopte de man tegen de ruit. Haar vader liet hem een stukje zakken.

Hier, lachte de verkoper, en hij overhandigde haar vader een doorzichtig mapje met papieren. De schakelarmband tikte tegen het glas.

U vergeet het contract.

VIII

De ceremonie was al begonnen.

Het is achter, zei de uitbater van het café met een korte knik toen haar moeder de deur openzwaaide, waardoor de koperen belletjes rinkelden. Haar zwarte pumps, zwarte cape en zwarte dooshoedje vormden een opvallende uitdossing. In de dorpsstraat had iedereen haar nagekeken, die donkere gestalte die met tikkende hakken over de stoep voortsnelde met twee kinderen aan de hand, zomaar, op een druilerige vrijdag tussen het volk dat op weg was naar de buurtsuper of de Boerenbond. Haar vader had hen verderop afgezet, uit het zicht van de familie. Toen hij er in de nieuwe auto met piepende banden vandoor ging, had een boer met zijn vinger naar zijn voorhoofd gewezen.

De kroegbaas draaide zich onbewogen om en droogde het volgende bierglas af. Aan het einde van de bar zaten zwijgende mannen achter grote pullen bier in de flauwe ochtendzon.

Toen ze via een donker halletje en een zwaar gordijn de zaal binnenstapten, draaiden alle hoofden hun kant op. Afkeurende blikken onder de zware balken. M. sloeg meteen haar ogen neer, maar haar moeder keek zoekend door de ruimte, tot ze voorin haar broers met hun vrouwen zag zitten. Jeannette was er ook, tussen oom Ad en oom Frans in. Ze droeg een luipaardvestje zonder mouwen, haar haren waren in een waaier rond haar hoofd getoupeerd. Tussen de rijen eenvormige mensen leek ze op een levensgrote kermisbeer. Vooraan, in het vage tegenlicht, praatte een man monotoon in een microfoon. De laatste haren op zijn schedel waren even vaalgrijs als zijn gezicht. Naast hem stond de kist. Op een barkruk ernaast prijkte het portret van een vrouw – samengeknepen lippen, diepe groeven naast de neus en het haar in een golf achterovergelakt als een helm. M. herkende haar eerst niet. Met een ruk aan haar arm snelde haar moeder verder, tussen de stoelen door, met Boelie als uitsteeksel op de heup dat overal tegenaan botste.

Sorry, even voor u langs. Ja, dat lukt, dank u wel.

Geroezemoes, de man met de microfoon haperde. M. kneep haar ogen dicht terwijl ze zichzelf onzichtbaar probeerde te maken. Toen ze haar ogen weer opendeed zat ze op een stoel op de voorste rij, tussen haar moeder en haar oudste oom in. Haar moeders bovenlichaam bewoog niet, alsof ze haar adem inhield. M. staarde naar de schoenen op de rode tegelvloer. Die van haar oom waren vormeloos en stonden dwars op de grenzen van de tegellijnen. Die van haar moeder waren tegen elkaar aan gedrukt, het spleetje naast haar grote teen was net zichtbaar door het waas van haar panty. Eén schoen wipte nerveus op en neer. M.'s eigen schoenen bungelden boven de grond. Ze duwde haar tenen hard omhoog, maar het stugge leer bleef rimpelloos. Geen teken van leven, hoe hard ze ook duwde. Ze wilde niet opkijken naar het vreemde gezicht dat haar aanstaarde vanaf de barkruk. Naast haar friemelde haar moeder steeds driftiger met haar zakdoek, haar gouden ringen tikten tegen elkaar. Opeens vielen ze stil in haar schoot.

Wat krijgen we nou? siste ze over M.'s hoofd naar oom Sjef. Die reageerde niet, verschoof alleen licht op zijn stoel. Een kruidige walm van shag en mottenballen ademde uit zijn jasje, waarvan de rafels aan de boord hingen. Een harde por in haar zij, alsof ze een boodschapper was die de aandacht van haar oom moest trekken.

Au, vormde haar mond zonder geluid. Ze sloeg haar ogen op naar haar moeder, maar die keek woedend naar haar oom.

Psst, Sjef, probeerde haar moeder nog eens. Ze prikte een rode nagel in de ribstof op zijn bovenbeen. Nu draaide haar oom met zichtbare tegenzin zijn hoofd opzij terwijl hij loom zijn wenkbrauwen optrok.

Wat moet dat voorstellen? Haar moeder knikte fel naar de kist.

Op het gelakte hout stond een boeket vol zware, rode kelken die net zo afhingen als de mondhoeken van haar oma op de foto. Vanuit het boeket stroomden linten aan weerszijden over de kist. Drie aan iedere zijde, bedrukt met gouden letters. M. kantelde haar hoofd om de namen te kunnen lezen. Eerst links, Sjef, Frans, Ad - haar ooms. Toen rechts, Tina, Rover, Botje - oma's lievelingshonden, de twee herders en het krullenbeest.

Waar ben ík? Haar moeder had de gave te kunnen spreken zonder haar lippen te bewegen. M. probeerde het wel eens na te doen voor de spiegel, maar zodra ze de m of de b wilde uitspreken ging het mis.

Dat vragen wij ons ook wel eens af, mompelde haar oom, maar haar moeder hoorde het niet. Ze draaide op haar stoel, wipte met haar benen en wrong haar handen. M. dacht aan de nerveuze vogel op de terrastafel voor het vakantiehuisje, die iedere dag terugkwam terwijl er niets te halen viel.

Oom Sjef luisterde nu geconcentreerd naar de man naast de kist. Toen haar moeder weer in zijn bovenbeen begon te prikken maakte hij een onderhands wegwerpgebaar naar haar, zoals hij deed bij de honden als ze schooiden.

Zodra de ceremonie was afgelopen verlieten haar ooms, hun vrouwen en de andere bezoekers in een schuifelende rij de deel richting de kroeg aan de voorkant, waar volgens de man met het vale gezicht koffie, jonge jenever en cake voor hen klaarstond. Haar moeder greep Boelie en snelde erachteraan. Binnen enkele minuten was de zaal leeg. Geroezemoes en gelach drongen vanachter het gordijn de deel binnen. M. zat nog steeds op de voorste rij en keek naar de man met het vale gezicht, die rond de kist bezig was. Zijn handen en hoofd leken van rubber. Het was haar tijdens de ceremonie al opgevallen dat zijn mondhoeken zo ver naar beneden wezen dat ze bijna de kraagpunten van zijn overhemd raakten. Zijn vingers glibberden razendsnel over de kist, legden de linten recht, wierpen zilveren hoedjes op brandende kaarsen en verzamelden de achtergebleven bidprentjes van de klapstoelen. Toen hij haar opmerkte krulden zijn mondhoeken met moeite een stukje omhoog.

Ik had je niet gezien.

Ze knikte even en staarde naar haar handen.

Is dat je oma? Hij streek over de kist. Ze haalde haar schouders op.

Ze zeggen het.

M. dacht aan het grote lichaam in de stal. De felle halen waarmee ze de riek onder de bergen mest stak en ze met één worp in de kruiwagen smeet. De schelle klap van de zweep waarmee ze de honden binnen een enkele tel achter zich dwong. Hoe ze M.'s blote rug schrobde met de versleten schuurhandschoen, een tandje harder als ze tranen in haar ogen zag verschijnen. Hoe ze als een stier tegenover haar vader was gaan staan toen hij Boelie had gegijzeld, een dag, een nacht, misschien nog wel langer, ze wist het niet meer. De politie had haar niet geloofd toen ze belde en vroeg of ze de lijn niet langer bezet wilde houden. Haar moeder was allang gesneuveld. M. vreesde dat het dit keer menens was, dat hij hun nu écht iets zou aandoen. Dat dit het moment was waarvoor ze altijd bang was geweest. Toen had ze wel gehuild – misschien was dat de laatste keer geweest. Terwijl hij met de ene hand Boelie vasthield en met de andere het jachtgeweer, had ze gehuild en op haar knieën gesmeekt, maar hij keek dwars door haar heen. En terwijl ze smeekte (*lafaard*) had ze zich ook zo gevoeld: onzichtbaar, niet omdat hij haar niet zag maar omdat ze in een wereld leefde die niet bestond, die niemand zag, zelfs de mensen die erbij waren niet – als ze het niet overleefde was dit nooit gebeurd, maar als ze het wel overleefde ook niet. Dan was ze morgen, volgende week, volgende maand terug in de klas, in de gymles, in de supermarkt en dan was er niets waar van dit alles, behalve de beelden in de kamers in haar hoofd. Ze smeekte terwijl hij met zwarte ogen urenlang tierde over loyaliteit, verraders en schuldige mensen die hun schuld aan hem probeerden te geven, een schuld die hij weigerde over te nemen, een schuld die de zijne niet was en die hij niet zou dragen. Dachten ze soms dat hij gek was, wilden ze hem dat laten geloven, was dat waarom ze hem dit kind hadden gegeven, als spiegel, misschien wás hij dit kind wel, zo ver waren ze gegaan om hem eronder te krijgen, maar ze zouden niet winnen. Hij sleurde het zwijgende kind met zich mee, sleurde zichzelf met zich mee en ze dacht dat dit het einde was. Op dat moment liet M. los en verdween achterwaarts in het donker. Ze stond weer op de fietsbrug, hoog boven het water en de voorbijrazende auto's, de brug splijtte open onder haar voeten en daar ging ze, zonder dat iemand het merkte.

Maar hij kwam terug, met haar broertje, en zij was er ook nog. Ten einde raad had ze oma gebeld, met een fluisterstem die nauwelijks boven haar hartslag uitkwam. Samen met oom Sjef was oma in de auto gestapt. Toen ze het alarmpistool op hem richtte wisten ze allemaal dat het een nepgeweer was – zij, haar oom, haar vader en haar oma – toch liet hij het kind gaan, uit de houdgreep waar het als een zak aardappels onder vandaan gleed. Toen oma hen meenam kwam hij hen niet achterna. Ze zag haar vader in de deuropening staan, alleen, en ze voelde hoe een inktzwarte schuld als een boon achter haar navel werd geplant en zich langzaam in haar vertakte. Niemand had er ooit nog een woord over gezegd, ook oma niet.

Haar kist leek opeens te krap en stug, net als M.'s schoenen.

Wat verdrietig voor je, zei de man. Zijn gezicht plooide in een masker van medelijden. Maar ik weet zeker dat ze naar je kijkt, vanuit de hemel. Zijn hoofd schoot omhoog waardoor zijn nek rimpelde als een trekzak.

Ik denk het niet.

Van schrik stootte de man tegen de foto, die voorover op de barkruk klapte. Snel zette hij oma weer overeind.

Wat denk je niet, meiske?

Dat ze naar de hemel is.

Opeens moest ze lachen. Ze voelde de spanning in haar gezicht breken. Het geluid galmde door de lege ruimte. De kwaaie blik van haar oma op de barkruk, de man die als een happende vis naar woorden zocht, de vieze lichtstraal die de hondennamen op het lint belichtte, haar smetteloze schoenen. Op de een of andere manier was het grappig. De man hees zijn wenkbrauwen op en ging toen door met zijn werkzaamheden. De kist stond op een stalen constructie op wielen, die was verscholen achter een zwart tafelkleed. Nadat hij het ding had ontgrendeld draaide de man oma om, met haar voeten naar de uitgang. Een laatste knikje en daar ging ze, het bloemstuk als een dikke kat op haar buik.

Ik lijk op haar, zegt mijn moeder.

De woorden hingen even in de lege ruimte. De man draaide zich om met zijn kin omhoog, een vragende blik in zijn ogen.

Ik ben ook keihard.

Ze keek naar de man die zich geen houding wist te geven, richtte toen haar ogen weer op de barkruk en hoorde de wielen over de tegels glijden richting de uitgang, die uitkwam op de parkeerplaats.

Dikke slierten tabak hingen tussen de bezoekers in het café. Als een stofzuiger zoog ze zich een weg door de opeengepakte lichamen. Het had niet het rechtstreekse effect van een sigaret, maar het was beter dan niets. Toen ze eindelijk haar moeder vond trok haar hoofdhuid al minder aan haar slapen. Ze trof haar in de verste uithoek van de kroeg, bij de vensterbank aan een zijraam. Haar moeder was twee koppen kleiner dan haar ooms, maar ze was zo boos dat ze leek op te stijgen. Haar hoedje was afgezakt, driftig duwde ze het zwarte gaas voor haar ogen weg. De twee oudste broers namen kleine slokken van hun bier terwijl ze over haar hoofd heen de ruimte in keken en knikkend een paar laatste condoleances in ontvangst namen. Oom Ad probeerde haar tot bedaren te brengen. M. doopte haar pink in een vol borrelglaasje en stak hem in haar mond. De bittere smaak deed haar wangen samentrekken. Daarna wikkelde ze het plastic van een koekje en gaf het aan Boelie, die roerloos op de vensterbank zat. Een tweede koekje doopte ze in de jenever en ze nam een hap. Ze hoorde haar moeder met haar oom kibbelen over de bloemen, de linten waarop haar naam ontbrak, de lelijke kist en waarom werd ze eigenlijk gecremeerd – *gade gij haar graf bezoeken dan, nee toch? Dat bedoel ik.* Oom Sjef zei het kalm en beheerst, zonder haar moeder zelfs maar aan te kijken, maar dat maakte haar alleen maar bozer. M. griste het borrelglaasje van de bar en gooide de inhoud in één keer achterover. Jeannette, die een stukje verderop in haar bontje stond, deed alsof ze niets van het gekibbel hoorde. Haar gezicht glansde van het zweet, de lippenstift liep uit in de lijntjes rond haar mond. Toen haar moeder wanhopig haar kant op keek, deed Jeannette alsof ze iemand herkende aan de andere kant van de ruimte en stak uitbundig haar hand op.

Je hebt mijn rekeningnummer, zei haar moeder tegen Ad, dus stort het geld maar en dan zien jullie me niet meer. Daarna gebaarde ze M. dat ze haar broertje moest pakken.

Oom Ad schuifelde ongemakkelijk op de plaats terwijl hij zijn keel schraapte. Hij durfde haar niet aan te kijken.

D'r is geen geld, zus.

Haar moeders tanden klapten op elkaar terwijl haar ogen zich vernauwden. De geluiden van de kroeg dreven weg. M. keek nerveus om zich heen. Op een lege barkruk stond nog een glaasje, half gevuld met de doorzichtige spiritus. Snel dronk ze het op. Toen haar moeder weer sprak klonk ze vlak als staal.

Wat bedoel je, geen geld?

M. voelde een hittegolf opstijgen vanuit haar maag. Ze was bang om in lachen uit te barsten. Tegelijkertijd had ze medelijden met oom Ad, die steun zocht bij zijn oudere broers, maar Sjef en Frans staken hun lege bierglazen op naar de uitbater en draaiden een rondje met hun vinger in de lucht. Jeannette gooide haar hoofd in haar nek terwijl ze hard om een grap lachte, maar M. zag dat ze hen in de gaten hield.

Ons moeder heeft een lijstje bijgehouden en alles afgetrokken wat ze je de afgelopen jaren heeft gegeven. Er is niets over voor jou.

Oom Ad durfde haar nog steeds niet aan te kijken. M. keek omhoog naar haar moeder. Vanaf de rand van haar hoedje liep het leven uit haar, alsof iemand een ruitenwisser over haar gezicht trok. Nu was zij het die iets in de verte leek te zien, dwars door alle mensen heen. Ze snoof kort.

Oké, zei haar moeder kalm. Oké.

De zwarte cape zakte een stukje van haar schouders. Oom Ad staarde naar de vloer en de andere twee keken geboeid naar hun nieuwe pilsje, alsof ze nooit eerder zoiets hadden gezien.

Kom, zei ze tegen M., we moeten naar je vader.

Zonder op haar te wachten draaide haar moeder zich om en baande zich een weg door de mensen richting de uitgang. M. greep Boelie van de vensterbank om haar achterna te snellen.

Nog één ding. Haar oom legde een hand op haar schouder maar keek haar niet aan. Hij tuurde naar Jeannette, maar die nam net met een overdreven bedroefd gezicht een condoleance in ontvangst terwijl ze een sigaret tussen haar gestrekte vingers hield. M. voelde de borrel als koelvries door haar lichaam stromen, terwijl haar hoofd hoogzomerheet gloeide. Een boer zat vast achter haar borstbeen.

Meggy is verkocht.

Hij zei het zo zacht dat ze even dacht dat ze het verzon.

Wat? zei ze. Ze slikte een gulp opkomende jenever weg.

Er reed al zo lang niemand meer op haar en, nou ja, je oma, je moeder, het geld, weet je wel.

De drukte in het café, de rook, al die vierkante mensen die haar pletten alsof ze in een hooipers zat, de kakelende lach van Jeannette die nu hun kant op keek, de druk achter haar borst. Ze dacht: ik doe mijn mond open, hou er een aansteker bij en boer de hele boel hier in lichterlaaie. Eén steekvlam en alles zou in rook opgaan, net als haar oma die op datzelfde moment de schoorsteen op het industrieterrein even verderop verliet. Ze deed haar kaken van elkaar en kreunde, hijgde, maar de klem in haar borst liet niet los, draaide zich alleen maar strakker aan tot ze geen adem meer kreeg en wegschoot, de ruimte door richting de deur, met Boelie als een pop aan een arm achter zich aan. Buiten zoog ze de winterlucht op tot haar longen ervan knisperden en haar ogen traanden. In het raam trof ze de blik van oom Ad, achter in de kroeg. Hij stak zijn hand naar haar op, maar ze draaide zich van hem weg, greep haar broertje en liep de hoek om, haar moeder achterna.

IX

De violen kwamen hun al tegemoet toen Tony jr. en zij naast elkaar hun vieze laarzen uittrokken in de bijkeuken. Het was een van de laatste trainingen geweest, binnenkort was de grote race. M. telde de dagen af. Op hun sloffen liepen ze de wagen in.

Handen wassen, zei Joyce. Toen ze klaar waren kregen ze twee schone handdoeken die naar marsepein roken. De eerste keer dat M. haar handen wilde afdrogen aan dezelfde handdoek als Tony, had iedereen aan tafel vol walging toegekeken. Boerenmanieren, had Joyce hoofdschuddend gezegd terwijl ze haar snel een nieuwe handdoek gaf. M. vond het grappig dat ze hier bij de boeren werd ingedeeld, tot Tony haar vertelde dat ze iedereen zo noemden die niet van het kamp was. Maar eigenlijk waren zij ook reizigers. Er was geen huis in haar geheugen dat ze zich als een thuis herinnerde, behalve de oude

Mercedes van haar moeder. Zolang ze in beweging bleven, waren ze veilig. Naar een wagen verhuizen zou alles oplossen en dan was haar moeder ook niet meer zo alleen.

Behalve Tony's moeder en het donkere silhouet van La Sonrisa in de hoek van de woonkamer was er nu nog niemand in de wagen. Maar het zou niet lang duren voor het halve kamp bij hen binnen zat.

Ga maar vast zitten, zei Joyce, ik kom zo met eten. Ze dirigeerde hen naar de bijzettafel bij het raam. Ze ploften neer en staarden samen in de verte, over het parkeerterrein met de wagens, het bruggetje naar het weiland waar een groen waas langzaam boven de modder tevoorschijn begon te komen, naar de langgevelboerderij die nog steeds als een trein in remise het zicht blokkeerde. Laatst droomde ze dat ze tot aan haar middel vastzat in de modder. Hoe harder ze probeerde vooruit te komen, hoe verder ze in de aarde werd gezogen, tot ze uiteindelijk met haar armen gestrekt naast haar oren als een heipaal onder het oppervlak wegzakte en de modder zich weer boven haar hoofd sloot. Nu de kou uit de grond begon te trekken werd de ruimte tussen de twee huizen kleiner. Maandenlang hadden regen, mist, hagel en sneeuw een natuurlijk scherm opgeworpen, nu was de wasstraat weg.

Hier. Voorzichtig zette Joyce twee borden voor hen neer. In een donkere berg zuurvlees dreven huisgemaakte frieten. Oogjes vet bolden op in de jus. M. moest een paar keer slikken.

Eet maar goed. Jullie hebben zo hard gewerkt.

Ze at tot haar ribben pijnlijk tegen haar huid duwden en zag toen dat nog minstens de helft van de bruin-gele heuvel over was. Tony pakte zijn lege bord en verwisselde het met het hare. Rustig at hij verder, zonder één keer te knoeien. Als hij af en toe een slok nam siste het zachtjes in zijn mond, alsof de cola de restjes zuurvlees tussen zijn kiezen oploste. In de hoek klonk het ritmische persen van de pomp die zuurstof in La Sonrisa's borst blies. Bij de lagere klanken van de gitaarmuziek was het alsof ze rustig ademde, zodra de viool kermde leek het of de machine versnelde. M. keek naar de deinende lakens met daarboven het vogelhoofdje op het kussen, tot Joyce weer tegenover haar verscheen.

Kijk, zei ze, je pak is aangekomen. Ze hield de hanger aan een gestrekte arm voor zich en trok een wenkbrauw omhoog, alsof ze zich niet kon voorstellen waarom iemand vrijwillig zoiets zou aantrekken. M. liet de stof van de zwarte broek door haar hand glijden. Het was van zachte wol, met een dunne, glanzende bies aan de buitennaad. Erboven een zwart gilet, ook met een bies afgezet.

Jullie krijgen er allebei een paars overhemd onder, dan ziet iedereen dat jullie een team zijn. Voor het hoofdstel van Drikus heb ik paars lint. En kijk uit jij, meiske, dat een van die jongens je na de wedstrijd niet ontvoert, want na een nacht samen moet je ermee trouwen. Joyce lachte terwijl ze de hanger met het pak voor M. omhooghield. Die gluurde naar Tony tegenover haar, die met twee handen op zijn volle buik achterover in zijn stoel hing.

Móói, zei hij gul.

M. streek over haar hoofd, duwde de stugge krullen naar beneden, een paar keer achter elkaar, maar het veerde steeds weer terug. Als ze nou ook nog een hoed of cap mocht dragen, zou ze echt op een jongen lijken. Ze durfde het niet te vragen. Dat ze als burger mee mocht was al heel wat. Tony sr.

had haar in gezelschap van een keukentafel vol familie gezegd dat hij haar wist te vinden als ze ooit tegen iemand haar mond voorbijpraatte over de race. Met een knipoog had hij zijn duim langs zijn keel getrokken. Ze wist dat hij haar mocht en dat hij blij was met haar hulp – Drikus draafde sneller dan ooit – maar ze kende dit soort mannen: onder de charme sluimerde altijd iets anders. Ze moest niet overvragen.

Aan de zijkant van de wagen klonk rumoer. Mannenstemmen, het gestamp van schoenen op de stenen.

Kom, zei Tony. Ze verkasten naar een hoekje van de woonkamer, waar een kleine tv op een tafeltje stond. Als het geluid uit bleef mochten ze daar de rest van de middag *Tom en Jerry* kijken, tot zij tegen zes uur weer de oversteek maakte.

Ze wist niet precies waarom ze naar de mannen keek of waarom ze inhaakte op het gesprek. Misschien was het de vlezige pols met de schakelketting over de rand van de stoel die haar aandacht trok, de sfeer die omsloeg aan de volle tafel waardoor er stroomprikjes door haar armen tintelden. De toon van het gesprek was scherper geworden. Haar ogen gingen van het televisiescherm naar de pols, terwijl haar oren probeerden de verschillende stemmen in het gesprek te ontwarren. De spieren in haar benen zetten zich schrap, terwijl Tony jr. naast haar vervaagde, net als de zussen op de bank en de vrouwen in de keuken, tot alleen de mannen aan tafel overbleven. Ze spraken een mengelmoes van Brabants en woorden in een taal die ze niet kende.

...die hufter betaalt niet. Hij reageert nergens op.

Iets wat ze niet verstond.

Je ken het niet laten gaan. Zo werkt het niet.

Instemmend gebrom.

De pols sloeg op tafel zodat de schakelketting tegen de glasplaat klingelde.

Het was verdomme mijn duurste wagen.

M. kromp ineen achter de kast. Ze zag hem zitten in zijn loods tussen de weilanden vol autowrakken. Het bureau, de loeiende blower, de kalknagel op het contract. De hand die een mapje papieren door het raam stak.

...het adres dat-ie heeft opgegeven klopt ook niet. Ik ben erlangs gereden, maar daar woont een bejaarde met een oranje Kadett.

Te veel stemmen tegelijk nu. De jongere mannen praatten door elkaar heen, zeiden dat ze in de omgeving gingen rondrijden tot ze de wagen vonden en wat ze allemaal met de wanbetaler zouden doen. De steen in haar buik groeide. Ze gluurde naar Tony jr. naast haar, maar die smakte zijn Rolo's weg, grinnikend om poes Tom die door de muizen met zijn staart aan de verwarming was gebonden. Misschien zag en hoorde ze weer eens dingen die er niet waren. (*Fantast.*)

Nu klonk de lage stem van Tony sr. De rest hield onmiddellijk zijn mond.

Geef mij het kenteken, dan laat ik mijn mannetje bij de politie kijken wie het is.

Toen de schakelketting instemmend lachte verschenen zijn tanden, dooiergeel van het roken.

En jullie... Tony sr. keek naar de jongens, *houden je rustig tot na het weekend. Dan heb ik het adres en mogen jullie die wagen terughalen.*

De grond onder haar voeten beefde en spleet open, langzaam verdween ze in de krater. De pomp in de hoek zuchtte rustig verder. Geleidelijk nam ze de ademhaling van La Sonrisa over. Terwijl de koude modder rond haar middel, haar borst en hals begon dicht te slibben, omhoogkroop naar haar oorlellen en haar neus binnenliep, sloot ze haar ogen en dacht ze aan de schoorsteenpijp die La Sonrisa's borstkas liet deinen zonder dat ze er iets voor hoefde te doen.

X

Ze wist dat ze hard kon rennen, maar zo hard ze nu over het veld vloog had ze nog nooit gedaan. Het was anders wanneer je voor je eigen leven rende. Tijdens het rennen was er altijd een moment waarop je je afvroeg of dat leven van je nou wel echt het rennen waard was, zeker als je eigen leven je achternazat, het leven waarnaar je ook weer moest terugkeren. Dat was ook meestal het moment dat ze verslapte en gepakt werd. Maar nu verslapte ze niet. Nu rende ze over de drassige kavels met benen die roteerden als de wielen van de sulky. Ze had beleefd bedankt voor het eten, zo rustig mogelijk afscheid genomen, met bijeengeknepen billen het eerste stuk gewandeld, van het parkeerterrein af, de brug over naar de wei, en toen was ze ervandoor gegaan. Ze ademde diepe teugen koude lucht in, zoog de zuurstof weg tussen het kamp en de langgevelboerderij tot haar speeksel was verdwenen en de zoete smaak van bloed haar mond binnendrong. Haar kaken zaten op slot en gingen pas weer open toen ze binnen was en Boelie en haar moeder zag zitten, de mensen waarvan ze wist dat ze in gevaar waren, die ze wilde meetrekken in een gat in de grond, of in een grot achter een gordijn van dennenappels en twijgen, waar ze de wereld in de gaten kon houden maar niemand hen ooit nog zou vinden. Maar ze wist dat haar moeder naïef zou zijn, *het zal wel meevallen, jij overdrijft graag*, terwijl de ogen van haar vader zouden gaan glinsteren, *laat maar komen, dat tuig.* Ze wist dat ze het maar één keer kon vertellen, maar één kans had het zo te brengen dat ze het serieus namen, dus toen haar kaken van het slot schoten gulpte ze het zo, in één keer voor hun voeten op de grond, in een bruine kwak vermalen zuurvlees en zelfgemaakte frieten. Boelie kraaide, haar moeder slaakte een gil. Ze schoof haar stoel naar achteren, *wat doe jij nou*, en, toen ze de berg onverteerd voedsel zag, *ik zie dat je bij andere mensen wel eet.* Vanaf daar ging het bergafwaarts.

Het was als een som waarvan ze van tevoren het aantal delen niet wist. Toen ze eenmaal de eerste stip had gezet en zich realiseerde waar die naartoe leidde, was het te laat. Ze had nooit iets tegen haar moeder moeten zeggen, er nooit op moeten rekenen dat zij nu eens de juiste beslissing zou nemen. Ze had rechtstreeks naar haar vader moeten gaan. Maar ze was te bang geweest, bang dat hij meteen naar de overkant zou lopen, rechtstreeks naar de wagen van Joyce (lieve Joyce, moddervoeten op het tapijt, de schoorsteen van La Sonrisa die stokte, de teleurstelling dat zij hen had verraden, dit boerenkind dat ze met open armen in hun midden hadden opgenomen). Bang dat haar vader zou wachten tot de familie van de Tony's na het weekend de auto kwam halen, dat hij voorbereid zou zijn wanneer ze aan de deur verschenen en ze iets aan zou doen. Bang dat haar vader zou winnen en haar de schuld zou geven van dit verraad, bang dat de familie van de Tony's zou winnen en haar de schuld zou geven van dit verraad. Bang dat ze niet meer mee mocht naar de race, waar ze nu juist alles goed zou kunnen maken, de eer van de hele familie, de eer van Bruine Drikus, een nakomeling van de bekende prijsdraver David Henrikus Lux – een eer die hen misschien wel meer waard was dan de prijs van die glanzende wagen die ze terug de mist in wilde duwen. Ze was bang en in paniek dus nadat ze haar ongeordende gedachten in brokjes had uitgespuugd had ze alles aan haar moeder verteld, zodat zij de juiste beslissing zou nemen. Maar van alle mogelijkheden die ze in kaart had gebracht, de zoveelste routeplanner achter haar voorhoofd, met hoofdwegen vol praatpalen, talloze landweggetjes en een aantal doodlopende straten waarin ze via een muur, een hek of een andere doorgang een alternatieve uitweg ontwierp, de kaart die maar bleef schuren en kreuken in haar loodzware hoofd, had ze déze mogelijkheid niet zien aankomen. Haar moeder hoorde haar aan en besloot haar vader niet te waarschuwen.

De zaterdag gleed voorbij. M. zat op haar kamer, met gebalde vuisten. Haar hele lichaam jeukte. Iedere keer als ze uit het raam keek kwam het kamp in de verte een stukje dichterbij. Ze krabde zichzelf; lange rode striemen over haar droge winterhuid. Ze kneep in haar benen tot het bloed wit wegtrok en tikte gaatjes in haar poriën met een schoolschaar (Vrouwtje

Plooi, *vertel maar* – brandende kolen door haar bloedbaan). Ze wilde een opening maken in haar huid waardoor de hele fanfare aan kriebelmieren naar buiten kon.

Weet je al iets, siste ze haar moeder toe toen die door de hal liep.

Haar moeder glimlachte schuin en haalde haar schouders op.

Wat valt er te weten? Ze zei het met een fonkeling in haar ogen, dezelfde fonkeling die ze had als ze samen gekke bekken trokken in de auto of heel hard meezongen met de radio. Het was de fonkeling van de geheime binnenzee, een kant van haar moeder die niemand kende en niemand mocht zien, zelfs haar vader niet. M. hield van die kant maar nu zinde het haar niets. Opeens dacht ze: *ze doet 't erom*, en ze schrok zelf van die gedachte. De duivelse kaart die haar moeder altijd bij M. vermoedde, een vooropgezet plan om haar ouders het leven zuur te maken in plaats van de blinde loyaliteit die ze heus had maar nooit voldoende kon bewijzen – die kaart vermoedde ze nu bij haar moeder. Ze durfde het niet te denken en toch deed ze het: misschien wílde haar moeder dat er ellende kwam. Misschien was niet haar vader het probleem, maar haar moeder. Misschien *deed ze 't erom.*

Met iedere minuut die verstreek kwam het kamp dichterbij. Ze durfde haar blik niet meer van het raam af te wenden, bang dat het hele terrein dan opeens voor haar stond – de wagens, Drikus in zijn stal, de auto's en kinderfietsen, de beelden van biddende engelen, leeuwen en steigerende paarden, La Sonrisa aan haar schoorsteen en de verwijtende blikken van alle bewoners achter hun ramen. De hele nacht staarde ze over de velden die centimeter voor centimeter oprukten.

Ze rookte uit het raam, krabde en hakte zichzelf open, maar er gebeurde niets en dat was misschien nog wel het ergste.

Op zondagochtend, toen bleek dat haar moeder echt niet van plan was haar vader te waarschuwen, te vluchten of wat dan ook, had ze alle mogelijkheden nogmaals op een rijtje gezet. De politie bellen, haar oom inschakelen, Tony sr. inlichten dat het haar vader was, Tony jr. inlichten dat het haar vader was, Joyce inlichten dat het haar vader was, Drikus uit zijn stal laten en de weg opjagen zodat ze afgeleid waren, brand stichten, de autosleutels jatten en ze 's nachts met een excuusbrief op het trapje van de woonwagen achterlaten, het jachtgeweer klaarleggen en dreigen hen neer te schieten als ze haar vader iets aandeden, de handrem van de auto halen en hem in de sloot duwen, en, uiteindelijk, zichzelf iets aandoen. Die laatste optie was altijd haar zandbank, een plek waar ze uitkwam als ze het echt niet meer wist en alles had geprobeerd om hen te laten stoppen, eindelijk te laten stoppen. Als zij zichzelf iets aandeed kreeg ze niet alleen zelf rust, maar haar ouders en Boelie ook. Dan konden zij als een gelukkig gezin met elkaar verder leven. Maar uiteindelijk schudde ze ook die gedachte van zich af want ze wilde het niet echt en haar moeder zei altijd dat mensen die een mislukte poging deden slappelingen waren die aandacht wilden.

Op van de zenuwen en zo schraal dat de stof van haar kleren bij iedere beweging pijn deed, pakte ze op zondagmiddag pen en papier en schreef een anonieme brief. Hij was loepzuiver, in onherkenbare blokletters en vol woorden die ze nooit gebruikte, met daarin de waarschuwing dat de afzender *betrouwbare informatie* had dat de autoverkoper na het weekend met *een hele boosaardige knokploeg* bij hen voor de deur zou staan om *de vader maar oprecht misschien de hele familie* vreselijk pijn te doen. Niet lang nadat ze de envelop onder de deur van haar vaders kantoor had geschoven en dicht langs de muur terug naar haar kamer was geslopen, ontplofte haar vader als een fragmentatiebom. Alles waarvan haar ouders haar altijd hadden beschuldigd was in één klap uitgekomen. M. snapte niet hoe ze in de val had kunnen lopen. Je bent niet te vertrouwen, je heult met de vijand, je kent het woord loyaliteit niet, je hoort daar bij dat tuig, door jou komen ze achter me aan hoerenkind ik heb me niet vergist in jou je bent nog erger dan je moeder jullie denken dat ik gek ben maar dat zullen we nog wel zien, brulde haar vader, terwijl er geen muren of deuren meer in het huis bestonden en de wind onder de gekromde stutbalken door jankte. Ze moest op een stoel zitten, urenlang, en woord voor woord vertellen wat ze had gehoord en gezegd, niet alleen op vrijdagmiddag, toen het plan aan de keukentafel in de woonwagen werd gesmeed, maar ook ieder woord van de afgelopen maanden, toen zij, de doortrapte spion, de geheim agent van *de buitenwereld*, informatie over haar vader doorspeelde aan de vijand, waardoor hij nu met drie nul achterstond. Ze kende het verhaal, had het al zo vaak gehoord of eigenlijk: alle varianten erop, maar vandaag was er een belangrijk verschil. Het duurde even, maar toen hij met zijn hoofd dicht langs het hare slingerde, als een sloopkogel, en ze net op tijd kon wegduiken, zag ze het: in zijn anders zo gitzwarte ogen flikkerde een spikkel wit.

Angst.

Het was alsof iemand met kracht een riek in haar binnenste plantte waardoor een bulk wormen in haar buik omhoogkwam. Haar vader was niet bang. Dat bestond niet. Het idee was te huiveringwekkend. Alsof er nog een kelder onder de bodem van het ravijn zat, die ze niet eerder had gezien. Ze kon nog dieper vallen.

Vanaf dat moment deed ze precies wat hij vroeg. Ze beantwoordde zijn vragen, probeerde hem te geven wat hij wilde, speelde scènes in de woonwagen na die nooit hadden plaatsgevonden en daarna begonnen ze weer van voren af aan, *en nu het echte verhaal*, tot ze zelf, met terugwerkende kracht, begon te geloven dat ze dit hele plan maanden geleden al had uitgedokterd, zo manipulatief als ze was. Woorden duizelden door haar hoofd, dat steeds zwaarder vooroverhelde terwijl haar buik opbolde door de krioelende wormen. Ze deed haar best de juiste woorden naar buiten te laten komen, maar ze hoorde zichzelf onsamenhangende zinnen formuleren (*vertel maar, tel maar, acht vingers met ringen, acht, duidelijk voor iedereen*), terwijl haar vader steeds groter werd en op haar nekwervel inschreeuwde, en toen die was geknakt op haar bovenste rugwervel, en zo wervel voor wervel op haar inbeukte als een spelletje Hamertje Tik, tot ze zo ver voorovergebogen zat dat haar neus haar knieën raakte. Toen ze even opzij keek en in de hoek de blik van haar moeder trof tilde die haar bovenlip naar haar op, kneep haar oogleden samen, schudde bijna onzichtbaar haar hoofd en vormde met haar lippen het woord *miserabel* – een woord waarvan ze de betekenis nooit helemaal had begrepen maar dat haar moeder graag voor haar gebruikte.

En toen gebeurde het. Als een dronkenman die op het punt staat te gaan kotsen strekte M. haar nek naar voren, opende haar mond en gaf ze vrij baan – niet aan de wormen, het waren geen wormen, ze had het verkeerd gevoeld, het waren de kraaien in het net in haar buik die een uitweg zochten. Met hun snavels hadden ze het gaas opengepikt en vochten zich nu via haar mond krassend een weg naar buiten. Hun vleugels schraapten langs haar strottenhoofd, een voor een, tot de kamer verduisterde en haar ouders geschrokken terugdeinsden. Haar armen en benen sloegen wild in het rond tot ze als een gevelde boom op de vloer stortte. Toen ze uitgegild was en de laatste zwarte veer uit haar mond had gespuugd, was ze zo leeg en slap als de varkensdarmen die bij oma in de gootsteen lagen. De wind in huis was gaan liggen. Toen ze naar buiten keek zag ze hoe de opkomende zon de hemel verschroeide en de brokstukken in haar kamer bescheen. In de verte, aan de overkant van de nevelige velden, lag het kamp.

Kom, zei haar moeder tegen haar slaperige broertje toen ze naar buiten strompelden en met zijn drieën op de achterbank van de oude Mercedes schoven.

Haar vader trapte het gaspedaal in.

XI

Rechts van haar rook ze haar moeder, het flauwzoet van duizend lagen parfum in de vacht van haar lammy. Aan de andere kant hoorde ze het trage zuchten van haar broertje. In het tweede grote bed lag haar vader, alleen. Weer het rokershoestje, alsof hij nooit echt sliep. Door een kier tussen de verduisterende gordijnen scheen een streep licht, het moest al laat in de middag zijn. Toen ze gisteravond aankwamen had ze haar ouders horen discussiëren, ergens in de verte, *moeten we niet naar de dokter, misschien was het een epilepsieaanval, gewoon aanstellerij*. Het klonk als blazende katten naast haar bed maar voor het eerst deerde het haar niet. Ze hoorde het wel maar haar spieren reageerden niet zoals gebruikelijk en ze vroeg zich af waarom het niet altijd zo kon zijn. Haar lichaam voelde alsof ze een slapende voet had, maar dan overal. Zelfs haar opengekrabde huid was gevoelloos onder de stijve hotellakens. De mierenfanfare was verdwenen. Ze deed haar mond een paar keer wijd open om diep in te ademen. Overal in het gebouw klonk gedempt geluid. De ronkende buizen van de verwarming, een tv een paar kamers verderop, kinderen die gillend door een gang renden. Ze kneep haar ogen dicht, draaide zich om en ging het huis van haar hoofd binnen, door de niet meer zo lichte voorkamer en vanaf daar het gangenstelsel in, waar alle lawaai verstomde.

Toen haar vader de volgende ochtend met twee rukken de gordijnen opentrok, dacht ze even dat ze was gekrompen tot kabouterformaat. Boven haar uit torende een enorme praatpaal. De gele snavel keek met een glimlach neer op hoe ze daar lag, verfomfaaid als een platgereden vogel die toch nog bleek te leven. Ze knipperde een paar keer en herkende toen de toekan, groot op het dak van een hotel langs de snelweg.

Naast een man in een te groot pak stonden twee platinablonde vrouwen in badpak onder een krappe slipjas. Allebei hadden ze één bloot been over het andere geslagen, alsof ze moesten plassen. De spelleider stond wijdbeens tussen hen in. Hun tanden blonken en hun ogen stonden zo groot dat M. even bang was dat ze via het beeldscherm de kamer binnen staarden en Boelie en haar daar in hun onderbroek op bed zagen zitten. Nu al ontdekt. Maar de vrouwen draaiden zich op hun hakken om en heupwiegden onvast het beeld uit.

Ze zat met haar rug tegen de muur, haar knieën opgetrokken. Nadat ze de gordijnen hadden gesloten waren haar ouders vertrokken. Voor niemand opendoen en niet de kamer verlaten, was de opdracht, maar toen ze de kar van de schoonmakers voorbij hoorde rollen was M. toch naar buiten geglipt.

Zodra de vrouwen een kamer in verdwenen, was ze naar de kar gekropen en pakte ze shampoo, zeep, haarnetjes, lucifers, pepermunt, bodylotion en zelfs een stapel handdoeken hoewel ze die gewoon in de kamer hadden. Ze roken naar chloor en zwembadhokjes en de blokhutten op het vakantiepark – dingen die ze verafschuwde maar die haar in ieder geval even weghaalden van deze plek.

Het flikkerende televisiescherm tekende figuren op de muren van de donkere kamer, alsof de armen van de Polyp om haar heen dansten. *Hoog en laag, turrrrrrbo, ja, ja, hou je vast, daar gaan we weer.* Het gevoel van verdrukte organen, maar ze zat stil op het bed. De spelleider was naar een andere hoek van de studio gewandeld en stond nu tussen verschillende dozen die waren verpakt als reuzencadeaus. De kandidaten, een echtpaar, stonden er ongemakkelijk bij, bang de verkeerde aan te wijzen. Een kleine doos kon de sleutels van een nieuwe auto bevatten, zei de quizmaster jennend, en een grote een simpele teddybeer – of andersom. Welke ging het worden? Tromgeroffel.

M. trok een papier uit haar broekzak en vouwde het open op haar schoot. Eenendertig vakjes stonden erop, bijna allemaal met een kruis erdoor. Ze was heel precies geweest. Tony jr. had van haar het vakje van de tweede dag mogen aankruisen, maar die was niet symmetrisch genoeg. Ze had de glitterpen uit zijn handen gerukt en het kruis nog eens netjes overgetrokken.

Met haar handpalm streek ze het papier glad op haar bovenbeen en wreef zacht over de inkt van dag nummer twee, Tony's dag, met het wiebelkruis dat een beetje was uitgelopen. Rechts onderin was het lege vlak voor vandaag. Er stond er ook nog een open van gisteren. Ze hadden hier geen mooie stiften, laat staan een glitterpen. Ze had gezocht in de speelhoek, die was bedoeld voor kinderen van gasten en mensen die kwamen eten. Maar de kinderen waren te lomp, drukten de koppen van de stiften in of krasten net zo lang op dezelfde plek tot de stiften alleen nog maar schimmige strepen trokken, zelfs als je eraan likte. Sommige kinderen krasten met geel over zwart, of met lichtgroen over donkerblauw, zonder dat iemand er iets van zei. Hun ouders letten niet op, het interesseerde ze niet, het waren niet hun stiften. M. moest weg uit de speelhoek om te voorkomen dat ze een van de kinderen met zijn neus in het kunststof tafelblad zou slaan. Uit haar andere zak pakte ze het stanleymes dat ze een paar klikjes uitschoof. Voorzichtig vouwde ze het papier over de bolling van haar bovenbeen en hield met duim en wijsvinger het juiste vakje strak. Met een enkele haal trok ze een diagonale streep over het papier, zonder te haperen, perfect binnen de randen van het laatste hokje. En nog een keer. Ze staarde naar het blad. Een beetje rood drong door het papier heen. Op de tv ging een sirene af terwijl confetti uit het studioplafond op het echtpaar regende. Ze hadden voor de doos met de broodrooster gekozen, de quizmaster deed alsof hij dat erg vond. In deze zat een nieuwe auto, riep hij in de camera, terwijl hij de sleutels voor hun beteuterde gezichten heen en weer schudde.

LENTE

I

Asfalt, weilanden, vaalblauwe lucht. Het enige waaraan ze merkte dat ze de grens over waren was het plotselinge schokken van de wagen op het verloederde wegdek. Maar je betaalt hier ook niet zo achterlijk veel belasting, had haar vader met een grijns gezegd.

Dagenlang zaten ze in de auto. M. stelde geen vragen, keek slechts naar de eindeloze stroom huizen die aan haar voorbijtrok. Bij ieder dorp waar ze doorheen reden vroeg ze zich af hoe het zou zijn om daar te wonen, te leven. Achter al die muren waren mensen die tv-keken, sliepen, opstonden en naar de wc gingen, hun eigen wc met een badstof halvemaan tegen de koude voeten, die ze bij een winkel hadden gekocht in de kleur die hen het meest aansprak. Ze liepen naar een keuken waar de kastjes waren gevuld met flessen en potten en kruiden vol smaken die ze van huis uit hadden meegekregen, en dat alles bij elkaar noemde je dan thuis. Overal deed iedereen ongeveer hetzelfde en toch waren de huizen blijkbaar niet inwisselbaar. Als je het telefoonboek door elkaar zou schudden en de mensen weer terug op de pagina's liet vallen maar dan op een ander adres, zouden ze allemaal van slag zijn. Dat merkte ze vroeger aan klasgenoten, die haar glazig aankeken als ze vertelde hoe vaak ze was verhuisd. Ze konden het zich niet eens voorstellen dat ze ooit ergens anders zouden wonen, zo vanzelfsprekend vonden ze het dat ze waren opgegroeid op één plek, waar alle mensen die ze kenden op vaste posities om hen heen waren geschikt. Ik zou echt dóódgaan, zei een meisje eens dramatisch toen M. weer een nieuwe klas binnenkwam, als mijn ouders besloten te verhuizen. Ik zou de hele boel bij elkaar brullen, net zo lang tot ze hun plannen zouden afblazen. Haar vriendinnen hadden plechtig geknikt. Wat miste zij dan, dacht M. terwijl ze stapvoets door vreemde straten reden en haar ouders naar leegstaande huizen of een bord 'te huur' speurden. Bij welke plek, welke brievenbus had haar naam ooit in het telefoonboek gestaan? Ze kon niets bedenken behalve de boerderij van haar oma, en dat was officieel nooit haar huis geweest. En thuis, was dat de plek waar je familie woonde, of waar je bed stond?

Haar vader stopte de auto. Ze stonden voor een donker huisje op een braakliggend stuk terrein aan een hellende straat. Aan beide kanten van de weg stonden huizen op een lichte verhoging, met in hun rug een muur van bos. Plukken groen en grijs gras woekerden achter een hek van takken. Haar vader stapte eroverheen en liep naar een van de ramen van het huisje. Door een koker van zijn handen tuurde hij naar binnen. Haar moeder keek in de auto strak voor zich uit. Misschien gingen ze hier wel wonen, in deze bruine keet met andermans achtergelaten meubelen. M. zag Boelie al liggen, in een krap spijlenbed, terwijl haar moeder zich had verstopt in een dekbed in een kast, als een worstje in bladerdeeg. Ze stelde zich het zielloze huis voor in de nacht, in deze buurt zonder lantaarnpalen, de andere huizen slapend in de zwarte schaduw van het bos. Maar in dat van hen zou licht branden. Haar vader zou in de deuropening verschijnen en woedend naar buiten schreeuwen, ik zie je wel, ik krijg je wel, zou het galmen door de donkerblauwe nacht in de richting van het bos, waar zij plat op haar buik lag en haar hart voelde kloppen tegen de vochtige aarde, zo hard dat ze bang was dat de pieren omhoog zouden komen.

Haar vader stapte weer over het hek en liep terug naar de auto. Terwijl hij plaatsnam achter het stuur bromde hij iets naar haar moeder, maar die reageerde niet. De nevel lag weer over haar ogen, maar M. was de enige die het zag. Voorbijgangers zagen een mooie vrouw die kaarsrecht op haar stoel zat, in amazonezit, met een zonnebril op en een veel te warme jas voor de tijd van het jaar, haar tenen gestrekt. Zelfs op blote voeten liep haar moeder alsof ze pumps droeg.

Misschien miste haar moeder de boerderij stiekem ook en wilde ze daarom een pony kopen – dat zei ze steeds, als ze in een goede bui was: ik ga een pony voor je kopen. Heus. Als we een nieuw huis hebben, koop ik een pony voor je. De gedachte alleen al was lachwekkend – natuurlijk kwam er geen pony. Al achtte ze haar moeder ertoe in staat ergens een zielig exemplaar op te duikelen, zo een die met vergroeide hoeven in het veld stond, bij een boer die het allemaal boven het hoofd was gegroeid, zijn inkomsten teruggelopen, zijn knechten weg, zijn vrouw overleden, zijn krachten weggestroomd zodat zijn geliefde dieren stonden te verleppen. Haar moeder zou de boer achterlaten maar de pony meenemen, niet te berijden, te mager en met drukplekken op zijn rug waardoor de dierenartskosten meteen opliepen. Nog een envelop die ongeopend op een stapel eindigde. Het was een fantoompony in een fantoomthuis.

De eerste paar huizen van die lente waren inwisselbaar. In een waas trokken ze aan haar voorbij. Het leek of haar lichaam in Nederland was achtergebleven en maar heel langzaam de grens over ging, stukje voor stukje, met als laatste haar loodzware hoofd. Ze wist niet of lood het zwaarste materiaal was dat er bestond. Ze zag een loden bal voor zich die met een ketting aan een enkel zat geketend, zoals in geschiedenisboeken. Maar ze had ook eens gehoord dat het zwaarste materiaal uit een zwart gat bestond, een gat dat alles wat in de buurt kwam opslokte, zelfs kometen en sterren. Sindsdien zag ze haar hoofd meer als een zwart gat. Zelfs de lichte voorkamer achter haar voorhoofd was inmiddels verduisterd. Op een dag zou ze zelf verdwijnen in het superzware zwarte gat. Het leek haar nog niet eens zo'n slecht vooruitzicht, maar voorlopig liepen haar voeten door de dagen, langzaam gevolgd door haar romp en haar armen. Toen haar hoofd uiteindelijk ook over de grens rolde begonnen haar ogen steeds meer van de nieuwe omgeving te registreren.

Op het eerste gezicht leken Belgische dorpen met restjes lego in elkaar gezet. Een bonte verzameling stijlen, stenen en vormen. Maar sommige dingen waren in ieder huis hetzelfde – een klemmende voordeur, tuintjes vol bergen stenen en zand, een verbouwing bij de buren, in de berm een afgekoppelde remorque, zoals ze hier een aanhangwagen noemden, voortjakkerende auto's vlak langs het woonkamerraam, roerloze Vlaamse reuzen achter kippengaas. Hier waren de dingen meer door elkaar gehusseld dan in Nederland, waar alles in afgebakende vlakken bij elkaar werd gezet. Maar ook het rommelige werd voorspelbaar. In elke straat had je een voortuin vol schuin geparkeerde occasions, gevolgd door een rijtje huizen met gesloten rolluiken, borden op lange stelten met reclames voor zwembaden, tuingereedschap en kunstgebitten, een groothandel voor grafstenen, een borduurwinkel en een bruine kroeg. Haar favorieten waren de frietkotten en de pouletteries. Als er niks te eten was, vonden ze altijd wel ergens een paar francs om een zak friet met zure mayonaise te kopen, en als ze geluk had was er soms genoeg voor een gebraden kip die droop van het vet. Keek haar moeder de andere kant op, dan pikte ze het knapperige vel van Boelies bord.

Op school was de voertaal plat Vlaams of Frans, wat voor zoveel verwarring zorgde dat het makkelijker werd om maar gewoon weer te zwijgen. Hoe dan ook werd er weinig gesproken tijdens de lessen, een verademing na de herrie die ze in de Nederlandse klassen gewend was. Hier droeg iedereen verplicht dezelfde kleding, moest iedereen in het lokaal op zijn plaats blijven zitten en zijn mond houden. Het gebrek aan prikkels was weldadig. Urenlang staarde ze uit het raam, dwaalde door de eindeloze gangen van de school of sliep in een donkere hoek tussen de stalen lockerkasten. Zolang ze geen stennis maakte was ze onzichtbaar. Ik ben een wandelende boom, jij bent een wandelende boom. Het liedje reed weer lusjes door haar hoofd.

Ze vroeg zich af waarom zij het was die zich steeds verplaatste, terwijl het ook andersom kon. Als ze de rest van haar leven op één plek bleef, kon de wereld zich om háár heen verplaatsen. Het was alsof haar lichaam haar gedachten las want ze voelde zichzelf langzaam stollen. Het was harder en kouder dan ooit. Nu ze op de middelbare zat was iedereen bovendien ouder dan zij was, en niet in haar geïnteresseerd. Pas toen ze zich aansloot bij een groepje ouderejaars dat samenkwam in het bos achter de sportvelden om te roken en te drinken, kwam haar bloed weer een beetje op temperatuur. Het waren kinderen zoals zij, zonder gedeeld verleden, die bij geen enkele groep hoorden en daar ook geen behoefte aan hadden. Ze zochten gewoon naar manieren om zich te ontspannen. In de pauzes en tussenuren verzamelden ze zich in kleermakerszit op het mos achter de boomgrens bij de sportvelden en dronken plastic bekers Blue Curaçao met grenadine, Passoa met Fanta, Pisang Ambon met jus d'orange. Ze liet hun zien hoe je pijnstillers met tabak vermengde. Als de roes zich door haar lichaam verspreidde, van haar tenen naar haar kruin, kon ze haar gewrichten bijna horen kraken. De gloed verwarmde eerst haar ledematen, stroomde daarna terug en steeg op via haar borst naar haar ogen, om ten slotte uiteen te barsten in een zalmkleurige sterrenhemel tussen de boomkruinen, die ze liggend op het zachte mos in zich opnam. Roodgeharnaste mieren verschenen naast haar wangen en keken met hun vijf ogen mee. Spinnen kriebelden met hun poten zachtjes aan haar enkels. Langzaam verdween haar ademhaling in die van de aarde.

Heel soms dacht ze aan oude klasgenoten – een brij van kapsels, maniertjes en gezichten. Ze zouden nu in een Nederlandse brugklas zitten. Samen met meester Brummelhuis had ook M. een middelbare school uitgekozen. Hij had haar zelfs ingeschreven, maar ze waren verdwenen voordat de eerste schooldag begon. Ze betwijfelde of iemand het had gemerkt. In een doos die haar moeder op goed geluk uit de langgevelboerderij had meegenomen zat een dikke, ongeopende envelop met haar naam erop. Toen ze hem openmaakte vond ze een vriendenschriftje. Ooit moest een overijverige juf dat hebben gemaakt en op de post gedaan toen ze alweer weg was. 'Voor M.' stond erop, in een ballon van handgetekende madeliefjes. Elke klasgenoot kreeg een bladzijde, met ruimte voor naam, gezinsleden, hobby's, lievelingsdieren en -sporten. Droge feiten die braaf waren ingevuld, in mollige krulletters door de meisjes, in amper leesbaar schuinschrift door de jongens. De onderste helft van de pagina was gereserveerd voor het onderdeel 'herinneringen aan mij'. De meesten hadden daar aan één regel genoeg. Ze bladerde door de opmerkingen:

- *Ik heb geen herinneringen aan jouw.*
- *Je ging al eens weg en toen ging je niet dus ik weet niet wat ik moet geloven.*
- *Die heb ik niet (geen goeie).*
- *Ik weet niet wie je bent.*
- *Je leek op een lantaarnpaal.*
- *Wie is dit?*
- *Dat je de eerste dag van school te laat kwam.*
- *Ik weet niet wie dit is maar ik moet dit invullen.*
- *Je had raar haar.*

Pagina na pagina, gedecoreerd met vlinderstickers en poëzieplaatjes, behalve de laatste: daar prijkte een met pen getekende harige piemel.

In een bushokje scheurde ze de bladzijden er een voor een uit en stak ze in de fik. Terwijl de laatste resten van het boekje nasmeulden tussen haar schoenen leunde ze achterover en staarde naar de legerdump aan de overkant van de straat. Aan de luifel wapperden camouflagepakken als gezichtloze soldaten. Ze stak haar middelvinger naar ze op.

II

Het verbaasde haar altijd dat er na de winter nog leven zat in het dorre hout van het bos. Aan de vingerstompen van bomen verschenen bloedrode vellen, waaruit nieuwe knoppen naar voren schoven. Mensen kwamen minder gekromd uit hun huizen, lammetjes bokten over stukken braakland en alles begon weer van voren af aan, alsof er niets aan de hand was. Het was net als haar moeder in een nieuw huis. De lente was een wrede grap. Het enige mooie aan de plotselinge kleurenparade, die haar deed denken aan de schreeuwerige jurken van de kinderen op een school zoveel lange nachten geleden, was dat die in dit land niet meer dan camouflerende make-up leek: er was een kern van lelijkheid die door de opsmuk bleef schemeren. De winter liet zich hier nooit helemaal wegjagen. Sinds ze de grens over waren was het of ze in een koude trek gevangenzat, een inham tussen twee plateaus. Over de straatstenen joeg een gure bries die onder de kozijnen door naar binnen glipte.

De huizen die ze huurden waren klein en hadden geen magazijn of extra werkruimte, dus was haar vader veel weg. M. dacht dat het voor wat rust zou zorgen, maar in zijn afwezigheid verwelkte haar moeder steeds meer. Soms was er geld en soms niet. Soms was er eten, steeds vaker niet. Soms bleef ze overdag thuis en soms werd ze 's ochtends in het schemerdonker op tijd naar de halte van de schoolbus gebracht, maar meestal scheurden ze achter de bus aan, tot haar moeder de vloekende chauffeur met succes klemreed en M. met gebogen hoofd en gloeiende wangen tussen de andere leerlingen plaatsnam. Eenmaal op haar stoel zag ze door het raam hoe haar moeder midden in het toeterende verkeer een U-bocht maakte en er weer vandoor stoof, een zonnebril op haar neus en een leren handschoen aan één hand. M. kon een lachje niet onderdrukken. Het was een flits van haar oude moeder, de jonge vrouw die ze zich voorstelde op de boerderij, waar ze haar ooms in een oefenpotje achteruitracen makkelijk versloeg. Ik reed die sukkels er allemaal uit, mompelde ze wel eens, op willekeurige momenten. Of: denk maar niet dat ze me ooit nog terugzien. Als M. aan oma, Meggy en de boerderij dacht, werd haar buik hard. Een holle zak van gemis onder haar navel die ervoor zorgde dat ze geen hap naar binnen kreeg. De lange zomers op de rug van Meggy, zand in haar mond en stof op haar blote armen. Slapen in de mand tussen de herders en de strooptochten met haar neefje. De boerderij leek een wereld van haar verwijderd. Overal waar ze kwamen zocht ze naar gele praatpalen in de berm, wegwijzers op een route terug. Maar ze waren nergens te bekennen.

Woestijngeel, ossenbloedrood, diarreebruin, muisgrijs, vieswit, mosgroen, kobaltblauw. In de wijk waar ze uiteindelijk terechtkwamen hadden de huizen de kleuren van pionnen in een bordspel. Ze waren losjes uitgestrooid boven bosrijk gebied en hoe ze op de grond waren gevallen, bleven ze ook staan. Het ene huis had een voordeur aan de straatzijde, het andere aan de zijkant. Sommige stonden symmetrisch naast elkaar op een klein kavel, het volgende schuin achter in een hoek. Een paar huizen hadden tijdens de val naar de aarde schade opgelopen: een zijmuur waar rode bakstenen als een wond onder het witte pleister uit staken; een onthoofde gevel die beter bij de buren had kunnen landen.

Hier was zelden iemand op straat of in een tuin, er waren geen kinderen, er liep nooit iemand met een hond op straat, hoewel er in de nacht voortdurend geblaf klonk. Het was voor het eerst dat ze in de buurt van school woonden, waardoor ze zelf met de fiets kon, soms ook naar het dorp met Boelie achterop, die ze met één hand moest vasthouden omdat zijn balans niet te vertrouwen was. Voeten! schreeuwde ze om de haverklap. Dan klapte hij braaf zijn benen uit, als een trekpop. Een paar keer was zijn enkel toch tussen de spaken gekomen, maar dankzij zijn dikke sokken en laarsjes viel de schade mee.

Hun huis was een asgrijze blokkendoos op een verdord stuk gras omringd door coniferen – de treurigste boom die er bestond, een soort kerstboom maar dan zonder lichtjes en ballen. Er zaten net genoeg raampjes in het bouwwerk om zuurstof binnen te laten, zoals je gaten prikte voor een spin in een afgesloten jampot. Er was een straatnaam, een postcode, een nummer in het telefoonboek en dan was het een huis, een thuis, iemands adres. In hun geval dat van de verhuurder, voor wie de post bleef binnenkomen.

M. kende niemand in de buurt, maar al snel wist ze van ieder huis de nachtelijke rituelen. In die pisgele bungalow woonde een dikke vrouw die midden in de nacht haar vuilnis buitenzette, niet voor haar eigen deur, maar een paar huizen verderop. In de rode cilinder woonde een echtpaar dat in aparte delen van het huis verbleef. Ze zag de man scharrelen op de eerste verdieping, terwijl de vrouw in een uithoek van de begane grond iedere nacht om één uur naar het toilet ging. In een zwarte bunker brandde nooit licht, maar midden in de nacht bonkte heavymetalmuziek tegen de muren.

Ook na schooltijd zwierf ze door de bossen. Ze stuitte op bouwplaatsen waar altijd wel iets bruikbaars te vinden was – een doos suikerklontjes, een buil shag of een achtergebleven hamer. Soms kwam ze plotseling halfvergane krotten tegen, met in het gras kapotte gieters en tuinbeelden die glibberden van de aanslag. Als ze vanuit de bosjes wat langer naar de bouwvallen keek zag ze dat er bijna altijd nog mensen woonden – grensbewoners in niemandsland. Een oud vrouwtje dat overdag in haar nachtjapon wilde katten bij haar keukendeur voerde terwijl ze tegen ze sprak alsof het haar kinderen waren. Een jong stel in een half afgebouwd huisje waarvan een van de muren bestond uit opbollend zeil. Elke dag kwam de man, in een net pak, op hetzelfde tijdstip thuis en zwaaide zijn arm bijna uit de kom naar een vrouw achter het raam, een ingepakte baby op de arm.

Het was tijdens een van die zwerftochten dat ze hem tegenkwam.

III

Het eerste wat ze door het dichte struikgewas zag waren de paarden, dat wil zeggen: de vreemde wonden die als hars op hun flanken glansden. Ze graasden in de verwilderde tuin van een bungalow, waarvan de serredeuren wagenwijd openstonden. Muziek schalde naar buiten, iets met rommelende paukenslagen en violen die hysterisch lachten en toen, opeens, een stem als van een walrus, zo laag dat de paarden even met hun oren trokken. Pas toen de man in de deuropening verscheen, begreep ze dat de zang uit zijn mond kwam. Ze kromp in elkaar maar het was al te laat. Hij had haar gezien. De enige reden dat ze niet onmiddellijk wegrende, terug de struiken in, zigzaggend tussen de bomen waar hij haar nooit te pakken zou krijgen, was omdat ze te nieuwsgierig was naar de paarden. Althans, dat hield ze zichzelf voor, maar het was eigenlijk iets anders. Zoals hij daar stond, wijdbeens, met zijn handen in zijn zij, op blote voeten en in een soort wikkelschort met verfvlekken, zijn borst en buik onbeschaamd in de weke lentezon, was ze bang voor hem. En als ze ergens bang voor was moest ze eropaf. Hij lokte haar als een poes, hey daar, ik zie je wel, kom eens, ik doe niks, en hij lachte erbij als haar vader, schuin en onverschillig – het maakt mij niet uit hoor, waardoor het allemaal heel veel uitmaakte. Stapje voor stapje kwam ze tevoorschijn uit de struiken, tot ze tegenover elkaar stonden in de tuin. Hij draaide de muziek zachter zodat ze kon liegen wat ze daar deed: de paarden, ik zag de paarden. Ze wees naar de twee grazende dieren met hun levensgrote wonden.

Hij kocht ze van bloedboerderijen aan de grens, zei hij, waar de beesten werden leeggetapt voor een vruchtbaarheidshormoon dat werd gebruikt om zeugen en melkkoeien zo snel en zo vaak mogelijk zwanger te maken. Hij deed het niet om ze te redden, maar omdat hij een hekel had aan zwangere dieren. Pretorius (hij gaf haar een hand waarin ze verdween en gromde zijn naam, waarvan ze niet wist of het een voor- of achternaam was) vond zwangere beesten en mensen een vloek voor de wereld – hij zei het zo stellig dat ze zich meteen afvroeg waarom ze daar zelf nooit over had nagedacht. Zijn uitleg bevatte meer logica dan ze in lange tijd had gehoord, het was bijna een som. Zwangerschap was niet het ontstaan van leven, maar de vernietiging ervan: het een (zwangere dieren) werd gebruikt om het ander (mensen) te voeden waardoor er meer (mensen én dieren) kwamen die gevoed moesten worden en zo maar door. Dat fokken was nergens goed voor, de wereld ging ten onder aan overbevolking. Er was niet voldoende grond om zoveel wezens te huisvesten – wezens, bovendien, die voor het grootste deel oliedom en nutteloos waren, zowel de paarden die zich lieten misbruiken tot ze leeggezogen waren, als de mensen die zich lieten bezwangeren onder het mom van nieuw leven, terwijl ze feitelijk de eindtijd inluidden. Pretorius vertelde het met de vanzelfsprekendheid van een metrisch stelsel. Op vlakke toon baste hij door, terwijl zij met haar vingertoppen over de wonden streek die vettig op de paardenvacht lagen. Hij legde uit dat bij de drachtige dieren tijdens een periode van drie maanden, waarin het hormoon vrijkwam, met tuinslangen tientallen liters bloed werden afgetapt. Dagelijks werden de paarden door een zuigmachine gejaagd, vastgeklemd in een houten box waarin ze niet voor- of achteruit konden. Na drie maanden werd de vrucht in de baarmoeder kapotgeknepen om de aftapperiode nog wat te verlengen. Korte tijd later werd het beest geaborteerd, waarna het hele proces van voren af aan begon. Vanwege de bloedarmoede en de verminderde weerstand tolden de paarden na een aantal rondes op hun benen, met zwerende blaren op hun flanken. Als ze te zwak waren voor een volgende zwangerschap, kon je ze voor een paar piek kopen. Rond de weilanden van de bloedboerderijen lagen de karkassen van beesten die minder geluk hadden gehad.

Pretorius vertelde het zonder zichtbare emotie, terwijl de schonkige paarden plukken gras afscheurden in zijn achtertuin en af en toe met een trilling van de huid een vlieg van de wonden verjoegen. Het waren de lelijkste, zieligste, meest levenloze paarden die ze ooit had gezien. Dat hij ze had gered vond ze een daad van goedheid die ze nauwelijks kon bevatten.

Ze kreeg ranja in een vies glas waarna hij haar een rondleiding door de bungalow gaf, die langzaam door de tuin leek te worden overmeesterd. Klimop kroop tegen de muren omhoog, klimrozen torenden boven haar uit. Het wilde gras kriebelde in haar knieholten en bijna liep ze in een groezelige vijver, tot ze net op tijd zag dat een van de paarden eruit stond te drinken. Eenmaal binnen, achter de serredeuren, leek de bungalow op de binnenkant van haar hoofd. De voorkamer was licht en hoog – het atelier, bromde hij – en van daaruit vertakte zich een doolhof aan donkere kamers. Achter iedere deur lag een ander soort ravage. De ene kamer was gevuld met stukken steen op hoge blokken, omringd door gereedschap om ze te bewerken. De volgende kamer stond vol potten, kwasten en ezels in alle soorten en maten. M. snoof de geur van terpentine tot in haar teennagels op. Achter een andere deur bevond zich een zwart hok, waarin een smalle tafel stond met daarop bakken vol vloeistof en een soort microscoop die Pretorius aanknipte. Van het plafond hingen rollen negatieven als de vliegenvangers boven de eettafel in oma's boerderij. Ze dacht aan de kanariegele wegwerpcamera in het kistje onder haar bed, bij het verhaal van de paradijsvogel, het contract met haar vader, de sleutels van de huizen waar ze hadden gewoond, de papieren vol sommen. Pretorius legde uit dat het licht in de microscoop het beeld uit de diepte naar boven haalde, de giftige vloeistoffen zorgden ervoor dat het niet meer verdween. Ooit had M. in een boek van meester Brummelhuis gelezen over de glaskikker. Die had een manier gevonden om te verdwijnen door zijn rode bloedcellen in zijn lever op te slaan waardoor hij onzichtbaar werd. Pas als hij daar zin in had verscheen hij weer.

De hele bungalow was een chaos, maar een die niet was veroorzaakt door vernieling. Hier wordt gecreëerd, lachte Pretorius terwijl hij aan een van de dunne sigaren zoog die verspreid door het huis lagen, als luchtverfrissers. Hij pufte een paar keer, blies de wolken tabak de kamer in en liet de stomp achter op de vensterbank. In de keuken gaf hij haar een vierkante bak vol etensresten en zei: vanaf nu mag jij de paarden verzorgen.

Overdag bewoog ze zich zo geruisloos mogelijk tussen de kinderen op school, in de middag fietste ze naar huis, wisselde haar uniform voor normale kleding en haastte zich door het bos naar de bungalow. Uiteindelijk sloeg ze ook die tussenstap meestal over en ging rechtstreeks uit de les naar hem toe. Haar eigen huis vermeed ze zo veel mogelijk. Haar vader kon haar aanwezigheid niet verdragen, in die grijze kubus met te kleine ademgaten waar de spanning van de muren droop. Steeds vaker stond haar moeder haar bij de achterdeur op te wachten en fluisterde haar toe dat ze maar beter uit de buurt kon blijven. Ze hoefde het M. niet te vertellen. Zelf wilde ze ook wegblijven van de heilige drie-eenheid achter hun onzichtbare vestingmuren. Bovendien merkte ze sinds haar ontmoeting met Pretorius iets anders op in zichzelf. De angst die haar als een schors had omhuld begon scheurtjes te vertonen, alsof hij van binnenuit werd opengestoten door een bal van woede die in haar buik gloeide. Zodra ze in de ochtend opstond, merkte ze dat ze te strak stond afgesteld. Haar voeten brandden op de vloer en haar handen trilden van inspanning nog voor ze aan de dag was begonnen. Als ze op school een bladzijde van een boek omsloeg, scheurde ze per ongeluk het papier kapot en als iemand haar achter de sportvelden een beker drank overhandigde kneep ze onbedoeld het plastic stuk.

Haar binnenste gistte, alsof ze bedorven eieren had gegeten. Kind, wat stink jij uit je mond, gadverdamme, zei haar moeder als ze te dicht in de buurt kwam. Dat is omdat je niets vreet, als je niets vreet ga je zo uit je mond stinken, zorg maar dat de mensen niet te dicht bij je komen. Als antwoord klemde M. haar kaken nog strakker op elkaar.

Ze stampte op de trappers van haar fiets en racete als een bezetene door het bos terwijl een drang tot vernietiging in haar rondsuisde – ze hoorde haar bloed in haar oren stromen. Het was of de aarde voortdurend beefde, maar alleen onder haar voeten. Ze hoorde de kudde achter haar trappelen, klaar om alles op hun pad te verwoesten. Maar als ze omkeek zag ze niemand. Zij was de kudde.

Toen ze op een middag even thuis was om haar tas weg te zetten volgde haar moeder haar gillend naar boven, omdat ze de bovenkant van haar schoolrokje een paar keer had omgeslagen. Ze deed het om harder te kunnen fietsen. Dat de leraren de bolling van haar billen konden zien als ze bukte en daardoor niet zeurden dat ze de helft van haar lessen miste, was mooi meegenomen. Meestal trok ze de stof op tijd weer naar beneden, maar die dag was ze het vergeten. Zodra haar moeder haar zag begon ze te krijsen van hoer en snol hoe denk jij er zo bij te kunnen lopen ordinair stuk vreten je bent altijd al oversekst geweest durf je wel jij miserabel rotkind ga maar weer naar die prutser in het bos met zijn lelijke schilderijen ik weet wel wat je daar doet ik weet het wel. M. negeerde haar moeder tot die haar besprong, op de grond pinde met haar knieën en op haar insloeg met een van haar naaldhakken. Uit automatisme hief M. haar armen, weerde de klappen af zoals gebruikelijk, in afwachting van het moment dat haar moeder moe werd. Maar in haar gloeide iets, steeds harder. Ze greep de schoen uit haar moeders handen en sloeg naar haar met een felheid die haar zelf verbaasde. Ze mikte op haar ogen, die groene ogen die dwars door haar heen keken en haar zagen zoals ze echt was. Toen ze merkte dat Boelie in een hoek van de kamer naar haar keek, stopte ze.

Terwijl ze zich uit de voeten maakte hoorde ze beneden de deur dichtslaan. Zware stappen in de hal, een sleutel die werd neergegooid (zijn geldclip ernaast, wist ze, met Nederlands en Belgisch geld waarvan hij haar moeder soms een paar briefjes toewierp om boodschappen te doen, als ze het verdiende). M. drukte zich plat tegen de muur, wachtte tot hij naar de woonkamer liep en rende toen de trap af, de voordeur uit en de hoek van het huis om naar achteren, richting het bos. Ze werd met zo'n kracht teruggeworpen dat ze dacht dat ze door een rijdende auto was geraakt. Door de leverstoot schoten haar bloedvaten open en zakte haar hartslag in. Op haar knieën snakte ze naar adem, maar het was alsof iemand een putdeksel op haar luchtpijp had geschoven. Onder haar opende zich de krater. Dubbelgeklapt tastte ze over de grond, waarop witte vlokjes pesterig ronddansten. Toen zag ze zijn schoenen, en daarna, toen ze iets hoger keek, zijn gebalde vuisten. De tuin maakte een scherpe draai, het zwarte gat lonkte. Een zuigende leegte. Ze hoefde zich alleen maar te laten vallen en dan was ze verdwenen. Opeens wist ze dat ze dat niet wilde. Ze wist dat als hij haar een laatste zet zou geven, ze haar klauwen in de rand zou slaan en niet zou loslaten, hoe hard hij ook op haar vingers stampte. Dat ze zou blijven opveren uit de modder als een grijnzende tuimelaar.

Toen haar luchtpijp openschoot galoppeerde ze op handen en voeten over het gras het bos in, hinkend als aangeschoten wild, terwijl er iets bleef kloppen in haar onderbuik waarvan ze hoopte dat het nooit meer weg zou gaan.

IV

Pretorius had genoeg geld om niet te hoeven werken. Hij bracht zijn dagen door met schilderen, beeldhouwen en muziek luisteren, de nachten met zijn kunstenaarsvrienden. Behalve de paarden van de bloedboerderij kocht hij ook wel eens paarden van de slacht, om te bepalen of ze het waard waren gered te worden. Vanaf de veemarkt nam hij de scharminkels rechtstreeks mee naar het bos, besteeg ze en liet ze galopperen tot hun hart het begaf van uitputting of hun benen bezweken onder zijn gewicht. Hij testte hun karakter, legde hij haar uit. Ze rennen zich dood, of ze zijn slim genoeg om op een gegeven moment te stoppen en weigeren nog een stap te zetten. In het eerste geval verdienden ze het leven sowieso al niet, in het tweede zijn ze het redden waard en eten ze ook nog eens voor altijd uit je hand, van dankbaarheid.

Het klonk logisch, maar toch begreep ze het niet. M.

dacht dat het de bedoeling was om de wil van het paard te breken, zoals ze vaak op de boerderij had gezien. Anders had je er niets aan.

Hij knikte terwijl hij zijn kwasten schoonmaakte met terpentine. De geur maakte ruimte in haar hoofd.

Dat denken mensen, zei hij. Maar in plaats van iemand te breken is het veel slimmer hem in zijn eigen afhankelijkheid te laten geloven.

M. moest daar even over nadenken.

Hoeveel weegt zo'n dier? Pretorius keek haar aan. Ze haalde haar schouders op.

Vijf-, zeshonderd kilo? Misschien vierhonderdvijftig in het geval van zo'n wandelend geraamte. Maar dat beest kan mij nog steeds met één achterwaartse trap decapiteren.

Ze wist niet wat decapiteren was, het klonk pijnlijk. Pretorius ging alweer verder, zette zijn woorden kracht bij met grote armgebaren, de haren in zijn oksels bewogen mee als fretten. Een klasgenoot van haar had een fret, in de binnenzak van zijn jas. Ze had hem eens mogen vasthouden. Het beest was donzig en kriebelde tegen haar huid, net als de fretten van Pretorius dat soms deden.

Eén keer steigeren, ik lig op de grond en het dier verbrijzelt me met vier hoeven. Maar hij doet het niet. Waarom?

Ze dacht na. Soms kon ze hem niet volgen, maar ze wilde heel graag een slim antwoord geven.

Nou, waarom denk je?

Hij wil je niet dood hebben? Ze zei het aarzelend.

Nee! Het klonk als het burlen van een hert, lang en loeiend. Onmiddellijk bonkte er iets tegen haar buikwand, alsof de fret gevangenzat in een binnenzak van haar huid.

Nee, riep hij nog eens, terwijl hij een pot verf op de grond kwakte. Natuurlijk wil hij dat wel. Hij doet het niet omdat hij zelf gelóóft dat ik hem de baas ben. Dat beest, en hij zette zijn handen in zijn zij om haar aan te kijken, gelooft in zijn eigen minderwaardigheid. Dat is veel krachtiger dan de scherpste zweep of zwaarste ketenen. Denk daar maar eens over na.

Pretorius snoof, rechtte zijn rug en keek omhoog door de serredeuren alsof ze daar het antwoord kon vinden, in de helblauwe lucht tussen de boomtoppen, waarvan de takken steeds voller werden. Ze vond het een triest idee dat alles weer van voren af aan begon, alsof de natuur geen geheugen had. De bomen op het vakantiepark, de drassige weilanden bij de woonwagens, de glooiende heuvels rond het paardenkamp: ze verversten zich en schudden haar aanwezigheid van zich af. Een tapijt zonder voetstappen. Ze dacht aan wat Pretorius had gezegd over gehoorzaamheid. Ze geloofde hem niet. Het was een test. Hij vertelde haar altijd dit soort verhalen om haar vervolgens onderzoekend aan te kijken, te peilen wat haar reactie was.

Op een middag had ze achter in de verwilderde tuin nog een derde paardje gevonden, dat met een touw was vastgebonden aan een oude notenboom. Een zachtmoedig ogende merrie, de enige die de test had doorstaan. Een volgende keer verschenen er elders in de tuin ook twee roodbruine waakhonden, die met scheepskettingen aan een pin in de grond vastzaten. Ze wist niet waar ze opeens vandaan kwamen, maar ook zij hadden volgens Pretorius al vele voorgangers gehad. Zo had hij er een doodgeslagen omdat hij ongehoorzaam was (zie je, zijn verhaal klopte niet, ongehoorzaamheid was toch goed?), een ander had hij vastgebonden aan een boom en achtergelaten in het bos omdat hij niet waakzaam was (was dat ongehoorzaamheid of onkunde? Maakte het verschil?) en weer een andere had hij afgeschoten omdat hij de twee lichtjes in het donker aanzag voor een indringer. Zo, recht tussen zijn ogen, had Pretorius gelachen terwijl hij op zijn eigen hoofd wees, midden in zijn fronsrimpel. Deze twee exemplaren zagen er wild en gevaarlijk uit, zoals de valse Chief uit de Disneyfilm *Frank en Frey* die ze ooit bij oma had gezien, maar ze waren als was in haar handen. Als ze na school door de bossen naar ze toe rende, kon ze van veraf hun woedende geblaf horen. Zodra er maar een tak brak rond de overwoekerde bungalow sloegen ze aan, en leken de loodzware kettingen waaraan ze vastzaten gewichtloos. Maar als ze haar zagen klapten hun kaken dicht en kwispelden ze met hun oren plat tegen de schedel gedrukt. Ze moest hen voorzichtig benaderen zodat ze niet in de verzameling stront stond die in een cirkel rond hun hokken lag. Nadat ze hen uitgebreid had geknuffeld, haar lievelingshond Frey wat langer dan Frank, glipte ze via de groen uitgeslagen serredeur naar binnen, waar een glas limonade met een scheutje sterk voor haar klaarstond op de uitklaptafel. Goed voor 't hart, zei Pretorius.

Elke middag deed ze alsof ze huiswerk maakte tussen de rommel op het keukentafeltje – reclamefolders, augurkpotten vol troebel water, uitgedroogde kwasten en kleiresten, borden met beschimmelde broodkorsten en stapels boeken. Overal in het huis lagen stapels boeken. Haar voeten friemelde ze tussen het afval op de vloer. Af en toe kwam hij de keuken binnen om een glas water te halen, zijn hoofd gebogen onder de lage deurpost, zijn schort vol vlekken. Dan bromde hij iets door zijn baard heen, flutschool, daar leer je niets, burgerkutten of iets anders dat ze slecht kon verstaan door de klassieke muziek die door het huis schalde, en vertrok daarna weer de donkere hal in, naar een van de kamers vol onafgemaakte werken. In ieder vertrek stonden rijen lege flessen langs de muren, als een doorgetrokken vangrail door het huis. Op de vensterbanken erboven lagen hopen as en peuken. De ramen waren vaal en de tuin groeide van buitenaf tegen het glas omhoog, steeds sneller nu het zonlicht krachtiger werd. Tijdens het poseren droeg hij haar eens op met haar blik schuin naar buiten te kijken. Na een tijdje veranderden de takken tegen het raam langzaam in armen van mensen die naar binnen wilden. Ze smeekten het haar. Hun handpalmen gleden piepend langs het oppervlak maar ze wilde niet met haar ogen knipperen om het beeld te verversen, ze mocht niet bewegen. Toen ze uiteindelijk toch haar ogen dichtkneep en haar gezicht afwendde werd hij boos. Je verpest het werk, zei hij. Doe je ogen open en zit stil. De doeken die tegen de muur stonden waren gevuld met strepen en vegen en kronkels verf die hij erop smeet alsof hij iets uitdreef. Als hij bezig was bestudeerde ze soms stiekem zijn gezicht, dat in pijnlijke grimassen vertrok, net als dat van haar vader als hij had gedronken.

Regelmatig wierp hij haar een nieuw boek toe: *The Old Man and the Sea*, *Heart of Darkness*, maar ook *The 120 Days of Sodom*, dat ze vol schaamte las, geboeid en misselijk tegelijk, het koude zweet op haar rug bij passages die zich nestelden in de donkerste hoeken van haar geheugen, tot ze haar oogleden steeds verder dichtkneep en de zinnen alleen nog tussen haar wimperharen door naar binnen liet komen. Alles wat hij haar gaf las ze uit, van kaft tot kaft, omdat ze wist dat hij wachtte tot ze bezweek. Soms stelde hij haar een vraag die, voor ze kon antwoorden, overging in een monoloog over een boek, een schilderij, een opera of, gewoon, over dieren en mensen, de stompzinnigheid van de wereld, de macht van de overheid, het slaveninstituut van het huwelijk, waarom iedereen ten onder ging en dat maar goed was ook. In Pretorius' wereld was alles te verklaren volgens wetten die ze nooit eerder had gehoord.

—

Ze was in haar schooluniform door het bos op weg naar zijn tuin, toen ze hem trof met ontbloot bovenlichaam, dansend op de muziek. Hoge pianoklanken raasden over zijn hoofd naar buiten alsof ze iemand achternazaten. In een flits zag ze zichzelf zitten op de dikke vloerbedekking van de woonwagen terwijl ze met Tony een aflevering van *Tom en Jerry* keek. Ze schudde de herinnering van zich af, maar hij had haar betrapt.

Waar dacht je aan?

Ze wendde haar blik af en schudde haar hoofd.

Niets. Nergens aan.

Je denkt altijd aan iéts. Spreek, drong hij aan. Zijn blote voeten zakten weg in het gras.

Niks. *Tom en Jerry*, een tekenfilm over een kat en een muis. Het is onzin. En opnieuw schudde ze haar hoofd. Ze schaamde zich voor haar kinderlijke gedachten.

Ah! Een kattenmeisje. Hij lachte en ze wist niet of dat goed of slecht was. Ze staarde naar de bruinroze tepels met de donkere haren, het smalle middenrif dat uitliep in een vlezige buik. Haar vader had een sterker lichaam, met omgekeerde verhoudingen: een brede borst en een smalle buik.

Ze knikte zachtjes, iets tussen een ja en een nee.

Dierenvrienden, dat zijn de ergste. Let maar op, je zult ze nog vaak ontmoeten: types die zeggen dat ze meer van dieren houden dan van mensen. 'Mijn honden zijn als kinderen voor me,' schmierde hij met een hoog stemmetje, 'als mijn kat doodgaat word ik gek van verdriet.' Ha! Ze zijn al zo vaak teleurgesteld in de mensen dat ze het niet meer aandurven. Ze zijn verzwakt door valse vriendschappen, verbroken relaties en tirannieke bazen, en te laf om het opnieuw te proberen, of te dom om in te zien dat ze zelf het probleem zijn. Dus zoeken ze een wezen dat gehoorzaamt en niet terugpraat. Een wezen waarover ze controle hebben, zodat ze niet meer gekwetst kunnen worden. Behalve als zo'n beest doodgaat natuurlijk.

Hij vatte haar zwijgen op als een teken om door te gaan.

Een dierenvriend is iemand die alleen zijn eigen visie op de wereld duldt. Je zou eens iemand tegenkomen die tegen je zegt dat je alles verkeerd ziet, dat je een zeikerd bent of een windvaan die te snel op zijn pik getrapt is! Dus ze nemen een hond of, erger nog, een kat, zo'n beest met de schijn van autonomie. Vrouwen met katten, dat zijn de ergste. Zich miskend terugtrekken in hun huis vol volgelingen, en dan volhouden dat mannen de onderdrukkers zijn.

Pretorius schaterde het uit. Zijn gezicht brak open, waardoor hij de zon leek terug te kaatsen. M. kon alleen maar naar hem staren terwijl ze nadacht over de lijnen en verbanden die hij legde, zo schoon en simpel, alsof hij het leven opdeelde in kavels. Ze had het niet eerder zo bekeken, de liefde voor dieren die ze zelf ook vaak voelde: een verlangen naar Meggy of naar de schimmel in de heuvels, dat altijd in haar lege maag zeurde of, als ze er te lang aan dacht, als een knikker in haar keel stolde. Maar misschien had hij een punt. Pretorius had niet alleen een hekel aan dierenvrienden, maar ook aan kinderen. Ze vertelden je dingen die je allang wist, waarover je vervolgens werd geacht verbaasd te doen. Maar hij had geen hekel aan haar, benadrukte hij vaak, omdat zij overal tussenin zat. Dat intrigeerde hem. Ze was geen kind en geen volwassene, geen man en geen vrouw. Iedereen denkt te weten wie of wat jij bent, zei hij, maar ze hebben geen idee. Wat dat betreft is je naam goed gekozen.

V

Genoeg geleerd voor vandaag.

Ze had hem de keuken niet horen binnenkomen. Versuft keek ze op van haar boek. Hij stond tegen het aanrecht geleund terwijl hij zijn onderarmen afveegde met een theedoek. Door het groezelige raam achter hem leek de zon een vlek in de verte. Hij gooide de vieze theedoek op het aanrecht.

Kom, kleed je uit. Aan het werk.

Door de openstaande deuren van het atelier woei af en toe een bries naar binnen die de gordijnen deed rimpelen. De onderkant was smerig, alsof iemand de stof door de modder had gehaald. Boven het ophangsysteem schitterden spinnenwebben. Ze wilde haar vingers erin steken, maar het was te hoog. In het bos voelde het als een overwinning: in de ochtenddauw een spinnenweb vinden, glinsterend van het vocht, en er dan dwars doorheen lopen zodat het rag aan haar mond en wangen kleefde. Soms voelde ze de spin nog door haar haren wegschieten. Het was niet om te pesten, hoewel ze zichzelf daar ook wel van verdacht. Ze staarde naar de spinnenwebben in de hoge hoek en deed alsof ze buiten was, alleen, in het bos.

In iedere ruimte van de bungalow werd geschilderd, gebeeldhouwd of geschreven, al naargelang de vrienden die hij over de vloer had of het project waaraan hij werkte, maar voor deze serie van haar werkte Pretorius het liefst in het atelier. Gouden licht, zei hij, geeft ieder schepsel nog een schijn van betekenis. De stilte was drukkend, er was alleen het raspende geluid van het mechaniek van de camera die hij met zijn duim bediende en zijn aanwijzingen - kin omlaag, vingers ontspannen, knie meer naar buiten - gevolgd door de klik. Elke sessie maakte hij tientallen opnamen van haar. Opnamen die ze nooit terugzag maar die onmisbaar waren voor het proces, zo zei hij. M. begreep niet waarom, want zijn schilderijen waren woeste verfexplosies waarin ze geen vormen herkende en zichzelf al helemaal niet. Ze hield haar blik afgewend, maakte zich klein en staarde naar de haartjes op haar bovenbeen, wit en donzig in het licht. De voorjaarszon was nog niet sterk genoeg om de kou uit de bungalow te verjagen. Haar huid was bedekt met duizenden spikkels, als de kaalgeplukte kippen in de vrieskist van oma.

Kom op, bromde hij, kin omhoog. Ik wil het niet nog tien keer hoeven vragen: strek je uit. Je lijkt op een garnaal. Ik wil een zwaan, een leeuw, een paradijsvogel. Hij duwde zijn borst naar voren, stak zijn baard omhoog en staarde koelbloedig in de verte. Ze probeerde zich te ontspannen. De juten stof van de bank kriebelde aan haar kont. Ze wilde zich krabben maar deed het niet. In haar hoofd zat een luik waarin ze alles kon parkeren. Niezen, hoesten, krabben, huilen, plassen, pijn: je moest doen alsof dat deel van je lichaam er niet bij hoorde. Het bestond niet. De gedachte eraan bestond ook niet, of je moest hem vervangen door een andere gedachte. Terwijl ze naar haar hand staarde stelde ze zich voor dat er een spijker doorheen werd geslagen, in één keer. Daarna door de andere hand. De spijkers waren verbonden met kabels die haar in een vloeiende beweging omhoogtrokken, naar de nok van het atelier, met de bank nog vast aan haar lichaam. Daar lag ze nu, in dezelfde pose, als Christus aan het kruis. Zonder dat Pretorius het wist keek ze op hem neer vanuit de hoogte, terwijl hij verbeten verder werkte. Ze kauwde op haar wangen om niet te lachen. Pretorius had zijn fototoestel neergelegd en stond nu achter de ezel, kwakte verf op het doek en maakte grote gebaren die ze niet aan zichzelf kon verbinden. Langzaam schoven de silhouetten van takken vol bloesem over de stoffige vloer van het atelier. Ze strekten zich als armen uit over haar lichaam. Beetje bij beetje duwde de zon de tuin over haar blote huid om haar te verwarmen.

Kou zit tussen je oren, zei hij vlak, maar niet onaardig. Hij zette een stap opzij zodat ze hem kon aankijken. Zijn schort glansde van de verf, twee blote benen staken eronderuit, krom en knoestig als wijnstokken.

Ontspan, je bent helemaal verkrampt. Het ziet er niet uit.

Haar wangen gloeiden, ze voelde zich betrapt. Kou was een van die dingen die niet in het luik pasten. Ze haatte kou, het oncontroleerbare rillen, haar huid die tot schubben verhardde waardoor ze niet kon terugvallen op haar superkracht: rennen. Kou zoog alle lenigheid uit haar en veranderde haar lichaam in een stramme hark, nauwelijks in staat te bewegen.

Kou is psychisch, herhaalde Pretorius. Al die moeders die hun kinderen in een jas dwingen omdat ze anders kouvatten? Onzin. Verkoudheid is een virus, dat heeft niets met kou te maken. Het is ingebeeld ongemak. Denk aan iets leuks. Je verpest mijn lijnen. Hij stapte weer achter zijn ezel om te schermen met het doek, stak de kwast recht naar voren, deinsde terug en stak nog eens.

M. zocht in haar geheugen naar hitte. Een zomerdag lang geleden, toen haar voetzolen bijna smolten op de stoeptegels voor het huis. Een zeldzaam dagje weg, naar het strand. De stress van de voorbereiding was enorm. Haar moeder rende door het huis om handdoeken, badkleding en eten te verzamelen. Zodra ze in de auto zat riep ze al wat ze allemaal was vergeten. Haar vader weigerde om te keren en reed plankgas richting zee, waar de toegestroomde auto's de kustwegen dicht lieten lopen. De temperatuur in de wagen kroop op, haar broertje liep rood aan en haar vaders ader klopte onder zijn oor. Stapvoets reden ze rondje na rondje over de boulevard, er was geen parkeerplek te vinden en toen haar moeder er gillend eentje aanwees, bleek hij voor invaliden te zijn. Het was al te laat: haar vader vertikte het verder te rijden en pakte demonstratief de tassen uit de klep terwijl hij hen op straat uitschold. Stomme trut met je achterlijke plannen altijd je hebt geen idee wat je aan het doen bent ik mag alles oplossen denk maar niet dat ik nu nog een andere plek ga zoeken als we een bekeuring krijgen mag jij hem betalen met je verongelijkte smoel dan weet je ook eens wat de waarde van geld is en wat sta jíj me nu weer aan te staren alsof ik het allemaal heb gedaan kleine rat stelletje kutwijven, en daar ging hij. Met grote passen liep hij over de boulevard terwijl de tassen tegen zijn kuiten klosten. Na een paar meter liet hij ze achter op de stoep. Voorbijgangers gaapten hen aan. Aan de overkant was een fietser gestopt maar toen haar vader naar hem schreeuwde, kom dan, jongen, kom dan, draaide de man zich snel om en fietste verder. Haar moeder verdween bijna achter haar zonnebril. Ze griste Boelie en de tassen mee en ging achter M.'s vader aan, met knakkende enkels op haar nieuwe sleehakken, M. rennend in haar schaduw. Nee, ze rende niet, ze huppelde, nu wist ze het weer. Ze huppelde achter haar moeder aan: niets aan de hand, loopt u maar door, alles prima-oké-in-orde hier. Als ezels ploegden ze door het zand tussen de handdoeken door, op zoek naar haar vader, maar de zon beukte zo hard op hen neer dat ze hun voeten bijna niet meer konden optillen. Uiteindelijk vonden ze hem wijdbeens in het water aan de kustlijn, waar gearmde stelletjes elkaar moesten loslaten om hem te kunnen passeren. Golven kabbelden tegen zijn benen terwijl hij in de verte staarde. De kloppende ader in zijn nek was verdwenen. Kijk nou, beval hij, kijk nou. En ze keken, maar M. wist niet waarnaar. Na een tijdje begonnen ze weg te zakken in het gladde zand dat hen naar zee trok. Haar vader stond onveranderd op dezelfde plek, alsof hij in de aarde was geheid, maar haar moeder en zij moesten steeds vaker kleine stapjes bijzetten om niet te vallen. Boelie begon te dreinen. M. voelde haar huid schrijnen onder de hete zon, ze werd licht in haar hoofd. Toen haar moeder voorzichtig voorstelde een plekje te zoeken, het liefst onder een parasol, knapte hij alsnog.

Geniet nou eens ergens van, mens! Wees godverdomme eens tevreden! Hij draaide zich om, schopte een golf water hun kant op en gaf haar moeder een zet. Daar gingen ze, alle drie, vertraagd ten onder – eerst haar moeder, toen Boelie die in haar armen hing en als laatste M., die door iedereen werd meegetrokken. Drie inslagen op zee, twee eigenlijk, want Boelie viel op haar moeder. Ze lagen met hun benen in de lucht, hun gezicht onder water. Haar billen stuiterden op het zand, maar toen ze boven water kwam spoelde de volgende golf haar weer achterover. Gewichtloos rolde ze door de branding, zout water schoot haar mond en neus in. Weer werd ze achterovergeslagen, verder uit de kust nu. Ze voelde een trap in haar zij en vervolgens de nagels van haar moeder langs de verbrande huid van haar arm ritsen. Toen wist ze niet meer waar ze was. Een reuzenhand trok haar met één zwaai uit het water. Druipend stonden ze naast elkaar op het rulle zand. Haar moeders zonnebril hing met een poot in een pluk haar in haar nek, haar beha scheen door de stof van haar jurk. Boelie leunde met bloeddoorlopen ogen zwaar tegen haar borst. Met een beverig lachje bedankten ze hun redder, die weer in de mensenmassa verdween.

Toen hij hun onthutste gezichten en doorweekte kleding zag, gaf de ijscoman op de boulevard hun een ijsje. Ze namen plaats op een bankje, met Boelie tussen hen in. M. likte langzaam het ijsje op, zonder één keer naar zee te kijken. Iedere hap smaakte nog beter dan de vorige omdat ze er niet op bedacht hoefde te zijn of hij haar tegen het achterhoofd sloeg als ze een hap nam – dat soort grapjes haalde hij altijd uit. Haar hele lichaam trok van het opgedroogde zout dat als een korst op haar huid lag. Terwijl de zon achter de boulevard zakte kleurde ze dieprood maar dat was niet erg, zei haar moeder, want daar werd je het mooiste bruin van.

Pretorius had gelijk. Het werkte. De spikkels op haar huid waren verdwenen. Haar benen lagen loom uit elkaar op het bankje, haar vingers leken niet meer op kromgetrokken kippenvoeten, maar waren sierlijk en ontspannen, precies zoals hij het graag zag. Ingebeeld ongemak – dat was het.

Hij legde zijn kwast neer en deed een paar stappen terug.

Kom eens. Zonder zijn ogen van het doek te halen wenkte hij haar. Toen ze op muizenvoeten door het atelier tippelde greep de kou haar meteen weer. Ze drukte haar armen gekruist tegen haar borst. Huiverend ging ze achter hem staan. Zijn blote billen hingen als theezakjes onder de strik van zijn schort.

Kijk, wees hij naar de vormen op het doek, hoe goed die lijnen zijn gelukt. Omdat je je ontspande. Ze keek naar de golvende strepen, het bloedrood dat vervaagde tot lichtroze. Het leek op de eerdere werken die hij van haar had gemaakt, ze zag het verschil niet goed. Inmiddels was de tuin over de hele vloer gekropen, de takken reikten nu tot aan haar voeten. De zon duwde zichzelf door de boomtoppen heen, alsof ze wilde meekijken. De schaduw van blaadjes kietelde tegen haar tenen en de lauwe wind blies stofwolken over de vloer het huis in.

Dit wordt mijn beste werk tot nog toe, zei hij. Dankzij jou. M. trok haar wenkbrauwen op, ze wist niet of hij een grapje maakte.

Niet doen, zei hij, zo misvorm je je gezicht. Hij wees naar het doek. Dit is schoonheid. Nooit had ik kunnen dromen van zo'n onbeschreven blad als model, niet vervuild door angsten, gedachten of een eigen wil. Al die dingen verpesten de harmonie van een gezicht, bezoedelen een schepsel zoals het bedoeld is. Wanneer jij je ontspant, ben je de ware intentie van het leven, een lucide verschijning waarin de toeschouwer alleen nog zichzelf ziet. Mooi, lelijk, jong, oud, man, vrouw, slim, dom, geil of frigide: het is de zuiverste weergave van hun eigen ziel die ze erin gespiegeld zien. Wat ze zelf niet kunnen zeggen, zien ze in jou.

M. had geen idee wat ze hierop moest antwoorden. Ze keek weer naar de klodders verf die op sommige plekken al begon op te drogen. De schittering trok in het doek waardoor de kleuren veranderden. In een donker ovaal dacht ze een hoofd te herkennen, maar ze wist het niet zeker, het kon ook haar kont zijn. Een briesje deed haar beven, tegelijk met de bladeren op de vloer. Hij klakte geërgerd met zijn tong tegen zijn gehemelte.

Doe die armen naar beneden. Hier kennen we geen schaamte. Schaamte is een verkapte vorm van schuld. Je voelt je schuldig over het feit dat je bestaat, hoe je bestaat. Het tekent vrouwen, het is zonde. Jij bent geen vrouw, maar ik zeg je: word niet zo. Niemand gaat je vertellen of je mag bestaan of niet. Niemand ziet je, niemand is met je bezig. Dat is de grootste misvatting van de mens: dat het iemand iets interesseert wat je met je leven doet. Zoals jij de hele dag met jezelf bezig bent, is een ander dat ook, dus iedereen zit in elkaars blinde hoek. Mannen snappen dat en zijn schaamteloos. Vrouwen voelen continu de ogen van de wereld op zich gericht. Het maakt ze lelijk. Of ze voelen zich ongezien en doen er alles aan om aandacht te krijgen. Hij rilde even. Misschien is dat nog lelijker, mompelde hij toen. Ik hou van schaamteloze wezens, zoals jij. Ieder portret is uiteindelijk een portret van de schilder. Het gaat niet om jou, het gaat om mij, om wat ik zie en wat ik daarvan maak. Kom, besloot hij opgewekt, tijd voor drank.

Hij schonk twee beduimelde glaasjes voor hen in, gaf er een aan haar en goot de ander in één keer achterover. Terwijl hij zijn arm om haar heen sloeg wreef hij over zijn onderbuik achter het vieze schort. Haartjes knisperden onder de stof. M. snapte niets van wat hij zei, maar als zij die verfstrepen moest voorstellen bevestigde het wat ze al langer dacht: ze bestond niet, behalve als een vlek achter een smoezelige ruit, die schaduwen wierp op echte dingen.

VI

Soms duurden de feesten wel drie dagen. Terwijl de mannen – altijd alleen maar mannen – zongen, scholden, lachten en dronken, jankten en sliepen tot een nieuwe lading mannen ze kwam aflossen, zat zij aan haar tafeltje in de serre, de schuifdeur op een kier om frisse lucht binnen te laten, en deed net of ze hen negeerde terwijl ze hun gesprekken afluisterde en in hun broeken op de vloer zocht naar kleingeld. Het waren geen echte mannen, maar zachtmoedige types met verweekte spieren. Ze waren ongevaarlijk, niets wat ze er niet uit kon rennen, hoewel ze uit automatisme altijd één voet schrap zette onder tafel. Het meeste van wat ze zeiden begreep ze niet, over het menselijk lichaam en illusionaire ruimtes, de dialoog tussen de kunstenaar en zijn werk, het schakelpunt tussen realiteit en vervreemding, maar ze had het idee dat ze het zelf ook niet begrepen. Ze oreerden, net als haar vader, net als Pretorius. Uren achter elkaar. Het leek wel of alle mannen waren aangesloten op een onuitputtelijk reservoir van woorden waarmee ze hun kijk op de wereld beschreven. Ook deze mannen werden achternagezeten door mensen die hun niet goed gezind waren. Ze waren verraden door vrouwen of hadden duizendkoppige draken in hun hoofd die alleen met grote hoeveelheden drank in slaap gesust konden worden. Alle tovertaal over hun kunst ten spijt eindigde elk verhaal altijd bij seks. Ze hadden het niet, ze hadden het met iedereen, ze wilden het hebben – met haar of met elkaar –, hun beste werk ging erover of andermans werk was waardeloos omdat het er niet in zat. Soms keek ze op van haar boek en stond er een man in een onderbroek strakgespannen als een vlaggenschip tegen het aanrecht geleund haar te portretteren. *niet bewegen!* Iemand anders braakte in de wasbak, waarna hij vrolijk een gesprekje met haar aanknocpte terwijl hij de kraan liet doorlopen. Meestal deed ze of ze gek was. Laat haar met rust, bromde Pretorius als hij het zag. Kleinkind? vroeg iemand. Aanloopkat, antwoordde hij.

Als het haar te druk werd, sloop ze de serre uit, naar de paarden. Ze vertelde hun over de vreemde mannen binnen, smeerde vaseline op hun wonden, gaf ze vers water, voerde ze oude wortels en kriebelde hen onder de borst tot ze hun hoofd lieten hangen. Daarna ging ze tussen Frank en Frey aan hun scheepskettingen in het kniehoge gras liggen, de magere torso's tegen haar aan. Zachtjes aaide ze over de spaken van hun romp. Toen ze op een lome namiddag zo bij de honden lag, met haar ogen dicht, was ze opeens weer in de nis van oma's keuken. Naast haar lag de langharige herder die met zijn naar pens riekende adem haar nek warm blies. Ze dacht aan oma (dood),

Meggy (verkocht), haar ooms en Jeannette (het lukte haar niet hun gezichten scherp te stellen, ze zag alleen een bontje, klompen, vaalblauwe overjassen aan de kapstok in de bijkeuken), haar neefje (een crossfiets op zijn rug, de wielen spinnend in de lucht), de schimmel in de heuvels (verzonnen?). Het leek allemaal zo ontzettend ver weg, zo ontzettend lang geleden, alsof ze in de tussentijd alweer drie rondjes rond de aarde had gerend terwijl de aarde zelf nog aan zijn ronde om de zon bezig was. Zoals ze op de atletiekbaan ook altijd drie keer haar klasgenoten inhaalde voordat de wedstrijd voorbij was. Haar leven ging sneller dan de seizoenen en ze begreep niet waarom. Ze was moe. Terwijl ze haar neus wat verder in de warme vacht van Frey wilde duwen, sprongen de honden tegelijk omhoog en begonnen uitzinnig te blaffen naar een man die uit de serre tevoorschijn kwam. Op blote voeten ging hij in het gras staan neuriën met zijn ogen dicht. De kabels van de honden zwiepten vlak langs haar gezicht.

Kom, zei ze zachtjes, er is niets. Ik red me wel.

Toen de honden niet luisterden duwde ze zich omhoog en liep naar de man toe om een sigaret te bietsen. Ze had nog niet gegeten en sigaretten op een lege maag, dat waren de beste. Na de eerste trekjes liet ze de duizeling door haar lichaam gaan, van haar tenen tot haar hoofd en weer terug, tot de wilde perenbomen, de meidoorn en de ingezakte rozenstruiken vriendelijk naar haar zwaaiden. Met een licht hoofd liet ze zich weer achteroverzakken in het gras. De man liep naar binnen en kwam terug met een fles. Hij ging naast haar liggen, gestut door zijn droge ellebogen. Zijn oorlellen waren enorm.

Je zal wel blij zijn dat het er bijna op zit, zei hij. Hij nam een slok en gaf haar de fles door. De expositie is al binnenkort, het is een mooie serie geworden.

M. haalde haar schouders op en staarde naar de bodem van de fles. Ze moest drie keer kijken, maar toen zag ze het echt: onder in de doorzichtige alcohol zweefde een mollige larve, een soort wit uitgeslagen rups met haartjes. De man zei dat ze die niet moest doorslikken, maar het was al te laat. Ze nam nog een paar slokken om de schrik weg te spoelen, maar daardoor leek haar slokdarm te ontploffen. Haar borst begon pijnlijk te branden. Zwaar viel ze achterover in het gras, dieper en dieper zakte ze weg in de grond. De hete gloed die zich eerst in haar borst had geconcentreerd, verspreidde zich van daaruit over haar hele lichaam. Vanuit haar gat in de grond zag ze hoe meer mannen bij hen kwamen liggen, languit in het gras. Samen staarden ze naar de smetvrije hemel. Een lauwe bries streek zacht tegen haar huid. Toen begon het te sneeuwen. Eerst een enkele pluis die ze ving op haar handpalm, maar al snel waren het er honderden. De vlokken werden steeds dikker, tot duizenden konijnenstaarten de lucht tussen de bomen wit kleurden. De fles en een joint gingen nog eens rond en naast haar stegen bewonderende kreten op, van oh en ah en gegiechel van de mannen die blijkbaar ook nog nooit zoiets hadden gezien. Maar zij was het epicentrum waarin de meeste sneeuw zich verzamelde. M. kneep haar oogleden samen tegen het felle licht, dronk nog wat van de lava en liet zich bedelven onder het witte tapijt terwijl ze terugdacht aan haar kamer in de langgevelboerderij, toen ze dagenlang door het vierkant van haar raam naar buiten had gekeken alsof ze in een kijkdoos zat. Pretorius had gelijk: niemand ziet je, niemand is met je bezig, en dat was niet erg. Je zat in een kijkdoos, maar het waren niet de anderen die naar je keken, je was het zelf: een groot starend oog in het kijkgat. Ze legde een hand op haar navel waar ze de larve voelde kronkelen onder haar huid, op zoek naar een uitweg. Tussen de sneeuwvlokken door zag ze hoe de mannen begonnen te dansen en te zingen. M. moest erom lachen. Ze zongen een lied dat ze niet kende terwijl ze hun stramme lichamen bewogen tussen de deinende takken, tot ze niet meer zag wie man was en wie boom, en er niets anders was dan een deken van wit.

Haar hartslag klopte in haar onderbuik. Er zat een klem op die haar de adem benam, zoals de vallen die Pretorius in het bos rond de bungalow uitzette waarin ze gehalveerde konijnenrompjes vond. Het hart in de klem klopte harder en harder, tot ze zich realiseerde dat ze gewoon heel nodig moest poepen. Ze duwde zichzelf omhoog uit het gat, rende gekromd naar een hoek van de tuin terwijl ze de drol met alle kracht die ze in zich had binnenhield, hurkte neer achter het hok van Frank en Frey, stroopte net op tijd haar onderbroek naar beneden en liet los. Toen haar naar binnen getrokken navel even terugveerde ademde ze uit maar daar kwam de volgende golf al. Toen ze opkeek ving ze de blik van een van de dansende mannen, maar ze schaamde zich niet. Uiteindelijk was zij de enige die keek, naar zichzelf, poepend in de hoek van de tuin terwijl het gras wit kleurde onder de bloesemregen.

De mannen hadden haar buiten haar roes laten uitslapen. Toen ze eindelijk wakker was gaven ze haar gecondenseerde melk uit blik waarvan ze bijna over haar nek ging, en daarna nog een extra handje pijnstillers. Toen ze weer helder was veegde ze het opgedroogde kwijl uit haar mondhoeken met de stropdas van haar uniform en liep met zware benen terug naar huis. Voorzichtig glipte ze via de achterdeur naar binnen, terwijl ze luisterde of ze haar vader kon horen. Ondanks het zachte weer waren de ramen van de grijze kubus potdicht, haar ogen moesten wennen aan het schemerdonker. Pas na een paar tellen zag ze het silhouet van haar moeder op de bank. Op de grond bij haar voeten zoemde Boelie terwijl hij twee bakjes tegen elkaar aansloeg. Hij merkte niet dat ze binnenkwam. Met grote stappen rende ze de trap op, naar haar kamer, dook onder het bed en griste de wegwerpcamera uit het kistje.

De man met de grote oorlellen wilde haar wel helpen, had hij gezegd. Ze sloten zich op in de donkere kamer, waar het geluid van de rest van de bungalow nauwelijks binnendrong. Nadat hij de microscoop had aangeknipt scheen een rode gloed door de ruimte. Het duurde even voor haar ogen waren gewend. Toen hij de gele camera openbrak hapte ze naar adem – ze had ooit gehoord dat ze het ding nooit, nóóit mocht openmaken, omdat alle afdrukken dan meteen verdwenen.

Vertrouw me maar, lachte de man. Ik weet wat ik doe.

Terwijl zijn vingers soepel over de instrumenten bewogen, legde hij uit wat hij deed. Het rolletje legde hij op de microscoop – een vergroter, verduidelijkte hij. Hiermee wordt het beeld van het negatief op het fotopapier geprojecteerd. Na het belichten is de afbeelding op het papier gedrukt, en om het te bewaren moeten we het behandelen in een paar badjes met chemicaliën.

Terwijl ze toekeek hoe hij de glibberige vellen een voor een ophing aan een waslijn, probeerde ze terug te halen wat ze door de jaren heen nou precies had gefotografeerd. Ze zocht in de kamers van haar hoofd, probeerde zich iets te herinneren, maar het was er te druk. Ze hoopte dat de beelden aan de waslijn duidelijkheid zouden scheppen - huizen, plekken, mensen. Een tijdlijn van haar leven.

Langzaam werden de silhouetten scherper. Om zichzelf te kalmeren snoof ze de chemische dampen in de kamer op. De man boog zich naar een van de vellen toe, deed een stap terug en boog zich naar het volgende. Hmm, zei hij. Langzaam verschenen de contouren van een beeld. Een teddybeer op een bed. Door de wasknijpers leek het alsof hij aan zijn oren was opgehangen. Ogen kwamen tevoorschijn, nu ook een mond. Boelie. Op het volgende vel weer. Op alle foto's stond hetzelfde: haar broertje in kleermakerszit op een bed. Andere kleren, een ander bed in een andere kamer, maar het beeld bleef hetzelfde. Nee, dacht ze, dit kan niet, de man had haar rolletje verpest. Ze liep de slinger af, zocht naar een detail dat het beeld in een context plaatste. Maar ze had keer op keer dezelfde foto gemaakt.

VII

De man vroeg of ze diezelfde avond al kon beginnen. Ze stond op het punt de bossen in te verdwijnen, naar de bungalow, toen haar moeder haar de telefoon aanreikte. Het is voor jou, zei ze verbaasd. In plat Antwerps legde de man aan de andere kant van de lijn uit dat hij en zijn vrouw zin hadden een weekendje *oep de lappe te gaon.* Zondagmiddag zouden ze weer terug zijn. Het ging om twee meisjes, van zes en acht jaar, ze zou duizend frank per dag krijgen, maar dan moest ze wel meteen komen – voor het avondeten. Ze stamelde dat ze met haar moeder moest overleggen, die zou haar tenslotte moeten brengen. De man zweeg even en stemde toen in. Maar als ze niet terugbelde wist hij haar te vinden – hij had nu haar nummer en ze moest hem *gin bloskes wijsmaoke.*

Tweeduizend frank. Twintig keer honderd frank. Honderd gulden. Dat was een heel stapeltje rood-roze briefjes met het getal 100 in het zeegroen rechtsboven gedrukt. Ze was het zo zat, het speuren naar geld, het stelen, de muntjes die ze overal vandaan grabbelde als een ekster, in de bungalow, tussen stoeptegels op straat, uit kauwgombalautomaten en parkeermeters (altijd voelde ze even in het bakje, het was een automatisme, het klepperende geluid gaf haar een warm gevoel, de kans op gevonden geld), in haar vaders broekzakken als hij sliep. Het geld bewaarde ze altijd in haar geheime kistje, maar eens in de paar weken nam haar moeder alles eruit. Eén keer een halve tank bij de benzinepomp en het was op.

Het was een spel. Haar moeder vroeg met geprikte wangen om huishoudgeld, haar vader antwoordde dat ze te veel uitgaf, dat het geld hem niet op de rug groeide, dat ze alleen maar onzin kocht, dat ze haar eigen familie maar om geld moest vragen aangezien daar toch haar loyaliteit lag. Haar smeekbedes – alsjeblieft, ik heb geen contact met mijn familie, ik heb niets in huis, de kinderen moeten eten, ik moet tanken. Als ze geluk hadden gooide hij een paar briefjes op het aanrecht, soms tientjes, soms honderdjes, Belgische franken, en het enige wat M. dan nog kon denken was: pak ze niet. Laat ze liggen, laat het geld zich opstapelen tot torens oud papier met stofwolken erop waar ze elke dag achteloos langs zouden lopen terwijl zijn gezicht steeds roder werd en zijn vuisten zich balden tot zijn vingers als een perforator door zijn handpalmen drongen. Niet één gat maar acht gaten in zijn hand. M. zou nog liever wegteren van de honger dan dat haar moeder ooit nog iets van hem aannam. Ze was inmiddels net zo geobsedeerd door geld als hij. Geld, wist ze nu, was inderdaad het antwoord op alles en daarom had ze een advertentie in het lokale krantje gezet waarin ze zichzelf als oppas aanbood.

Stapvoets reden ze door de troosteloze straten in een wijk achter de rondweg van Antwerpen. In haar hand hield ze het briefje waarop het adres en de instructies stonden gekrabbeld. In deze tussenwereld was alles grijs en grauw; het leek alsof alle fijnstof uit de stad hier was neergedaald. De straten waren smal, met nauwelijks een stoep. De oude Mercedes reed vlak langs muren van rood baksteen en witte kalk, blokken donkergrijze gevels, af en toe onderbroken door een stuk braakliggend terrein als een getrokken kies in een verrot gebit. Sommige voordeuren waren vervangen door triplex platen, overal waren de rolluiken gesloten. Een groepje jongens liep voorbij, capuchons over hun hoofd en hun nek diep in hun schouders getrokken. Toen ze waren gepasseerd bleven ze een tijdje achteromkijken naar de auto.

Hier moet het zijn, zei ze tegen haar moeder met een blik op het briefje in haar hand. Ze stopten voor een smal, donker huis waarvan het raam op de begane grond was afgeplakt. Het venster op de eerste verdieping was dichtgetimmerd, zwarte wolken tekenden zich af op de gevel rond de spaanplaat. Toen ze was uitgestapt boog ze zich naar haar moeder door het geopende raampje.

Ik moet terug, je broertje is alleen.

M. knikte.

Bel maar als er iets is, dan kom ik je halen.

Ze knikte nog een keer en kwam overeind. Haar moeder verdween achter het stuur en trok op.

M. keek de auto na tot die de bocht om verdween. Vanuit de stad naderde de schemering. Het asfalt was donker van een eerdere regenbui. Ze huiverde. Tweeduizend frank. Ze draaide zich om naar het huis en toen ze geen bel vond klopte ze op de deur.

De meisjes leken wel puppy's. Ze hadden kleine hoofden met mini-oren en wipneuzen waarop brillenglazen leunden zo dik als het vergrootglas waarmee M. altijd vuur maakte in het bos. Vanaf het moment dat ze over de drempel stapte klampten ze zich aan haar vast om haar niet meer los te laten. Hun ouders waren al vertrokken. Op een bijzettafeltje lag een briefje voor haar klaar met nog eens duizend frank voor eten. Binnen was het koud en donker, op een televisiescherm na dat monotoon zoemde. Het huis stond zo vol spullen, dat ze er alleen doorheen kon manoeuvreren door een specifiek looppad te volgen. Saartje en Lieve leidden haar rond als volleerde reisgidsen, *'ier is de keu-ken*, met een langgerekte Vlaamse tongval, en zigzagden haar langs wankele torens met reclamefolders, ingezakte vuilniszakken vol kleding, stapels vuile vaat, ingedroogde kattendrollen en een kapotte tweelingbuggy die in het halletje de weg versperde naar het trapgat. Nergens waren lampen of kaarsen, uit de stopcontacten hingen rafelige elektriciteitsdraden – wat de penetrante houtskoollucht verklaarde die door het hele huis hing. Er was geen tafel om aan te zitten, stiften noch papier om te tekenen. Uiteindelijk vond ze achter een stapel dozen in het pijpenlade-keukentje een deur, die ze na wat duw- en trekwerk openkreeg. Toen licht en zuurstof naar binnen stroomden haalde ze opgelucht adem. De meisjes knipperden even met hun hertenogen en staarden haar toen weer onbewogen aan. In het keukentje was geen ijskast, het aanrecht was bedolven onder de rommel. In de keukenkastjes vond ze een radio, een bak gereedschap, een onthoofde barbie en een glazen pot tot de rand toe gevuld met wisselgeld. Ze keek ernaar, verwierp de gedachte en deed snel het deurtje dicht. Een paar straten verderop had ze een frietkot gezien.

De vrouw achter het vet begroette de meisjes hartelijk.

Is de mama weer op stap? *Zie da ge u goe gedraagt, zenne*. Ze knipoogde naar M. terwijl ze hun alle drie een blikje fris aanreikte. De inhoud ervan stroomde meteen langs de aangevreten melktanden van de meisjes naar binnen. Het kot had een plastic uitbouw waarin een paar tafeltjes stonden die meedeinden met het zacht klapperende tentdoek. Terwijl het langzaam donker werd aten ze onder het neonlicht van de kraam, met een gloeiende radiator boven hun hoofd. De vrouw kwam achter haar hoge balie vandaan en schoof bij hen aan. Er waren geen andere klanten. De straat was een zwart gat waar de wind doorheen loeide. Ze hadden een paar weken mooi weer gehad, maar de koude trek was weer helemaal terug. Zachtjes begon het te regenen, trommelende vingertoppen tegen de luifel. De meisjes zaten dicht tegen M. aan terwijl ze traag hun frieten in de mayonaise dipten. Zie je wel, dacht M., zo simpel kan het zijn. Geld verdienen, eten kopen, voor kinderen zorgen. Een lieve buurvrouw om de hoek die een oogje in het zeil houdt. Het kan.

De vrouw van het frietkot had haar een paar kaarsen en een aansteker meegegeven waarmee M. het huis enigszins gezellig probeerde te maken. Boven op de overloop hing een peertje dat werkte. Met zijn drieën stonden ze onder de paraplu van licht. Er waren drie deuren. Eentje was dichtgetimmerd en leidde naar de kamer aan de voorkant, waar de brand was geweest. Een openstaande deur gaf zicht op een hok met daarin een stapelbed en een met kleren bezaaide vloer. Een derde was gesloten. Dat moest de slaapkamer van de ouders zijn.

Als jullie vast je pyjama aandoen, ruim ik het hier een

beetje op, zei ze tegen de meisjes terwijl ze richting hun kamer knikte. Onbewogen staarden ze haar aan, met hun mond halfopen en hun zware brillen op het puntje van hun neus.

Pyjama? Tandenpoetsen?

Niets.

Pie-zja-má? probeerde ze nog een keer op z'n Vlaams, maar de meisjes keken haar aan of ze gek was.

Allez. Kom dan maar mee naar beneden, misschien is er iets leuks op televisie.

Ze ging zitten op de ribfluwelen bank naast het afgeplakte raam, met in iedere oksel een kind. Het flikkerende beeldscherm verlichtte hun gezichten met korte tussenpozen in het donker.

Een afstandsbediening, hebben jullie die?

Lieve schudde haar hoofd. Ze kon niets zeggen omdat ze drie vingers tot aan de knokkels ondersteboven in haar mond had geschoven. *Die vieze handen*, hoorde ze haar moeder zeggen.

We hebben wel films.

Saartje sprong op van de bank en bukte zich voor een houten kastje naast de tv.

Deze vind je vast leuk.

Behendig duwde ze de opnameband in de gleuf onder het toestel en hopte terug op de bank. Daarna vlijde ze zich weer tegen M. aan en sloeg een arm om haar buik. Op het zwarte scherm verschenen grillige golven, als een hartslag, die zich met horten en stoten tot beelden vormden. Opgewekte muziek klonk. M. liet zich verder wegzakken in de kuil van de bank. Op het scherm verscheen een vrouw met een verschrikt gezicht, haar kaken waren wijd opengesperd. Er kwam iets uit haar, een buitenaards wezen dat zich diep uit haar binnenste een weg naar buiten vocht. Naarmate de muziek wegebde, klonken er steeds luidere angstkreten. Ze keek opzij naar de zusjes, maar die leken niet onder de indruk. Toen de camera uitzoomde zag M. dat de vrouw ingeklemd zat tussen twee blote mannen, als de romp van een paspop in een bankschroef. Een hete golf joeg naar haar wangen terwijl ze verstijfd naar het scherm bleef kijken. Ze wilde opstaan, maar het leek onmogelijk zichzelf omhoog te duwen uit de kuil. De kaken van de vrouw knapten bijna uit elkaar terwijl ze tussen de mannen kronkelde in een poging weg te komen. In M.'s hoofd werden op hoog tempo beelden uitgelicht. De vuurtoren sloeg op hol. Ze werd duizelig, haar ledematen reageerden niet meer. Toen het bloed in haar lichaam eindelijk weer begon te stromen, maaide ze met haar armen over de hoofden van de meisjes, sprong overeind en stortte zich met beide handen op alle knoppen van de videorecorder tot het beeld wegviel en de band ratelend uit de gleuf zoefde. Lieve zoog nog steeds op haar vingers, Saartje haalde haar schouders op.

Kom, zei M., we gaan naar bed.

Die nacht lag ze op een tweepersoonsmatras met paarse lakens die een zoete zweetlucht verspreidden onder een hemel van fluorescerende plaksterren. Naast haar hoofd klonk het aanhoudende gerinkel van een bakelieten telefoon. Het peertje verspreidde een krijtig licht via de kier van haar kamerdeur. Doe voor niemand open, had de vrouw van het frietkot haar toegefluisterd. Ze begreep nu waarom. Als ze opnam eisten ongeduldige klanten aan de andere kant van de lijn een tijdslot om langs te komen. M. durfde de hoorn niet naast de telefoon te leggen, misschien zouden de ouders van de meisjes bellen, of misschien belde haar moeder wel om te vragen hoe het ging – het nummer had ze thuis op een briefje bij de telefoon achtergelaten. Het gerinkel naast haar hoofd stopte niet, evenmin als het trillen van haar lichaam. Maar ze belden niet en nadat de zoveelste mannenstem in plat Vlaams de meest misselijkmakende schunnigheden die hij met haar wilde doen door de hoorn hijgde, de ene keer als belofte en de andere keer als dreigement, trok ze met een ruk het kabeltje uit de kont van het toestel. Tegen vier uur in de ochtend werd er aanhoudend op de voordeur gebonsd. M. trok de lakens over haar hoofd, kneep haar ogen dicht en fluisterde achter elkaar 'Hatatitla'. Terwijl hij door bleef bonken schreeuwde de man wat hij met haar van plan was, en even leek het of ze gewoon weer thuis was. Ze krulde zich verder op, hard als een slakkenhuis, en concentreerde zich op het flauwe geluid van haar eigen stem in de diepte van haar hoofd. Na een tijdje lukte het haar zichzelf voor te stellen in galop, één met het paard, de wind langs haar oren terwijl ze verdween naar haar eigen middelpunt. Toen de kamer zich met het verstrijken van de uren scherper begon af te tekenen en de stilte op straat terugkeerde, dacht ze terug aan de vorige avond in het frietkot, onder de warme radiator met de meisjes.

Zo simpel kan het zijn.

Wat een sukkel was ze toch. Wat een ontzettende sukkel.

De volgende dag ging ze op pad met de kinderen, kocht stiften en kleurboeken, haalde koffiekoeken en croissants bij de bakker, maakte stapeltjes van hun kleren tot het sisal tapijt op hun slaapkamer tevoorschijn begon te komen, en gooide de kapotte buggy en zo veel mogelijk van de folders en ander afval op het platje achter de keuken. Met krantenpapier raapte ze kattendrollen op. Vervolgens liet ze de keukendeur wagenwijd openstaan, maar in de frisse lucht dreef nog steeds een onderstroom van bederf die in haar neus prikte.

Het blijft hier naar stront ruiken, mompelde ze, waarop Lieve triomfantelijk naar een deur in het halletje liep en 'woef woef' zei. Soms leken de meisjes mini-volwassenen en soms leken ze kleuters. Ze draaide de sleutel een halve slag en trok de deur naar zich toe. Toen een wolk van zwavel haar in het gezicht sloeg dacht ze even dat ze onderuit zou gaan. Lieve negeerde haar kokhalzen en liep de steile trap af. Eenmaal beneden liet ze een tl-balk aanknipperen. In de kelder trof M. het meisje op haar hurken met een bol zwarte wol in haar armen.

Toetsie, zei ze vrolijk.

De hond sprong van haar schoot en begon in een razend tempo rondjes door de kelder te rennen. Het klonk alsof hij door regenplassen spetterde. M. drukte een mouw tegen haar neus en keek rond in de stenen kuil. De vloer en de plinten waren gestuct met een dikke laag stront, waar Toetsie op hoge snelheid baantjes in trok. De lange vacht rond zijn poten en onder zijn buik kletste in natte slierten heen en weer, maar toen hij enthousiast tegen haar opsprong kon ze het niet over haar hart verkrijgen hem weg te duwen. Ze hurkte neer naast Lieve en samen begonnen ze het beestje te aaien.

Laten jullie Toetsie wel eens uit?

Het kind staarde haar aan door de vieze jampotglazen waarin het licht werd weerspiegeld en aaide toen weer verder. Hoewel M. daarnet nog bijna moest overgeven van de lucht in de kelder, gleed de spanning langzaam van haar af en kreeg de stank minder vat op haar. Alles wordt uiteindelijk normaal, dacht ze.

Ze ging op de onderste trede zitten, het meisje naast haar, en samen knuffelden ze de hond tot hun eigen kleren ook nat van de drek waren. Na een tijdje gaf ze Lieve opdracht de laatste koffiekoek uit het zakje te pakken, boven op het aanrecht. Die dingen werden zo snel oud; binnen een halve dag viel de bovenlaag in schilfers van de randen. Toetsie vond het heerlijk, kruimels hingen in zijn bef. Toen hij de koek ophad zakte hij iets door zijn achterpoten waarna een donkere vlek zich onder zijn buik over de keldervloer verspreidde. M. stond op.

Kom, zei ze tegen Lieve. We gaan eten en dan nemen we iets lekkers voor hem mee.

Ze pakte het meisje bij de hand. Samen liepen ze de smalle trap op, waar Saartje op hen zat te wachten. Toen ze de deur weer sloot en de sleutel omdraaide gaf Toetsie geen kik.

Op zondagmiddag vertraagden ze alle drie, alsof ze zo het afscheid konden uitstellen. De grijze sluier boven Antwerpen was opgetrokken, een waterig zonnetje bereikte nu ook de lagergelegen betonwijk. Op het platje achter de keuken had M. tussen de rotzooi twee plastic stoeltjes gevonden, die ze aan de voorkant van het huis tegen de gevel had gezet. Met Saartje op schoot en Lieve naast zich hadden ze daar gezeten, hun jassen strak om zich heen geslagen. M. snoof de koude lucht op tot haar hersenen pijn deden, maar de geur van de paarse lakens bleef in haar neus zitten. Ze voelde zich binnenstebuiten vies. Telkens opnieuw vroegen de meisjes waarom ze niet kon blijven. Ze knepen haar handen fijn, streelden haar onderarmen, grepen zich vast rond haar middel. M. beloofde dat ze zou terugkomen, dat ze speelgoed mee zou nemen, dat ze hun slaapkamer gezellig kwam maken, dat ze brokken voor Toetsie zou kopen. Terwijl ze daar in die grauwe straat zat met de meisjes tegen zich aangedrukt en ze het laatste stuk cake van de bakker deelden, dacht ze aan Pretorius en aan wat hij zou zeggen als hij hen hier nu zag. Zou hij hier ook een verhaal van maken, zeggen dat het ingebeeld ongemak was? Dat ze een verkeerd beeld had van deze kinderen? Dat als ze er anders naar keek, ze een andere werkelijkheid kon creëren?

Toen de auto de straat in reed verdwenen de zusjes naar binnen, geruisloos als terugtrekkend water. Hun moeder wankelde op haar naaldhakken door de voordeur naar binnen zonder M. aan te kijken, de man rekende zwijgend met haar af. Nog geen minuut later was het huis weer net zo hermetisch afgesloten als ze het had aangetroffen, de plastic stoeltjes op de stoep het enige bewijs van haar aanwezigheid.

M. wandelde richting het frietkot. Achter de windschermen wachtte ze op haar moeder, at het zoveelste frietje met mayonaise van dat weekend en hielp de aardige mevrouw de kassa opmaken. Ze voelde geen aandrang iets in haar mouw te schuiven. Toen ze na uren wachten eindelijk de Mercedes in het donker voorbij zag rijden rende ze de straat op. De remlichten schoten aan als loerende ogen in het bos. M. keek achterom. De vrouw stond tussen de twee tentdoeken, uitgelicht door de letters op de gevel, en keek van de auto naar haar en weer terug. M. hield haar adem in. De vrouw schoof de flappen opzij, zette een paar passen naar voren en nam M. kort in haar armen. Even schoot het door haar hoofd dat ze het hardop moest uitspreken. Haar mond ging open en toen weer dicht.

Ga maar, zei de vrouw, en ze gaf haar een zet.

VIII

Eindelijk had haar vader het voor elkaar. Hij had besloten dat haar moeder en Boelie voortaan met hem meegingen op reis, het land in, naar afspraken in België, Duitsland, Nederland, op zoek naar handel. Maar M. wist wat het werkelijk was. Het was een manier om de ballast te lozen. Haar niet meer in de ogen te hoeven kijken. Als M. niet verdween, verdwenen zij wel. Vanachter het miniraam van haar slaapkamer zag ze hen wegrijden in het slagschip, haar moeder voorin met een grote zonnebril op haar neus en haar broertje in kleermakerszit op de achterbank. Het voelde of ze haar ingewanden meenamen. Het uiteinde van haar darmen zat vast aan de bumper van de wagen en toen haar vader gas gaf voelde ze hoe ze langzaam werd leeggetrokken. Ze kromp, werd kleiner en kleiner als een inzakkende zitzak, tot de remlichten een laatste keer oplichtten en de auto met de drie hoofden de hoek om verdween. Een tijd lang zat ze op de rand van haar bed, hol en verdoofd, en keek hoe de schaduwlijnen op de vloer oplosten in de vallende schemering. Ze was wel vaker verdrietig geweest, een logge trek aan haar nek en haar schouders waardoor iedere stap moeite kostte, een betonnen bal in haar blaas waardoor het leek of ze honderd kilo in plaats van tweeëndertig woog, maar dit was anders. Ze was niet verdrietig maar onbewoond. Een verlaten pand waaruit alles was meegenomen, niet alleen de meubels, de kleden en de kaarsen, maar zelfs de geur van de mensen die er hun leven hadden opgebouwd. Terwijl het donker over haar heen kroop probeerde ze zich de huid van haar broertje te herinneren, rimpelloos en zacht onder haar vingertoppen, de bittere geur van oorsmeer als ze in zijn nek snuffelde, het frisgroene nat van zijn haarlotion. Ze haalde diep adem, kneep haar ogen dicht en probeerde haar moeder terug te halen, samen in bed, al die keren, hoe ze tegen haar aan lag, met ingehouden adem en gespannen spieren. De warmte van haar lichaam, de gladde stof van haar nachtpon, de kruidige vanille van het poeder dat ze in haar haren masseerde als ze geen zin had het te wassen. Maar er kwam niks. Ze proefde alleen wat gruis op haar tong, alsof het gestripte huis al aan het instorten was.

IX

Ze schuilden in een portiek. Ondanks de dikke druppels die vielen bleef de warmte in de nauwe steegjes hangen. Damp zuchtte uit de kasseien. Het straatje was een spelonk in de donkere binnenstad, met de galerie als eenzame lichtbak tussen de gesloten winkels. Aan de overkant renden mensen gekromd naar binnen, een jas of krant als dakje boven hun hoofd. Ze keek omhoog, maar Pretorius tuitte zijn lippen en knikte: rustig aan, geen haast. Hij had nooit haast, ze wist niet dat dat bestond. Hij deed alsof hij niet nerveus was voor vanavond, maar ze wist wel beter. M. zuchtte en liet haar hoofd tegen zijn arm vallen. Hij zoog aan een sigaret, slikte de rook weg en gaf hem toen aan haar. Het was fijn zo dicht bij hun bestemming te zijn zonder naar binnen te gaan. Een geheime ruimte tussen A en B, zoals de deuren die je zag als je door een lange tunnel reed. Ze hield van de gedachte dat er mensen bestonden die de tunnel inreden en er niet meer uitkwamen. Verdwenen via een zij-uitgang die niemand kende, opgelost in het niets.

Verstopt in het duister had ze goed zicht op de verlichte ruimte. Bezoekers schudden zich uit als natte honden, staken hun paraplu in een bak of gaven hun jas aan een meisje dat ze stralend toelachte. Gasten slenterden gezamenlijk door de ruimte, bekeken al stiekem de serie schilderijen of de andere bezoekers. Een paar van zijn vrienden stonden samen bij de bar, die kwamen niet voor zijn werk maar voor de gratis drank. Een oudere dame met opgestoken haar stond al een tijdje naar hetzelfde schilderij bij het raam te kijken. Ze knikte beleefd toen iemand naast haar kwam staan, haar mond half geopend, klaar voor een gesprekje.

Naast haar trok Pretorius de kraag van zijn overjas dichter tegen zich aan en stampte even met zijn voeten. Het miezerde nu alleen nog. Het vocht op de stoep breidde zich als een olievlek uit naar de portiek, richting haar schoenen. Speciaal voor vanavond had hij nieuwe voor haar gekocht, lakschoenen met een bandje rond de enkel. Ze nam nog een trekje en gaf de sigaret terug.

De glazen pui van de galerie was nu helemaal beslagen. Ze kon niet meer zien hoe de bezoekers haar schilderijen bekeken. Zijn schilderijen van haar, of, zoals hij het noemde: zijn schilderijen van een tussenwezen – man noch vrouw, kind noch volwassene. *Anarchie van onschuld*, noemde hij de serie. Ze begreep niets van die titel, maar hij was er zo mee in zijn nopjes geweest dat ze hem er niet naar durfde te vragen. Een bezoeker drukte zijn voorhoofd tegen de ruit en tuurde in het donker. Hij keek hen recht aan. Ze wilde een stapje terug doen, verder de portiek in, maar een arm hield haar tegen.

Sta stil, bromde hij, en hij schoot de sigaret op de natte tegels waar het ding siste en doofde. Toen ze weer opkeek was het hoofd aan de overkant verdwenen. Op het raam bleef ter hoogte van zijn voorhoofd een kijkgat achter in de nevel, dat langzaam dichtging als een vertraagde sluiter. Ze kon nog net zien hoe de dame met het opgestoken kapsel haar hoofd in haar nek gooide en lachte, met rechte tanden waarin een gouden kroon schitterde.

Het was gestopt met regenen. De stad gaf zich bloot onder de splijtende wolken, in zilvergrijs avondlicht met gele lantaarnpaalstippen. Pretorius deed een stap naar voren. In de reflectie van de glazen gevel van de galerie zag ze hem staan met een tas aan zijn arm. Het duurde even voor ze zich realiseerde dat zij het was.

Kom, zei hij. Het is tijd.

X

Het water van de Schelde lag kalm en donker tussen de kades, alsof de kloof in de stad was gevuld met teer. Alleen al om die reden haatte ze het water: de schijn van een oppervlak waarover je kon vluchten. Als ze nu sprong, zou ze verdwijnen in het zwart en niet meer bovenkomen. Ze verstevigde haar greep rond het koude staal, sloot haar ogen en liet de wind door haar haren gaan. Ze was inmiddels zo hoog dat ze hem zachtjes hoorde fluiten. De nachtelijke geluiden van de stad waren achtergebleven op straatniveau, bij Pretorius, die in de diepte naar haar stond te schreeuwen. De Onze-Lieve-Vrouwekathedraal was prachtig vanaf hier. De lichtjes legden een zachtgele gloed over de daken rond de Groenplaats. Het protserige uurwerk op de toren staarde haar recht aan. Ze haalde diep adem en klom toen weer verder over de spaakconstructie. Ze strekte een arm boven haar hoofd om een verbindingsstang te grijpen terwijl ze naar inkepingen zocht om haar voeten te plaatsen. Voorzichtig, de regenbui van eerder die avond had alles glibberig gemaakt. De gondels van het reuzenrad schommelden zachtjes heen en weer. Luchtmandjes waren het, die een leven lang in dezelfde cirkel niets teweegbrachten, net als de seizoenen. Terwijl zij een hoofd meezeulde dat elk jaar groter werd, waardoor ze steeds krommer liep uit angst haar evenwicht te verliezen, schudde de natuur met een simpele rilling de ballast van zich af en begon aan een volgende cyclus.

De temperatuur was precies goed. Niet meer prikkend koud aan haar wangen, zoals in de winter, maar ook nog niet warm, zoals na een hete zomerdag. Een pluk haar bleef plakken in haar mondhoek. Tevergeefs probeerde ze hem weg te blazen. Het werd weer langer. Ik vind het mooi, zo kort, zei Pretorius vaak terwijl hij een krul rond zijn vinger draaide. Je lijkt er zo jong door. Zonder haar hoofd te bewegen gluurde ze weer naar beneden, tussen haar voeten door, naar waar hij stond. Hij was gestopt met schreeuwen en keek nu alleen maar omhoog, met zijn hoofd in zijn nek, zijn armen slap langs zijn lichaam. Ze liet het groeien. Ook al zou ze alles afscheren, ze leek toch niet op een jongen. Ze wilde ook helemaal geen jongen zijn, alleen iets anders dan een vrouw worden. Een nieuw iets. Een mens met de eigenschappen van een wolf. Snel, sterk, niet onderdanig maar ook niet onnodig agressief. Het was altijd het een of het ander – er zou inderdaad een tussenmens moeten zijn. Pretorius kon kletsen wat hij wilde, over zijn boeken en schilderijen en beelden en muziek en filosofieën over de gelaagdheid van zijn werk die niemand zag of begreep, hoe bijzonder hun relatie was, en wat hij nog meer allemaal bazelde, de hele dag en de lange nacht terwijl zij probeerde te begrijpen wat hij zei – uiteindelijk kwam het altijd daarop neer: zwart-wit. Iemand sprak en iemand luisterde, iemand was de baas en iemand gehoorzaamde, iemand was zorgeloos en iemand was bang. Ze kon de details van zijn gezicht vanaf deze hoogte niet zien maar de paniek in zijn ogen toen ze aan de klim begon stond haar nog helder voor de geest. Ze grinnikte.

Eerst dacht hij dat ze een grapje maakte. Ze liepen over de kade toen ze zich van hem losmaakte en lenig in de stellage sprong. Hij lachte vermoeid zoals een ouder lacht naar een kind dat onderweg iedere bloem aanwijst. De expositie was een doorslaand succes geweest. Iedereen had wat anders gezien in het werk en dat was de kracht van de ware kunstenaar, vertelde een van zijn vrienden haar, terwijl ze samen naar een doek stonden te kijken. Het was een oude man die vaak bij hen in de bungalow kwam. In de veertig, mager, met lange nagels waarmee hij steeds opnieuw zijn uitdunnende haar naar achteren kamde. Hij was net gescheiden. In de serie portretten zag hij zichzelf, zijn isolatie, de man alleen versus de vrouw en haar kinderen, waar geen man tussen kwam. Terwijl hij zich het ene na het andere gratis glas whisky liet inschenken ratelde hij maar door. M. dacht aan de vele uren in het atelier, verkleumd voor Pretorius' ezel. Op geen van de doeken herkende ze zichzelf. Het waren donkere koppen met woeste uitlopers van verf, allemaal even somber. Ze had geprobeerd goed op te letten, zoals ze altijd deed, te begrijpen wat de bezoekers tegen elkaar zeiden over 'het verhaal achter het werk', 'de taal van abstractie die het sujet tastbaar maakt', 'de dominantie van de vrouw in familieverband' en uiteindelijk begon iemand zelfs over het wezen van de mens en hoe de kunstenaar spotte met de fascistische opvatting daarvan. Pretorius liep door de ruimte als een pauw, links en rechts bevestigde hij de onsamenhangende praatjes over de serie terwijl de galeriehouder op steeds meer werken een rode sticker plakte. Iedereen knikte alsof het een optelsom was, even simpel als twee plus twee, maar voor het eerst had ze niet het idee dat zij gek was, maar alle mensen die daar met hun bril op het puntje van hun neus een betekenis achter de hoofden op de doeken zochten, terwijl zij, Het Hoofd Zelf, gewoon in de ruimte aanwezig was. Plotseling had ze de bijna onbedwingbare behoefte gevoeld het uit te schreeuwen, de schilderijen van de muur te trekken, met armen als roterende zwaarden in te hakken op de bezoekers tot ze in bloederige stukken tegen de muren en de glazen gevel van de galerie plakten. *Hier hebben jullie je anarchie van onschuld.* Dat was pas kunst. Maar haar armen waren van beton, zwaar en onbuigzaam. Ze stond aan de vloer geschroefd. Overal waar ze keek zag ze een inktzwarte verbeelding van zichzelf, als in een spiegelpaleis. Een golf van gemis trok door haar heen, een verlangen naar de vacht van de schimmel onder haar vingers, de woordeloze dagen in de heuvels, hoog boven de wereld.

Toen het hem begon te dagen wat ze van plan was, was ze al buiten het bereik van zijn graaiende handen. Met haar lakschoenen had ze naar zijn vingers getrapt, tot zijn nonchalante grijns plaatsmaakte voor verwarring en, een paar seconden later, angst.

Kom naar beneden, M., je valt te pletter.

Zijn stem was samengeknepen. Ze keek over haar schouder en haalde haar wenkbrauwen naar hem op. In de verte trok een platbodem een geul door het teer. Toen ze verder klom moest hij zijn stem verheffen.

Het is niet grappig, meisje! Als je uitglijdt... Zijn stem bleef haken achter de gedachte. Ze was al zeker drie huizen hoog, de richels tussen de straatstenen begonnen te vervagen. Ooit had hij haar over de mythe van de kathedraal verteld. Twee beminden die van de wereld niet samen mochten zijn, sprongen hand in hand van de toren. Op de kasseien spatten ze in honderd stukken uit elkaar. De rouwende achterblijvers hadden vreselijk spijt van hun oordeel en maakten van de brokstukken een prachtig kunstwerk dat ergens in de kathedraal stond – niemand wist waar. Ze begreep dat het over hen ging. Betoverd was ze geweest door hoe hij de woorden achter elkaar zette. In zijn wereld klopte alles, al moest hij er een etmaal voor doorpraten, op alle vragen had hij een antwoord. Ze vrat het en daarom mocht hij haar opvreten. Maar vanavond zag ze wat hij echt was: een bange, oude man.

Aan de voet van het reuzenrad ijsbeerde Pretorius heen en weer, de panden van zijn jas fladderden achter hem aan. Toen zakte hij neer op een muurtje, met zijn handen in zijn schoot en zijn gezicht op haar gericht, in de hoogte. Zijn baard lichtte op in het schijnsel van de maan. Ze trok zichzelf op aan een volgende dwarsverbinding, schoof horizontaal over de buis naar de buitenrand en liet zich op de bodem van een gondel vallen. Ze wachtte tot hij stopte met schommelen, kwam toen voorzichtig overeind en nam plaats op het bankje. Van waar hij zat was ze nu onzichtbaar. Opgegaan in de lucht boven de Gedempte Zuiderdok. Een rilling streek langs haar nekwervel. Ze dacht aan de ruwe huid van zijn vingertoppen, de kloven in de plooien, de schimmelstrepen in het vel, de korzelige nagels. Het haar, overal dat haar. In zijn neus, zijn oren, zijn oksels en zijn kruis, op zijn rug, zijn buik en zijn schenen. De geur van zijn hals, muf met een scherpe vleug kerosine van de weckpotten waarin de kwasten dobberden. Zou hij haar achternakomen? Snel gluurde ze over de rand naar beneden. Toen de blauwzwarte diepte haar aanstaarde klapte een parachute open in haar buik. Snel liet ze zich weer achterovervallen en nam een teug adem, alsof ze boven water kwam. Haar ledematen trilden alsof ze een libelle was, schokkerige golven die haar van binnenuit bestuurden. Ze verfoeide het, verfoeide haar lichaam. Het trillen dat maar niet stopte, zolang ze zich kon herinneren, al sinds ze een klein meisje was. Het was de aanloop naar iets, het warmdraaien van de spieren, het aanjagen van de motor, zich schrap zetten tot ze... Tot ze wat? Een keer een mes in het zachte vlees tussen iemands ribben zette? Zomaar op een dag midden op straat zou gillen en krijsen tot haar stembanden waren verschrompeld en de politie haar in een dwangbuis afvoerde? Haar been over de rand van de gondel gooide en zich eindelijk liet gaan? Ze sloot haar ogen en luisterde naar de wind. *Lafaard*, hoorde ze de fluisterstem van haar moeder. Lafaard.

Toen ze weer durfde te kijken werd ze even overdonderd door het uitzicht op de stad om haar heen dat oneindig leek, hoog vanuit de open hemel. Opeens voelde ze hoe wankel de gondel was in de suizende wind. Ze hield de rand van het bankje stevig vast terwijl ze zich probeerde te oriënteren. De diepte was een donkere oceaan waarin de kathedraal stond als een vuurtoren die af en toe herkenbare plekken oplichtte. In de verte zag ze de heldere strepen van Antwerpen Centraal, de flitsen van goederenwagons. Daarvoor lag het Stadspark, daarachter de Zoo en de Botanische Tuinen, waar iemand Pretorius eens had gecomplimenteerd met zijn mooie kleindochter.

M.! Wanhopig gooide hij haar naam op. De lokroep weerkaatste tegen haar gondel en viel toen met een boogje terug op de kade. Kom me maar halen, dacht ze, kom dan, als ik zo bijzonder ben. Hij had het zo vaak gezegd. Geen jongen en geen meisje, geen kind en geen volwassene. Een tussenmens, maar niet het tussenmens dat hij zich had voorgesteld. Ze grijnsde, kneep haar ogen dicht, kromde haar tenen en balde haar vuisten in de hoop dat het trillen dan zou stoppen. Kom maar, dacht ze, en ze probeerde zich voor te stellen hoe hij voorzichtig zijn voet op de eerste spaak van het rad zette, zich optrok met die slappe armen van hem en verder klom met dat lichaam van perkament, de raspende ademhaling in zijn borst en de praatjes die hem hier niet konden helpen. Eén verkeerde beweging, een glibberige stang onder zijn leren zolen, een droge hand die losschoot. Zou hij het voor haar wagen? Ze zag voor zich hoe ze hem een zet gaf, om hem voor één keer te laten voelen wat zij altijd voelde. Het genoegen van zijn grote ogen voor hij viel, het zweefmoment waarop alle angst vervloog, en dan toch, opeens, het radeloze verlangen naar houvast.

Eerst dacht ze dat het een sirene was, tot ze zich realiseerde dat het geluid uit haar eigen mond kwam. Lange uithalen, als van een wolf. Het gehuil vloeide uit haar keel en ze wist niet waarom, maar het voelde als een bevrijding. Het trillen stopte. De klanken waaiden uit richting de lichtjes van de stad, maakten een bocht en vielen uiteen boven het donkere water. Toen ze alle adem uit haar lichaam had geloeid liet ze zich achterover tegen de reling vallen. Ze voelde zich zwaarder dan het zwarte gat van haar hoofd, zwaarder dan de nacht boven haar of de gebeurtenissen van die avond. Het gevoel drukte op haar borst, haar ogen, haar mond en haar hart, zo hard dat ze bang was dat ze met haar gewicht het reuzenrad in gang zou zetten en in een eindeloze cirkel tussen het water en de stad zou draaien, zonder dat iemand haar ooit nog kwam halen. Ze miste Boelie, ze miste haar moeder, ze miste zelfs haar vader. Ze zou er alles voor overhebben om nu bij ze te zijn en de gedachte dat ze hier, bij wijze van spreken, onderdoor zouden lopen zonder haar te herkennen in die belachelijke lakschoenen, zonder te weten dat zij hier was, hoog boven hun hoofden, en ze gewoon hun weg zouden vervolgen, samen, zonder haar – het verbrijzelde haar borstbeen en drukte haar fijn. Ze moest blijven bewegen, dacht ze. Zolang ik beweeg ben ik veilig. Maar ze was te zwaar nu, nog geen pink kreeg ze omhoog. Ze dacht aan Boelie, in vieren gevouwen in haar broekzak. Het enige wat ze had, had ze verloren.

Pretorius klom niet omhoog en ze zouden geen kunstwerk van hen maken in de kathedraal. Liever keken ze naar verzonnen zwarte koppen op een schilderij dan naar haar.

Toen de eerste ganzen voorbijtrokken schudde ze haar hoofd en rekte zich uit. De stad beneden haar ging open, de opkomende zon trok lange schaduwen op de stenen. Ze leunde achterover om de zon haar huid te laten verwarmen. Toen een paar uur later de uitbater het rad aanzette en in het kassahok zichzelf zijn eerste kop koffie inschonk, liet ze zich een halve cirkel naar de grond toe dragen, sprong als een kat uit de gondel en zwaaide naar hem terwijl ze zich zo snel uit de voeten maakte dat hij zich vast afvroeg of hij het zich niet had ingebeeld.

XI

Het meisje zag eruit als een pop die tijdens het spelen aan haar enkels over straat was gesleurd. Ze had klitten in haar haar, een plakmond en donkere nagelriemen. M. had het kind ook al buiten voor de stationshal zien staan, starend in de verte terwijl stromen mensen uit de stad langs haar heen naar de ingang liepen. Waarom ze nu op het perron verscheen was haar een raadsel. Ze zag er niet uit als een reiziger, eerder als iemand die hier nooit meer wegkwam. Misschien was ze haar wel gevolgd. Snel voelde ze aan haar buik, waar ze haar paspoort, kaartje en geld in een buidel onder haar shirt had verstopt. Toen ze zich wilde omdraaien om op het bord te kijken haakten hun ogen even in elkaar. Rood doorlopen, alsof het staal van de gewelven van het stationsgebouw zelf erin werd gereflecteerd. M. keek weg. Nog vijfentwintig minuten.

Ze liep over de tegels van het perron zonder de randen te

raken terwijl ze de mensen om zich heen door haar wimperharen in de gaten hield. Treinen denderden binnen, andere wachtten ongeduldig om te vertrekken. Een schel fluitsignaal, sissende deuren en daarna het trage klossen van de wielen over het spoor, het piepende staal bij de wissel zodra ze uit de stationskoepel waren en vervolgens vaart maakten. Aan de overkant stond een man die al een paar keer haar kant op had gekeken. Zijn blonde haar was natgekamd en hij droeg het type schoenen dat geschikt is voor elke ondergrond, alsof hij zo in de stalen kuil van het spoor zou kunnen springen om haar naar de keel te vliegen. Ze draaide zich om en daalde de trappen weer af, naar de centrale hal, waar ze in de massa op kon gaan. Mensen passeerden elkaar, liepen snel naar hun doel terwijl ze elkaar niet aan probeerden te raken. Ze keek naar de immense koepel boven haar, hoog en wijds als de hemel. Het licht was zo fel dat ze de neiging voelde zich klein te maken en dicht langs de muren te lopen. Pretorius had haar veel verteld over de stad, ook over dit station. De eerste keer dat ze hier aan zijn arm naar binnen liep was ze van het gebouw onder de indruk geweest. Het leek een kathedraal maar dan een mooiere dan die echte verderop, waaruit alle leven gezogen was. Hier liep het volk in drommen, zonder acht te slaan op de ornamenten, de levensgrote gouden klok, de steigerende leeuwen, de roodstalen bogen, de balkonnetjes en de glazen waaier boven de brede trappen. Gebouwd in opdracht van koning Leopold II, een van Pretorius' helden. Zotte Pol, zoals hij hem liefkozend noemde, was een man zoals mannen niet meer mochten zijn. Een heerser zoals ze niet meer gemaakt werden, met een visie voor zijn volk die tot ruim tachtig jaar na zijn dood nog zijn schaduw vooruitwierp. Kijk, had Pretorius haar op de lege koven boven de hoofdingang van het station gewezen, daar had aan de ene kant een beeld van Leopold moeten staan, en aan de andere kant een van zijn vrouw. Maar Zotte Pol deed het met zoveel vrouwen tegelijk dat ze de koven uiteindelijk maar leeg lieten. Een beeld van zijn eigen vrouw zou door het volk worden bespot en zijn maîtresses waren zo talrijk dat ze er niet één konden kiezen. Hij vertelde haar hoe de koning overal waar hij kwam met een verrekijker de straten en pleinen afspeurde. Zodra hij een roomwitte, mollige tiener voorbij zag schommelen, het liefst een met een enorme kont die hij als een kruimig gekookte aardappel kon splijten in zijn hemelbed, stuurde hij er een lakei op af om haar te halen.

M. liet haar ogen langs de tijden en bestemmingen op het bord glijden. Ernaast hing een plattegrond achter glas. In gedachten ging ze de wegen langs, het water, de bezienswaardigheden. Voor de zoveelste keer prentte ze alles in haar hoofd. Toen ze haar ogen sloot kon ze de kaart blind uittekenen. Nu pas merkte ze hoe gespannen ze was, voelde ze het zachte klapperen van vleugels tegen haar buikwand. Het liefst zette ze het nu op een rennen, gaf ze toe aan het opborrelende bloed in haar enkels en kuiten. Je kon beter gaan rennen voordat het nodig was, al was het maar in een slakkengangetje, in beweging blijven, dan had je altijd een voorsprong. Maar het kon niet, niet nu. Ze keek om zich heen, speurde zo onopvallend mogelijk de gezichten af. Was die man op het perron haar gevolgd? Staarde die vrouw naar haar? Wie stond daar achter de marmeren pilaar? Ze vroeg zich af of iemand haar zou zoeken. Of haar vader rondjes door de stad zou rijden – ze zag hem door de bochten stuiven, met gestrekte armen achter het stuur, een sigaret in zijn mondhoek. Ze keek weer naar de grote klok. Nog achttien minuten. Toen ze weer naar het bord keek stond het meisje voor haar. Snel draaide ze zich om.

M. nam grote passen van mozaïek naar mozaïek, van de ene kant van de hal naar de andere en weer terug. De zwart-witte tegels waren ingericht als een levensgroot schaakbord, vierkante vlakken met in ieder vlak zwarte ruiten, zoals op speelkaarten. Ze zag het schaakbord in haar hoofd en verzette zichzelf als een loper door de hal, van linksonder naar rechtsboven, zonder de lijnen te raken, en van rechtsboven met reuzenstappen lijn voor lijn weer terug. *Salle des pas perdus*, had Pretorius verteld. Verloren passen, zinloze passen, passen die nergens naartoe leidden, als de tijgers in hun hokken in de Zoo hiernaast, die van muur naar muur jakkerden zonder ooit een andere bestemming te bereiken.

Toen ze weer was uitgekomen bij het eerste vak van de vloer, tuurde ze omhoog naar de klok. Nog elf minuten. Haar rugzak klemde rond haar rechterschouder. Een hand op haar buidel – de rits was nog steeds dicht. Ze zouden haar toch wel zoeken? Ze keek de gewelven rond, de trap op, die als een trechter omhoogleidde en dan uiteenspleet. Daar was het meisje weer. Haar klittenkop kwam maar nauwelijks boven de stenen balustrade uit. Langzaam liet ze haar ene voet zakken naar de volgende tree, toen de andere. Gehaaste reizigers op weg naar het perron liepen bijna dwars door haar heen, zagen haar pas op het laatste moment en weken net op tijd uit. Onverstoorbaar daalde ze af, tegen de stroom in, wachtte even op de overloop en begon toen aan het laatste stuk naar beneden.

M. doorkruiste de hal, dwars door de zwarte vlakken heen.

Psst, zei ze. Ze keken elkaar aan.

Wil je geld? M. wreef met haar vingers over elkaar.

Een glinstering in haar ogen, voor het eerst. Het meisje knikte.

Kom mee dan.

Een laatste blik op de klok – nog zes minuten. Op een drafje liep M. een donkere koof in naast de trap. Vlak voor het openbare toilet draaide ze zich om. Het meisje stond nog steeds onder de boog van de centrale hal. M. liep terug, greep haar pols en trok haar mee.

Kom op, ik heb niet eeuwig de tijd.

De deur klapte achter hen dicht. Het kind keek beduusd toe hoe M. haar rugzak op de grond plantte en erin rommelde. Tegelijkertijd zette ze de kraan open en duwde het kind met haar borst tegen de rand van de wasbak. M. ging achter haar staan, het meisje kon geen kant op. Met een hand vol zeep wreef ze ruw over haar gezicht. Toen ze achteruit wilde deinzen hield M. haar met haar lichaam tegen. Ze spoelde haar hand af en waste het meisje nog een keer. De wasbak vulde zich met bruin water dat in een kromming naar beneden liep. In de spiegel kwam langzaam een gezicht tevoorschijn, met glanzende wangen en rode lippen.

Handen, wees M. naar het water. Het kind gehoorzaamde.

M. draaide de kraan dicht, graaide een borstel uit haar rugtas en begon met lange halen het haar te kammen. Bij iedere klit klapte het hoofd van het meisje naar achteren, maar M. had geen tijd voor een zachte behandeling. Hoorde ze een fluit? De vleugels in haar buik klapperden steeds onstuimiger. Ze ademde gehaast. Weer rommelde ze in haar tas, ging door haar spullen maar alles was te groot.

Uit. Uit!

Ze trok aan de mouwen van het dofbruine vestje. Snel

wurmde het kind zich eruit. Eronder droeg ze een jongenshemd dat slobberde bij de hals.

Omhoog, gebaarde M. naar haar armen, en ze schoof de blouse eroverheen. Zachtgeel met pofmouwen en een grote, geschubde kraag die ze met een koord onder haar kin kon dichtstrikken (*fijngeweven katoen uit Frankrijk*). Ze propte de blouse in de korte broek, knoopte de kraag dicht. Tegelijkertijd keken ze in de spiegel. Het stond haar prachtig. Haar volle haar golfde over haar schouders, haar donkere ogen schitterden boven het lichtgeel van de blouse. Ze had geen tijd meer, ze moest weg. Nog één ding. Uit het voorzakje van haar rugzak pakte ze een fluwelen lint. Met haar pink trok ze een middenscheiding, pakte het haar samen in een lage staart in haar nek, sloeg het lint er een paar keer omheen en maakte een dubbele strik. Toen zakte ze door haar knieën.

Luister, zei M. terwijl ze haar bovenarmen beetpakte.

Het kind knikte.

Dit ga je iedere dag doen. Waar je ook bent, hoor je me? Iedere dag hetzelfde. Wassen, kammen, mooi maken. Zodra hier een vlek op komt, en ze plukte aan de pofmouw van het bloesje, was je die. Desnoods jat je een nieuwe. Als je eruitziet alsof je eigen moeder je niet wil, wil een ander al helemaal niets met je te maken hebben. Begrepen?

Opnieuw knikte het kind.

M. kwam overeind, greep haar spullen bij elkaar, beukte de deur open en zette het op een lopen. Ze stoof de hoek om, vloog met twee treden tegelijk de trap op, linksaf over de tweede trap en door naar het perron. De buidel bonkte tegen haar buik. Op hetzelfde moment dat ze de trein zag klonk het fluitsignaal. Een laatste spurt vanuit haar tenen, ze gromde, de deuren sisten en schoven langzaam dicht. Een paar wagons verderop stak een man met de fluit in zijn mond een laatste keer zijn hoofd naar buiten. M. zwaaide naar hem met beide armen. De man deed een stap naar voren, plantte zijn voet tussen de deuren.

Jij hebt geluk, meisje, lachte hij, en hij trok haar naar binnen.

Voor B. en N.
Voor mijn kinderen.
Voor alle kinderen, soms in een volwassen lichaam, op zoek naar hun stem.